Leo Tolstoi

Volkserzählungen

Übersetzt und herausgegeben
von Guido Waldmann

Philipp Reclam jun.
Stuttgart

Durchgesehene Ausgabe 1998
Satz und Druck:
Reclam, Ditzingen. Printed in Germany 1998
Buchbinderische Verarbeitung:
Sigloch Buchbinderei, Künzelsau
RECLAM ist eine eingetragene Marke
der Philipp Reclam jun. GmbH & Co., Stuttgart
ISBN 3-15-052556-X

Wovon lebt der Mensch?

Wir wissen, daß wir aus dem Tode in das Leben kommen sind, denn wir lieben die Brüder. Wer den Bruder nicht liebet, der bleibet im Tode.
Wenn aber jemand dieser Welt Güter hat und sieht seinen Bruder darben und schließt sein Herz vor ihm zu – wie bleibet die Liebe Gottes bei ihm?
Meine Kindlein, lasset uns nicht lieben mit Worten noch mit der Zunge, sondern mit der Tat und mit der Wahrheit.
Die Liebe ist von Gott, und wer lieb hat, der ist von Gott geboren und kennet Gott.
Wer nicht lieb hat, der kennet Gott nicht; denn Gott ist Liebe.
Niemand hat Gott jemals gesehen. So wir uns untereinander lieben, so bleibet Gott in uns.
Gott ist Liebe; und wer in der Liebe bleibet, der bleibet in Gott und Gott in ihm.
So jemand spricht: Ich liebe Gott, und hasset seinen Bruder, der ist ein Lügner. Denn wer seinen Bruder nicht liebet, den er siehet, wie kann er Gott lieben, den er nicht siehet?

1. Johannes 3,14.17 f.; 4,7 f.12.16.20

I

In einem Dorfe lebte ein armer Schuster, und da er kein eigenes Haus hatte, wohnte er mit Frau und Kindern bei einem Bauern zur Miete. Da er aber auch keinen eigenen Acker hatte, mußte allein sein Handwerk ihn und seine

Familie ernähren. Das Brot war teuer, für des Schusters Arbeit jedoch wollte keiner was Rechtes geben, und so war alles, was er auch verdienen konnte, immer wieder rasch dahin. Für die kalte Jahreszeit hatten er und seine Frau einen einzigen Pelz, und auch der bestand bald nur noch aus Lumpen; schon im vergangenen Jahr hatte sich der Schuster einen neuen Schafpelz kaufen wollen.

Als es nun wieder auf den Winter zuging, überschlug der Schuster in seinem Sinn, ob es wohl jetzt zu einem neuen Pelz reichen würde: Einen Dreirubelschein hatte seine Frau in der Truhe, fünf Rubel und zwanzig Kopeken schuldeten ihm zwei Bauern im Nachbardorf.

So machte sich der Schuster eines Morgens auf den Weg, um im Nachbardorf nach einem neuen Pelz zu schauen. Er zog sich die wattierte Nanking-Jacke seiner Frau über das Hemd, darüber einen Kaftan aus Tuch, tat die drei Rubel in die Tasche, schnitt sich einen Stecken zurecht und brach nach dem Frühstück auf. »Fünf Rubel müssen die Bauern herausrücken«, ging es ihm durch den Sinn, »tue ich meinen Dreirubelschein dazu, dann wird es schon für den Schafpelz reichen.«

Unter solchen Gedanken kam der Schuster ins Nachbardorf, ging auch sogleich zu einem der beiden Bauern, die ihm Geld schuldeten, doch traf er ihn nicht an; die Bäuerin aber gab kein Geld her und vertröstete ihn: sie würde schon dafür sorgen, meinte sie, daß ihr Mann noch in dieser Woche mit dem Geld käme. Auch bei dem anderen Bauern hatte der Schuster kein Glück, der rief Gott und alle Heiligen zu Zeugen dafür an, daß kein Geld im Hause sei, und gab nur zwanzig Kopeken her, die er für das Flicken seiner Schuhe schuldete. In der schwachen Hoffnung, der Gerber würde ihm vielleicht ein paar Schaffelle abtreten, ohne daß er sie sofort zu bezahlen brauchte, ging der Schuster hin. Doch kannte er den Gerber schlecht:

»Bring nur dein Geld her!« sagte der, »dann kannst du Felle haben, soviel du willst; von mir aus kannst du sie dann aussuchen. Aber so, ohne Geld, das gibt es bei mir nicht, mein Lieber! Gebranntes Kind scheut Feuer!«

Nichts hatte also der Schuster erreicht; nur lumpige zwanzig Kopeken hatte er für seine Arbeit bekommen und ein Paar alte Filzstiefel zum Beledern.

Das betrübte den Schuster so sehr, daß er die zwanzig Kopeken in Schnaps umsetzte und sich dann ohne Pelz auf den Heimweg machte. Am Morgen war es ihm noch recht kalt vorgekommen, jetzt aber heizte ihm der Branntwein den Magen ein und hielt ihn auch ohne Pelz warm. So zieht mein Schuster seine Straße dahin, hat in der einen Hand den Stecken und schlägt damit auf die bereiften Steine, in der anderen schwenkt er die Filzstiefel; er geht und hält große Reden.

»Mir ist es auch ohne Pelz warm«, spricht er. »Nur ein Achtel Stof habe ich mir genehmigt, und doch spielt das Schnäpschen in meinen Adern. Was brauche ich schon einen Pelz! Ich gehe auch so, ohne Pelz, und habe meinen ganzen Kummer vergessen. So bin ich nun einmal! Auch ohne Pelz kann ich bestehen, mein Lebtag werde ich keinen brauchen. Nur eines ist schlecht: Meine Alte wird traurig sein! Und ärgerlich ist es auch: Ich schinde mich für den Bauern, er aber führt mich an der Nase herum. Warte nur, mein Lieber! Bringst du mir das Geld nicht in den nächsten Tagen, dann sollst du was erleben! Ich sage es dir, du wirst noch was erleben! Hat die Welt schon so etwas gesehen? Zwanzig Kopeken gibt er mir!

Zwanzig Kopeken! Was kannst du schon damit anfangen? Für einen Schnaps sind sie gerade noch gut genug. Er sagt: ›Ich bin in Not!‹ Was heißt das: ›Ich bin in Not‹? Bin ich es etwa nicht? Du hast ein Haus, Vieh, hast alles, was du brauchst. Ich aber habe nichts, so wie ich hier gehe und stehe, trage ich mein ganzes Hab und Gut mit mir. Du hast dein eigenes Brot, ich muß es mir kaufen. Jede Woche müssen fürs liebe Brot allein drei Rubel da sein; nimm sie, woher du willst. Auch jetzt weiß ich es schon im voraus: Komme ich heute abend nach Hause, ist das Brot wieder alle; wieder müssen anderthalb Rubel her. So gib auch du mir, was mir zusteht!«

Unter solchen Reden kam der Schuster an die Kapelle, die an der Stelle steht, wo die Straße einen Bogen macht. Schon von weitem schien es dem Schuster, als ob hinter der Kapelle etwas Weißes blinke, doch konnte er es im trüben Zwielicht nicht genau erkennen. »Einen Stein hat es hinter der Kapelle doch nicht gegeben«, wundert er sich. »Ist da vielleicht ein Stück Vieh? Aber nein, so sieht es nicht aus! Oben ist es einem Menschenkopf ähnlich, aber weiter unten ist alles weiß. Was sollte auch ein Mensch um diese Tageszeit an der Kapelle!«

Als aber der Schuster näher herangekommen war, sieht er: Es ist doch ein Mensch! Aber wie seltsam: Ganz nackt ist er, sitzt hinter der Kapelle, ohne sich zu rühren, lehnt an der Mauer, und es ist nicht zu erkennen, ob er noch lebt oder schon tot ist. Den Schuster kommt die Angst an: Da wird doch jemand diesen Menschen hier umgebracht und ausgeraubt haben. Geh nur nicht hin! Du wirst sonst die Schererei ewig nicht mehr los!

Während der Schuster an der Kapelle vorbeiging, konnte er den Menschen nicht mehr sehen, das Gebäude verdeckte ihn; als er aber glaubte, der Gefahr glücklich entronnen zu sein, schaute er sich rasch um. Da war doch wahrhaftig in den Menschen hinter der Kapelle Leben gekommen; er lehnte nicht mehr an die Mauer, und fast sah es so aus, als ob er dem Schuster nachschaue. Der bekam es erst recht mit der Angst: »Nur weg von hier! Gehe ich zu dem Mann hinüber, nimmt es noch ein schlechtes Ende. Was weiß ich, was das für ein Mensch ist! Mit rechten Dingen geht das nicht zu, wenn er hier allein in der Kälte dasitzt, wie ihn Gott erschaffen hat. Trittst du an ihn heran, um ihm zu helfen, springt er dir womöglich an die Kehle und würgt dich. Wie sollst du ihm dann entkommen? Und bringt er dich auch nicht um, so wird er dir doch genug zu schaffen geben. Und was fange ich auch mit dem nackten Burschen an? Soll ich etwa meine letzten Kleider ausziehen und sie ihm schenken? Nein, nein! Bring mich nur heil vorüber, o Herre Gott!«

Raschen Schrittes ging der Schuster weiter. Schon hatte er die Kapelle weit im Rücken, da schlug sein Gewissen, und er blieb mitten auf der Straße stehen.

»Was tust du denn, Ssemjon?« sagte er sich. »Der Mensch dort ist in Not, du aber gehst vorbei, hast Angst! Du mußt wohl sehr reich geworden sein, fürchtest um dein Geld! Ach, Ssjoma, falsch ist es, was du da tust!«

Und so wandte sich Ssemjon um und ging zur Kapelle zurück.

II

An die Kapelle herangekommen, schaut sich Ssemjon den Mann genauer an. Er ist jung, kräftig, an seinem Körper sind keine Spuren von Schlägen zu erkennen, doch ist er verfroren und voller Furcht; er sitzt da, lehnt sich an die Mauer und scheint so schwach zu sein, daß er nicht einmal die Augen öffnen kann. Erst als Ssemjon dicht vor ihm stand, wachte der Fremde auf, wandte sein Gesicht dem Ssemjon zu und schaute den Schuster mit weit geöffneten Augen an. Und vom gleichen Augenblick an gewann ihn Ssemjon lieb. Er warf die Filzstiefel, die er in der Hand hatte, auf die Erde, nahm seinen Ledergurt ab und legte ihn dazu, dann zog er seinen Kaftan aus und sagte:

»Wir wollen nicht viel Worte machen! Da, nimm! Zieh dir den Kaftan über! So nimm doch schon!«

Mit diesen Worten packte Ssemjon den nackten Mann unterm Arm und half ihm auf. Als sich der Fremde aufgerichtet hatte, sieht Ssemjon, er ist von zartem und feingliedrigem Wuchs, sauber, Arme und Beine sind heil, nicht gebrochen oder verletzt, das Gesicht aber ist von einer anmutigen Schönheit. Ssemjon wirft ihm den Kaftan über, doch findet der Fremde, vor Kälte schon ganz erstarrt, nicht in die Ärmel. So nimmt denn Ssemjon zuerst den rechten, dann den linken Arm und hilft ihm hinein, dann knöpft er den Kaftan zu und schnallt den Ledergurt um.

Auch nach seiner zerrissenen Mütze griff der Ssemjon und wollte sie dem Fremden geben, doch packte ihn der Frost so heftig am nackten Schädel, daß er sich die Mütze wieder über den Kopf stülpte: »Ich habe eine Glatze über den ganzen Schädel«, denkt er, »der Bursche aber hat dichtes, lockiges Haar. Soll er dagegen lieber die Stiefel anziehen.«

Und so hieß Ssemjon den Fremden sich wieder hinsetzen und zog ihm die Filzstiefel an.

Als sie soweit waren, fuhr der Schuster fort:

»So ist das nun mit uns, liebes Brüderlein! Mach dir jetzt etwas Bewegung, damit du warm wirst! Alles andere wird sich schon finden. Kannst du gehen?«

Der Mann steht da und schweigt, doch schaut er Ssemjon mit einem Blick an, daß dem ganz weich ums Herz wird.

»Was sagst du denn kein Wort? Wir wollen doch hier nicht überwintern! Komm, wir gehen jetzt nach Hause! Da, nimm den Stecken, stütze dich darauf, wenn du zu schwach bist. Los, los, rühre dich!«

Der Mann tut, wie ihm gesagt wird, und Ssemjon sieht, er geht leicht, bleibt nicht zurück.

So ziehen sie ihre Straße dahin, und Ssemjon fragt neugierig:

»Also, nun sag doch schon, woher kommst du?«

»Ich bin fremd hier.«

»Das brauchst du mir nicht zu sagen, die Hiesigen kenne ich. Wie du hierhergekommen bist, will ich wissen!«

»Das kann ich dir nicht sagen.«

»Dich haben wohl böse Menschen in Not gebracht?«

»Nein, niemand hat mir Böses getan. Mich hat Gott gestraft.«

»Alles kommt von Gott! Wohin willst du denn jetzt? Irgendwo mußt du doch unterkriechen.«

»Mir ist es gleich.«

Ssemjon kam das wunderlich vor: Wie jemand, der unserm Herrgott die Zeit stiehlt, sah der Fremde nicht aus, und auch seine Rede ist sanft, aber warum will er nichts von sich verraten? »Es gibt schon seltsame Dinge«, denkt Ssemjon, laut aber sagt er:

»Komm zu mir, bei mir zu Hause kannst du dich ausruhen!«

Sie hatten es nicht mehr weit, der Fremde war nicht zurückgeblieben und hatte mit Ssemjon Schritt gehalten. Da kam ein Wind auf und blies dem Ssemjon eiskalt durch das Hemd, so daß sein Rausch von ihm abfiel und er zu frieren begann. So geht nun mein Ssemjon eiligen Schrittes daher, schnaubt mit der Nase und wickelt sich fester in das baumwollene Zeug seiner Frau. »Da hast du nun die Bescherung«, denkt er, »einen neuen Schafpelz wolltest du dir kaufen, aber ohne Kaftan kommst du heim und bringst auch noch einen nackten Menschen mit. Matrjona wird dir keinen Dank dafür wissen.« Und wie er an seine Frau denkt, wird es ihm unbehaglich zumute. Schaut er aber den Fremden an und erinnert sich dessen, wie der ihn an der Kapelle angesehen hatte, da springt sein Herz vor Freude.

III

Ssemjons Frau war an diesem Tage früh fertig geworden. Sie hatte Holz gespalten und Wasser vom Brunnen geholt, hatte die Kinder versorgt, selber gegessen und saß nun tief in Gedanken da und überlegte, ob sie schon heute den Brotteig anrühren solle oder damit bis morgen warten könne. Vom letzten Brotlaib war noch reichlich übrig.

»Wenn mein Ssemjon drüben gegessen und jetzt nur wenig Hunger hat«, denkt sie, »dann könnte das Brot auch noch für morgen reichen.«

Prüfend legte sie den Rest des Brotlaibs aus einer

Hand in die andere, dann war ihr Entschluß gefaßt: »Nein, heute setze ich das Brot nicht an. Wir haben ohnehin kaum noch Mehl im Haus, es reicht gerade noch, um einmal zu backen. Irgendwie müssen wir mit dem Brot bis zum Freitag auskommen.«

So legte Matrjona das Brot beiseite, nahm ein zerrissenes Hemd ihres Mannes und setzte sich damit an den Tisch, um es zu flicken. Sie führt die Nadel hin und her, ihre Gedanken aber sind bei ihrem Mann, wie der wohl mit seinem Einkauf fertig wird.

»Wenn ihn der Gerber nur nicht übers Ohr haut! Mein Alter ist ja so gutgläubig. Er selbst kann keine Menschenseele betrügen, mit ihm aber wird schon ein kleines Kind fertig. Acht Rubel sind keine Kleinigkeit, dafür kannst du einen guten Pelz haben. Einen ganz fein gegerbten kriegt er vielleicht nicht, aber einen guten Pelz ist das Geld immer noch wert. Wie schwer war es doch letzten Winter ohne Pelz! Weder zum Fluß konnte ich, um meine Wäsche zu spülen, noch sonst wohin. Und auch jetzt hat er alles angezogen, was wir an warmen Sachen haben, und ich kann zu Hause sitzen. Aber wo bleibt er denn, mein Falke? Es war ja schon spät, als er wegging, aber trotzdem müßte er wieder da sein. Wenn er mir nur nicht an den Schnaps geraten ist!«

Kaum war die Matrjona mit ihren Gedanken so weit, da knarrten auch schon draußen die Stufen. Rasch steckte sie die Nadel ein, ging zur Tür hinaus und sieht: es kommen zweie, Ssemjon und mit ihm ein Fremder, in Filzstiefeln, aber ohne Mütze.

Sofort spürte Matrjona am Atem ihres Mannes, daß er getrunken hatte: »Ich habe es ja geahnt«, geht es ihr durch den Kopf, »in der Kneipe war er, der Alte!« Als sie aber im dunklen Flur erkennt, daß er nur mit ihrer Baumwolljacke angetan, ohne Kaftan und mit leeren Händen dasteht, kein Wort sagt und nur sein Gesicht verzieht, da packt sie der Zorn. »Durchgebracht hat er das Geld«, denkt sie, »vertrunken hat er es mit irgendeinem schlechten Kerl und bringt ihn auch noch mit.«

Matrjona läßt die beiden vorangehen, folgt ihnen dann in die Stube und sieht: Der Fremde – jung und hager von Gestalt – trägt ihren Kaftan am Leibe, unter dem Kaftan aber ist kein Hemd zu sehen, und eine Mütze hat er auch nicht auf dem Kopf. Wie er in die Stube getreten war, so blieb er auch stehen, bewegt sich nicht und hebt auch seine Augen nicht auf. »Ein unguter Mensch ist das«, geht es der Matrjona durch den Kopf, »Angst hat er!«

Verdrießlich, mit finsterem Gesicht, geht sie zum Ofen, wartet, was weiter geschehen soll.

Ssemjon nahm seine Mütze ab und ließ sich auf die Bank nieder.

»Was ist denn, Matrjona, worauf wartest du? Gib uns zu essen!«

Undeutlich brummte Matrjona etwas vor sich hin und blieb unbeweglich am Ofen stehen. Keine Hand rührt sie, schaut nur von einem zum anderen und schüttelt den Kopf. Ssemjon sieht, die Frau kocht vor Wut, doch tut er so, als ob er das nicht merke, faßt seinen Begleiter an der Hand und sagt ihm:

»Komm, setz dich! Wir wollen zu Abend essen.«

Der Fremde setzte sich zu Ssemjon auf die Bank.

»Ja, was ist denn los, Matrjona? Hast du etwa nicht gekocht?«

Da lief der Matrjona die Galle über:

»Gekocht habe ich schon, aber nicht für dich!« fauchte

sie den Ssemjon an. »Ich sehe, du hast deinen ganzen Verstand versoffen. Einen Pelz wolltest du kaufen und bist ohne Kaftan zurückgekommen, aber einen nackten Landstreicher hast du mitgebracht. Ich habe kein Abendessen für euch, ihr versoffenen Kerle!«

»Nun mach aber Schluß, Matrjona! Rede kein dummes Zeug! Hör lieber, was das hier für ein Mensch ...«

»Was du mit dem Geld getan hast, will ich wissen!«

Ssemjon langte in den Kaftan, holte den Dreirubelschein hervor und faltete ihn sorgsam auseinander.

»Das Geld? Da hast du es! Trifonow aber hat mir nichts gegeben, hat mir hoch und heilig versprochen, morgen zu zahlen.«

Immer größer wurde Matrjonas Zorn:

»Einen Pelz hast du mir nicht gekauft, aber unseren einzigen Kaftan einem nackten Strolch gegeben und ihn auch noch mitgebracht.«

Mit diesen Worten packte sie das Geld, um es zu verstecken, und schnaufte den Ssemjon an:

»Ich habe kein Abendessen für euch. Alle nackten Säufer kann ich auch nicht satt machen.«

»Ach, Matrjona, halte doch deine Zunge im Zaum! Hör besser hin, was ich dir zu sagen habe.«

»Von betrunkenen Narren ist keine Vernunft zu erharren! Recht hatte ich, als ich dich, Trunkenbold, nicht heiraten wollte. Mein Mütterlein, Gott hab sie selig, hat mir Leinwand gegeben, du aber hast sie versoffen. Jetzt wolltest du mir einen Pelz kaufen, statt dessen kommst du betrunken heim.«

Ssemjon will seiner Frau sagen, daß er nur für zwanzig Kopeken getrunken, will ihr erzählen, wo er den Fremden gefunden hat, vergeblich, er kommt nicht zu

Worte. Wie ein Wasserfall stürzt Matrjonas Rede auf ihn ein. Woher nimmt sie nur all die Worte? Das zweite liegt ihr schon auf der Zunge, ehe sie noch das erste zu Ende gesagt hat. Alles rührt sie auf, was je geschehen war, und auch was er vor zehn Jahren gesündigt hat, bekommt er heute zu hören.

In immer größeren Zorn redete sich Matrjona hinein, plötzlich sprang sie auf Ssemjon los und packte ihn am Ärmel.

»Gib sofort die Jacke her«, fuhr sie ihn an, »nur eine einzige Jacke ist mir geblieben, und auch die hast du mir genommen und dich hineingezwängt, du sommersprossiger Hund! Gib schon her, daß dich der Schlag rühre!«

Ssemjon wollte die Jacke ausziehen, doch fing er es in der Eile ungeschickt an und stülpte den Ärmel um; Matrjona zerrte indes aus Leibeskräften an der Jacke, und schon krachte sie in den Nähten. Voller Wut warf sich Matrjona die Jacke über und ging zur Tür. Sie wollte hinausgehen, blieb jedoch in der Tür stehen. Immer noch kochte es in ihrem Herzen, und gar zu gern möchte sie ihren Zorn an den beiden auslassen, doch auch die Neugier hatte sie gepackt, und wissen möchte sie, was das für ein Mensch ist, den Ssemjon mitgebracht hat.

IV

So wendet sich Matrjona an der Tür und spricht:

»Wäre das ein guter Mensch, dann wäre er nicht nackt. Er hat ja nicht einmal ein Hemd an. Und hätte er Gutes im Sinne gehabt, dann könntest du mir auch verraten, wo du einen so feinen Herrn aufgelesen hast.«

»Aber ich will es dir ja die ganze Zeit sagen: An der Kapelle war es. Ich gehe da vorbei und sehe, ein nackter Mensch sitzt da, hinter der Kapelle, lehnt sich halb erfroren an die Mauer und rührt sich nicht. Es ist doch kalt jetzt, kein Sommer, und er sitzt da, wie ihn der liebe Gott erschaffen hat. Gott selbst muß meine Schritte hingelenkt haben, sonst wäre der Ärmste in der Kälte umgekommen. Sollte ich ihn ohne Hilfe lassen? Herr Gott, was gibt es doch nicht alles auf der Welt! Wie kannst du mir böse sein, daß ich mich seiner annahm, ihm meinen Kaftan gab und ihn hierher brachte. Gib doch schon deinem Herzen einen Stoß, Matrjona! Es ist doch Sünde! Alle müssen wir einmal vor Gottes Angesicht treten.«

Schon wollte Matrjona wieder loslegen, da fiel aber ihr Blick auf den Fremden, und kein böses Wort kam über ihre Lippen. Der Fremde saß immer noch unbeweglich da, den Kopf hielt er gesenkt, die Augen geschlossen, und sein Gesicht lag in lauter Falten, als ob ihn jemand würge. Da Matrjona keine Antwort gab, sagte Ssemjon zu ihr:

»Hat dich denn der Herrgott ganz verlassen, Matrjona?«

Dieses Wort ging der Frau zu Herzen. Wieder blickte sie zum Fremden hinüber, und plötzlich war der ganze Zorn verraucht. Sie ging zum Ofen, holte das Abendessen hervor und stellte es auf den Tisch: Ein Napf voll Kwass war es und der Rest vom Brotlaib. Auch ein Messer und Löffel legte sie hin.

»Da steht es, das Essen, greift zu!«

Ssemjon stieß den Fremden an:

»Mach schon, lieber Mann«, sagte er, »setz dich hin, dort, hinter den Tisch!«

Ssemjon schnitt das Brot in Stücke, brockte es ein, und sie begannen zu löffeln. Matrjona setzte sich zu ihnen an die Tischecke, stützte den Ellbogen auf und schaute den Fremden an.

Und da tat ihr der Fremde doch so leid, und sie gewann ihn lieb. Plötzlich aber leuchtete das Gesicht des Fremden auf, und die Falten auf seinem Antlitz glätteten sich. Er erhob seine Augen und lächelte der Matrjona zu.

Als die Männer gegessen hatten, räumte die Schustersfrau das Geschirr ab und fragte dabei den Fremden aus:

»Wohin gehörst du denn?«

»Ich bin hier fremd.«

»Wie bist du in unsere Gegend gekommen?«

»Das darf ich nicht sagen.«

»Wer hat dich denn ausgeraubt?«

»Mich hat Gott bestraft.«

»Und so saßest du ganz nackt da?«

»So war es; nackt und bloß saß ich hinter der Kapelle und fror mich beinahe zu Tode. Dein Alter aber sah mein Elend und hatte Mitleid mit mir, er zog mir seinen Kaftan über und brachte mich hierher; und auch du hast Mitleid mit mir gehabt, hast mich satt gemacht und mir zu trinken gegeben. Gott wird es euch beiden vergelten.«

Matrjona stand auf, ging zum Fenster und holte das Hemd, das sie geflickt hatte; sie reichte es dem Fremden und fand auch eine alte Hose für ihn.

»Nimm das«, sagte sie, »ich sehe ja, du hast nicht einmal ein Hemd an. Zieh es an und lege dich schlafen, neben den Ofen oder auf die Bank, wo du willst.«

Der Fremde tat den Kaftan ab, zog sich das Hemd über und legte sich neben den Ofen zur Ruhe. Matrjona löschte das Licht, nahm den Kaftan und kroch zu ihrem Mann auf den Ofen.

Sie deckt sich mit der einen Ecke des Kaftans zu, kann aber nicht einschlafen; immerzu muß sie an den Fremden denken.

Kommt es ihr in den Sinn, daß sie kein Brot mehr haben, und daß sie, Matrjona, dem Fremden Hemd und Hosen geschenkt hat, dann nagt ihr der Kummer am Herzen; denkt sie aber daran, wie der Fremde ihr zugelächelt hat, dann kehrt lauter Freude in ihre Seele ein.

Lange lag Matrjona wach, da merkte sie, daß auch der Ssemjon nicht einschlafen kann, den Kaftan zu sich herüberzieht.

»Ssemjon!«

»Ja, was ist?«

»Das war unser letztes Stück Brot, was ihr vorhin gegessen habt, und ich habe keinen Teig angesetzt. Was werden wir nun morgen tun? Soll ich zur Gevatterin Malanja gehen? Die kann uns vielleicht aushelfen.«

»Wenn wir am Leben bleiben, werden wir auch satt werden.«

Die Frau schwieg eine Weile, dann hub sie von neuem an:

»Er scheint mir kein böser Mensch zu sein. Warum sagt er nur nichts von sich?«

»Er darf es wohl nicht.«

»Ssjom!«

»Ja?«

»Wir geben, aber uns gibt niemand etwas. Warum ist das so?«

Da Ssemjon darauf keine Antwort wußte, sagte er nur:

»Hör jetzt auf! Wir haben genug geredet«, drehte sich um und schlief ein.

V

Als Ssemjon am nächsten Morgen erwachte, schliefen die Kinder noch, die Frau aber war zur Nachbarin um Brot gegangen. Auch der Fremde war wach; er saß, mit Ssemjons alter Hose und Hemd angetan, auf der Bank und schaute unverwandt nach oben. Doch war sein Gesicht viel lichter als gestern abend.

»Hör mal zu, mein Lieber«, sagte Ssemjon zu ihm, »der Bauch schreit nach Brot und der nackte Leib nach Kleidung. Was kannst du arbeiten?«

»Ich kann gar nichts.«

Ssemjon nahm das wunder, doch sagte er:

»Das macht nichts, wenn nur die Lust nicht fehlt. Alles können die Menschen lernen.«

»Die Menschen arbeiten, ich werde es auch tun.«

»Wie heißt du denn?«

»Michail.«

»Nun, mein lieber Michailo, willst du nichts von dir erzählen, so ist das deine Sache, für Speise und Trank aber mußt du schon selber sorgen. Wenn du tust, was ich dir sage, und wenn du mir bei der Arbeit helfen willst, dann werde ich dir geben, was du zum Leben brauchst.«

»Gott wird es dir lohnen; ich aber will lernen. Zeige mir, was ich tun soll!«

Ssemjon langte nach dem gepichten Garn, nahm einen Faden zwischen die Finger und machte eine Öse.

»Das ist nicht schwer«, sagte er, »schau nur genau hin!«

Aufmerksam verfolgte Michailo jeden Handgriff, nahm dann gleichfalls etwas Garn zwischen die Finger, und im Handumdrehen war auch seine Öse gemacht.

Nun zeigte ihm Ssemjon, wie Pech gesotten wird, und auch das verstand Michailo sofort. Dann lehrte ihn der Alte das Arbeiten mit Ahle und Pfriemen, dann das Steppen, und was er ihm auch beibringen wollte, alles faßte der Michailo im Nu auf und begann schon vom dritten Tage an Schuhe zu nähen, als ob er sein Lebtag nichts anderes getan hätte. Tagaus, tagein arbeitet er, ohne den Rücken gerade zu machen, und ißt nur wenig. Geht aber einmal die Arbeit aus, dann blickt er schweigend gen Himmel. Auf die Straße geht er nie, wechselt auch mit keinem Menschen ein überflüssiges Wort, und niemand hat ihn je schwatzen oder lachen gesehen.

Nur ein einziges Mal war ein Lächeln über seine Züge geglitten, das war, als ihm am ersten Abend Ssemjons Weib zu essen gegeben hatte.

VI

So reihte sich Tag an Tag, Woche an Woche, und bald war ein ganzes Jahr vorbei. Immer noch lebte Michailo bei Ssemjon, half ihm bei der Arbeit, und schon wußte es weit und breit alle Welt, daß es keinen Schuhmacher gäbe, der sich mit Ssemjons Gesellen Michailo messen könnte. Von überall her begannen die Menschen zu Ssemjon zu kommen, um sich Stiefel machen zu lassen, und Ssemjons Besitz mehrte sich.

Eines Tages im Winter kommt unter hellem Schellengeläut eine Troika vorgefahren. Ssemjon und Michailo schauen von ihrer Arbeit auf und sehen einen verdeckten Schlitten, der vor ihrem Hause hält. Vom Kutschbock herab springt ein Bursche, öffnet den Wagenschlag und hilft einem Mann in schwerem Pelzwerk aus dem Schlitten. Der Mann geht geradewegs auf Ssemjons Haus zu und die Treppe hinauf. Rasch springt Matrjona zur Tür, reißt sie sperrangelweit auf, und da tritt auch schon der Mann, sich tief bückend, durch die niedrige Tür in die Stube ein. Als er sich hier aufrichtete, reichte er fast bis an die Decke, und so mächtig war seine Gestalt im schweren Pelz, daß die halbe Stube von ihr erfüllt war.

Ssemjon sprang von seinem Platz auf und neigte sich tief vor dem Mann. Er war aber voll des Staunens: So einen Menschen hatte er sein Lebtag noch nicht gesehen. Ssemjon selbst ist klein und schmächtig, auch Michailo ist schlank von Wuchs, die Matrjona aber dürr wie ein ausgetrockneter Span; dieser Mensch hier ist aber wie ein Wesen aus einer anderen Welt, sein Gesicht rot, birst schier vor Gesundheit, einen Nacken hat er wie ein Stier, und sein Leib ist wie aus Eisen gegossen.

Er verschnaufte eine Weile, dann legte er den Pelz ab und setzte sich auf die Bank.

»Wer ist hier der Meister?« fragte er.

Ssemjon trat vor:

»Ich, Euer Gnaden.«

»He, Fedjka«, rief der Mann seinen Burschen an, »gib das Leder her!«

Der Bursche sprang mit einem verschnürten Packen herbei, den der Mann ergriff und auf den Tisch warf.

»Auspacken!« sagte er. Als das geschehen war, wies

der Mann auf das Leder, das in dem Packen war, und fragte:

»Nun, Schuster, siehst du dies Leder?«

»Ich sehe es, Euer Gnaden«, gab Ssemjon zur Antwort.

»Weißt du denn überhaupt, was das für ein Leder ist?«

Ssemjon befühlt die Ware, sagt:

»Das Leder ist gut.«

»So, so! ›Gut‹, sagst du. Du Dummkopf hast dein Lebtag kein solches Leder gesehen. Das ist deutsche Ware, verstehst du? Zwanzig Rubel habe ich dafür bezahlt!«

Ganz verschüchtert wagt Ssemjon kaum ein Wort:

»Wo kann unsereins schon so etwas sehen!«

»So, so! Kannst du mir daraus ein Paar Langschäfter machen?«

»Ich glaube schon, daß ich das könnte, Euer Gnaden.«

Unwillig fuhr der Mann den Ssemjon an:

»So, so, du glaubst! Ja, verstehst du denn überhaupt, für wen du diese Stiefel machen sollst und was das für ein Leder ist? Du sollst mir daraus Stiefel nähen, die ich ein ganzes Jahr tragen kann, ohne daß sie schief werden oder in den Nähten aufgehen. Kannst du das, dann nimm die Arbeit an und schneide das Leder zurecht, kannst du es nicht, dann sag es gleich und verdirb mir das Leder nicht. Ich sage es dir aber im voraus: Tragen sich die Stiefel schlecht und verlieren sie die Form, ehe ein Jahr um ist, dann bringe ich dich ins Gefängnis. Halten sie aber gut und gehen auch in den Nähten nicht auf, zahle ich dir zehn Rubel dafür.«

Vollends eingeschüchtert weiß nun Ssemjon nicht, was er tun soll, ängstlich blickt er sich nach Michailo um.

»Soll ich es tun?« flüstert er ihm zu und stößt ihn mit dem Ellbogen an.

Michailo nickt mit dem Kopf. »Nimm die Arbeit nur ruhig an!« soll das heißen.

Ssemjon hörte auf diesen Rat und erklärte sich bereit, die Arbeit zu übernehmen; er würde solche Stiefel nähen, die ein Jahr lang halten, in den Nähten nicht aufgehen und auch ihre Form nicht verlieren.

Da streckte der Mann seinem Burschen den linken Fuß hin, ließ sich den Stiefel ausziehen und rief dem Ssemjon zu:

»So, nun kannst du Maß nehmen!«

Ssemjon nähte einen Papierstreifen zusammen, an die zehn Werschok lang, faltete ihn, wischte sich dann seine Hände sorgfältig an der Schürze ab, um den herrschaftlichen Strumpf nicht zu beschmutzen, und machte sich kniend daran, mit aller Vorsicht und Sorgfalt Maß zu nehmen. Er maß Sohle und Spann, als er aber an die Wade kam, da reichte sein Papierstreifen nicht aus, so dick war die Wade! Wie ein richtiger Balken!

»Paß gut auf, daß du sie mir im Schaft nicht zu eng machst!«

Während sich Ssemjon einen längeren Streifen zurechtnäht, sitzt der Mann gelangweilt da, bewegt die Zehen im Strumpf und schaut sich in der Isba um. Auf den Michailo weisend, fragt er:

»Wen hast du denn da bei dir?«

»Das gerade ist der Meister, der für mich arbeitet, Euer Gnaden, er wird die Stiefel nähen.«

»Gib mir nur ja Obacht«, wendet sich der Mann an Michailo, »vergiß nicht: Du sollst die Stiefel so nähen, daß ich sie ein Jahr lang tragen kann.«

Ssemjon blickt sich nach Michailo um: Der schaut den Mann gar nicht an, starren Blicks sieht er an ihm vorbei in die Ecke der Stube. Plötzlich lächelt er und sein Antlitz wird ganz licht.

»Was bleckst du deine Zähne, du blöder Hammel! Schau lieber zu, daß die Stiefel zur rechten Zeit fertig werden!«

Michailo aber sagt:

»Sie werden genau dann fertig sein, wenn sie gebraucht werden.«

»So, so! Das will ich meinen!«

Der Herr zog den Stiefel an, hüllte sich in seinen Pelz und ging zur Tür. Da er aber vergessen hatte, sich zu bücken, stieß er mit dem Kopf gegen den Türbalken.

Wütend fuhr er auf, rieb sich die schmerzende Stelle mit der Hand und setzte sich grollend und schimpfend in seinen Schlitten.

Als er davongefahren war, sagte Ssemjon:

»Der ist aber wirklich hart wie Kieselstein. Den kannst du auch mit einem Meißel nicht totschlagen. Fast hätte er mit seinem Schädel den halben Türpfosten mitgenommen, ihm aber macht es nichts aus!«

»Wie sollen die auch anders sein bei dem Leben, das sie haben! Vor einem solchen Bullen hat ja selbst der Tod Angst«, fügte Matrjona hinzu.

VII

»Mein lieber Michailo«, sagte Ssemjon, »die Arbeit haben wir übernommen, aber ich fürchte, daß wir nur Ärger damit haben werden. Das Leder ist teuer und Seine Gnaden streng. Wenn mir nur kein Fehler unterläuft! Es ist schon besser, du schneidest zu; du hast bessere Augen, und auch deine Hände sind geschickter geworden, als es die meinigen sind. Da, nimm das Maß und schneide das Leder zu, ich nähe inzwischen die Kappen fertig.«

Michailo tat, was ihm Ssemjon gesagt hatte; er nahm das Leder, breitete es auf dem Tisch aus, faltete es dann wieder, wie er es zum Zuschneiden brauchte, und machte sich an die Arbeit.

Auch Matrjona kam an den Tisch heran und schaute dem Michailo bei seiner Arbeit zu. Schusterarbeit war ihr wohl vertraut, und so wundert sie sich nur, als sie sieht, daß Michailo gar keine Stiefel, sondern Totenschuhe zuschneidet. Zuerst wollte Matrjona etwas sagen, doch überlegte sie es sich dann anders:

»Vielleicht habe ich es nicht ganz verstanden, wie der Mann seine Stiefel haben will, der Michailo wird schon wissen, was er tut. Ich will mich lieber nicht einmischen.«

Inzwischen war Michailo mit dem Zuschneiden fertig, nahm gepichtes Garn und begann zu nähen. Doch nähte er nicht mit einem Doppelfaden, wie man es bei Stiefeln tut, sondern nahm den Faden einfach, wie man ihn für Totenschuhe braucht.

Auch darüber wunderte sich Matrjona, doch auch jetzt wollte sie nichts dazu sagen. Michailo aber näht immer weiter. Als um die Mittagszeit Ssemjon von seiner Arbeit aufsteht, sieht er, aus dem feinen deutschen Leder hat Michailo Totenschuhe genäht. Ssemjon schlug die Hände über dem Kopf zusammen. Ein ganzes Jahr hat er für mich gearbeitet, noch nie hat er sich im geringsten geirrt, und jetzt richtet er so ein Unheil an! Weichschäfter sollte er nähen, und was hat er getan? Totenschuhe hat er gemacht! Das ganze Leder ist hin. Was sollen wir jetzt nur machen? So ein Leder treibe ich doch nirgends mehr auf.

»Aber mein lieber Mann«, sagte er zu Michailo, »was hast du nur um Himmels willen angestellt? Du bringst mich ja um! Weichschäfter, Randstiefel solltest du nähen, und was hast du gemacht?«

Kaum hatte er damit begonnen, Michailo seinen Irrtum vorzuhalten, horch!, da klopft jemand an der Tür und begehrt Einlaß. Sie schauen zum Fenster hinaus: Ein Mann bindet draußen sein Reitpferd an. Sie öffnen, und da tritt auch schon der Bursche des Mannes ein, der vor ein paar Stunden die Stiefel bestellt hatte.

»Grüß euch Gott, ihr guten Leute!«

»Sei gegrüßt! Wo fehlt's?«

»Die Herrin hat mich hergeschickt wegen der Stiefel.«

»Wieso wegen der Stiefel?«

»Ja, es ist wegen der Stiefel; er hat sie nicht mehr nötig, die Stiefel, unser Herr. Er hat das Zeitliche gesegnet.«

»Was sagst du da?«

»Er ist gar nicht erst heimgekommen. So wie er sich hier in den Schlitten gesetzt, so hat er auch darin seinen Geist aufgegeben. Als wir nach Hause kamen, sprang ich vom Kutschbock und riß die Tür auf, um ihm zu helfen.

Da lag er doch zusammengesackt im Schlitten und war schon ganz erstarrt, nur mit Mühe konnten wir ihn aus dem Schlitten bringen. Die Herrin aber schickt mich zu euch: ›Sage dem Schuster‹, befahl sie mir, ›daß mein Mann, der bei euch heute früh Stiefel bestellt und das Leder dagelassen hat, keine Stiefel mehr braucht. Richte dem Schuster aus‹ – befahl sie mir – ›er, der Schuster, soll jetzt, so rasch er kann, Totenschuhe aus demselben Leder nähen.‹ Ich aber werde bei euch warten, bis ihr damit fertig seid, damit ich die Totenschuhe gleich mitnehmen kann.«

Michailo suchte die Reste des Leders zusammen, machte daraus eine Rolle, dann nahm er die fertigen Totenschuhe, schlug sie mit der Sohle aneinander und wischte sie mit der Schürze ab. Beides reichte er dem Burschen. Dieser steckte Schuhe und Leder ein, nahm von den Schustersleuten Abschied – »Lebt wohl, ihr guten Leute!« – und ritt davon.

VIII

Ein weiteres Jahr ging dahin, ein zweites, drittes, und nun sind es schon sechs Jahre, daß Michailo bei Ssemjon lebt. Nichts hat sich verändert, Michailo verläßt das Haus nicht, spricht kein Wort zuviel, und die ganzen Jahre über hatte man ihn nur zweimal lächeln sehen, das erstemal, als ihm Ssemjons Frau das Essen auf den Tisch gestellt hatte, das zweitemal, als der fremde Mann die Schaftstiefel bestellte. Nicht genug kann sich Ssemjon seines Gesellen freuen, er fragt auch schon gar nicht mehr danach, woher Michailo gekommen war, und fürchtet nur den Tag, an dem er ihn verlassen würde.

Eines Tages sind sie wieder einmal alle in der Stube beisammen. Die Männer arbeiten, Matrjona ist mit ihren Kochtöpfen am Ofen beschäftigt, und die Kinder spielen. Sie laufen auf den Bänken von einem Fenster zum andern und schauen auf die Straße hinaus. An dem einen Fenster aber sitzt Ssemjon und steppt das Oberleder, am anderen klopft Michailo an einem Absatz herum.

Als nun der Knabe an Michailos Fenster gelaufen kam und – auf dessen Schulter gestützt – hinausschaut, ruft er plötzlich:

»Onkel Michailo, da kommt eine Kaufmannsfrau mit zwei Mädchen; ich glaube, die wollen zu uns! Aber schau mal hin, das eine Mädchen hat einen kranken Fuß, es lahmt.«

Kaum hatte der Junge das gesagt, da warf Michailo seine Arbeit hin, neigte sich vor und schaute zum Fenster hinaus.

Ssemjon nahm das wunder. Noch nie war Michailo neugierig gewesen, jetzt aber blickte er wie gebannt zum Fenster hinaus und wandte keinen Blick von dem, was sich draußen zutrug. Da schaute auch Ssemjon hin und sieht: Eine Frau mit zwei Mädchen tritt in den Hof; sie ist sauber gekleidet, und die Mädchen, die sie an der Hand führt, tragen Pelze und schöne Kopftücher. Die Kinder gleichen aber einander so sehr, daß man sie verwechseln könnte, wenn nicht das eine ein krankes Bein hätte und beim Gehen lahmen würde.

Die Frau kam die Treppe herauf, trat in den Flur, tastete im Dunkeln nach der Tür, fand auch den Riegel und ließ durch die geöffnete Tür beide Mädchen in die Stube treten. Dann folgte sie ihnen nach.

»Grüß euch Gott, gute Leute!«

»Sei uns willkommen! Womit können wir dienen?«

Die Frau setzte sich an den Tisch, beide Kinder drängten sich dicht an sie, haben Angst.

»Lederstiefel brauche ich für die Kinder. Bald ist der Frühling da.«

»Das können wir tun! Zwar haben wir noch nie so kleine Schuhe genäht, warum sollten wir es aber nicht einmal tun! Was sollen denn das für Stiefel sein, Randstiefel oder gewendete, auf Leinen? Der Michailo versteht sich auf alles.«

Doch als Ssemjon den Michailo anblickt, sieht er: Der hat die Arbeit liegengelassen, sitzt unbeweglich da und schaut unverwandt die Kinder an. Ssemjon kam das wunderlich vor. Gewiß, die Kinder sind hübsch, schwarzäugig, gesund, mit rosigen Wangen, und auch Pelze und Kopftücher sind des Ansehens wert, doch etwas anderes ist es, was Ssemjon nicht versteht: Michailo schaut die Kinder so an, als seien sie ihm bekannt.

Dies war es, was den Ssemjon wunderte, doch begann er inzwischen mit der Frau über den Preis zu reden. Nachdem sie sich geeinigt hatten, legte er sich einen Papierstreifen zurecht, die Frau nahm das Mädchen mit dem kranken Fuß auf den Schoß und sagte:

»Nimm am besten von dieser hier Maß. Danach kannst du einen Stiefel für das lahme Füßchen nähen, und die anderen drei nähst du nach dem gesunden Fuß. Sie haben beide die gleiche Größe, Zwillinge sind es.«

Ssemjon tat so, dann wies er mit dem Kopf auf das kranke Mädchen:

»Woher hat sie es denn? Ein so hübsches Mädchen! Hat sie es von Geburt an?«

»Nein! ihre Mutter hat ihr das Füßchen verrenkt.«

Da mischte sich Matrjona ins Gespräch, gar zu gern hätte sie erfahren, was das für eine Frau ist und wem die Kinder gehören.

»Ja, bist du denn nicht ihre Mutter?«

»Nein, liebe Frau, ich bin weder ihre Mutter noch bin ich überhaupt verwandt mit ihnen. Ich habe die beiden an Kindes Statt angenommen.«

»Gibt es das wirklich! Fremd sind sie dir, die Kleinen, und doch hast du sie so lieb!«

»Wie soll ich sie nicht lieben, ich habe sie doch beide an der Brust gehabt! Mein eigenes Kind hat mir der liebe Gott genommen, das habe ich nicht so geliebt wie diese beiden.«

»Ja, was ist denn mit ihren Eltern geschehen?«

IX

Die Frau war gesprächig und erzählte gern von ihren Kindern.

»Vor sechs Jahren war es«, begann sie, »da verloren doch die Kleinen binnen weniger Tage ihre beiden Eltern. Den Vater trug man am Dienstag zu Grabe, am Freitag gab die Mutter ihren Geist auf. Um drei Tage nur hatte sie ihren Mann überlebt, mit ihren Kindern aber konnte sie auch nicht einen einzigen Tag verbringen. Ich lebte damals mit meinem Mann im Dorf, wir waren Bauern. Der Vater meiner beiden Mädchen war unser Nachbar, unsere Häuser stießen aneinander. Er war ein Einzelgänger, lebte zurückgezogen. Als er einmal im Walde arbeitete, geschah das Unglück: Ein Baum stürzte auf ihn herab, fiel ihm auf den Leib und drückte ihm das ganze Innere zusammen. Man konnte ihn kaum nach Hause bringen, da überantwortete er auch schon seine Seele Gott dem Herrn, sein Weib aber kam in der gleichen Woche mit Zwillingen nieder, und – wie das bei solch einer Armut und Einsamkeit geschieht: Das Weib war in ihrer schweren Stunde mutterseelenallein, keine Alte, kein Kind da, das ihr hätte helfen können. So brachte sie ihre Kinder allein, ohne Hilfe, zur Welt, einsam und allein ist sie dann auch gestorben.

Als ich am nächsten Morgen hinüberging, um nach der Nachbarin zu schauen, war die Arme schon steif und kalt. Im Sterben aber muß sie auf dies Mädchen hier gefallen sein und hat ihr das Füßchen verrenkt. Wir haben die Tote beerdigt, das ganze Dorf half mit. Es waren alles gute Menschen. Was sollte nun mit den beiden Kleinen geschehen? Wohin mit ihnen? Von allen Weibern im Dorf war ich die einzige, die ein Kind an der Brust hatte. Acht Wochen war mein Knabe gerade alt geworden. So nahm ich denn die beiden Kleinen zunächst zu mir. Als aber die Bauern darüber berieten, was man mit den Kindern tun solle, sagten sie zu mir: ›Marja‹ – sagten sie – ›behalt doch die Mädelchen bei dir, wir wollen dann später in Ruhe überlegen, was wir mit ihnen tun.‹ Ich hatte schon dem einen Kind die Brust gereicht, das lahme aber wollte ich zuerst gar nicht stillen. Ich glaubte nicht, daß es am Leben bleiben würde. Dann aber reute es mich: Warum soll dies unschuldige Wurm umkommen, dachte ich, und so begann ich denn, beide zu stillen, dazu natürlich auch meinen eigenen Knaben. Drei Kinder habe ich zur gleichen Zeit aufgezogen. Nun, ich war jung, kräftig und hatte gut zu essen. Milch schenkte mir der liebe Gott im Überfluß. Zwei Kinder hielt ich an der Brust, das dritte wartete. Hatte sich eines satt getrunken, nahm ich das dritte dran. Gott hat es aber so gewollt, daß ich die beiden hier aufziehen konnte, meinen Jungen aber mit zwei Jahren beerdigen mußte. Mehr Kinder sind mir nicht beschieden worden. Dagegen nahm Hab und Gut ständig zu. Jetzt wohnen wir hier in der Mühle beim Kaufmann, er bezahlt uns gut, und wir können über unser Leben nicht klagen. Nur eigene Kinder blieben uns versagt. Wie traurig wäre nun mein Leben, wenn ich nicht diese beiden Kinder hätte. Da muß ich sie doch von Herzen lieben? Sie sind für mich, was für die Kerze Wachs ist, ohne sie würde ich verlöschen!«

Die Frau drückte mit der einen Hand das lahme Mädchen fest an sich und trocknete mit der anderen die Tränen, die ihr die Wangen herabliefen.

Da seufzte Matrjona auf und sagte:

»Wahr ist es, was das Sprichwort sagt: Ohne Vater und ohne Mutter kannst du leben, aber ohne Gott nicht.«

Wie sie miteinander redeten, leuchtete es plötzlich auf in der Stube wie von einem Wetterleuchten. Aus der Ecke, wo der Michailo saß, kam der Schein. Sie blickten sich um und sahen: der Michailo hatte die Arme auf den Knien gekreuzt, schaute gen Himmel und lächelte.

X

Als die Frau und die Kinder gegangen waren, erhob sich Michailo von seiner Bank, legte seine Schürze ab und neigte sich tief vor dem Schuster und seiner Frau.

»Verzeiht mir«, sagte er, »Gott hat mir meine Schuld vergeben. Verzeiht nun auch ihr, wenn ich gefehlt habe!«

Und es sahen der Schuster und seine Frau, daß ein Leuchten von Michailo ausging. Da stand Ssemjon auf, verneigte sich vor Michailo und sprach:

»Ich sehe es, Michailo, daß du kein Mensch bist wie wir, und ich kann dich weder zurückhalten noch dich fragen, wer du bist. Doch sage mir bitte nur eines: Als ich dich an der Kapelle sitzen sah, warst du betrübt und dein Gemüt verdüstert. Du lächeltest aber, als meine Frau dir zu essen brachte, und von dem Augenblick an wurdest du fröhlicher. Als dann der reiche Mann seine Stiefel bestellte, ging ein zweites Lächeln über dein Antlitz, und dein Gemüt wurde noch lichter. Jetzt aber, da uns die Frau mit den zwei Mädchen aufgesucht hat, lächeltest du zum drittenmal, und so freudig ist dein Gemüt, daß ein Leuchten von dir ausgeht. Sage mir, Michailo, warum ist das so, und warum hast du dreimal gelächelt?«

Michailo antwortete und sprach:

»Darum geht ein Leuchten von mir aus, weil mir Gott vergeben hat und die Zeit meiner Strafe um ist. Es war mir aber aufgegeben worden, drei Worte Gottes zu erkennen, und jedesmal, da ich eines dieser Worte fand, lächelte ich. Das erste Wort erkannte ich, als deine Frau Mitleid mit mir hatte, das zweite, als der reiche Mann sich Stiefel bestellte, und jetzt, da ich die Kinder erblickte, ist mir auch das letzte, das dritte Wort offenbar geworden, und so lächelte ich zum drittenmal.«

Weiter fragte Ssemjon:

»Willst du mir sagen, Michailo, wofür dich Gott bestraft hatte und welches die Worte Gottes sind, damit sie auch mir bekannt werden?«

Und Michailo antwortete und sprach also:

»Der Herr bestrafte mich dafür, daß ich nicht erfüllte, was er mir befohlen hatte. Ich war ein Engel im Himmel und war doch ungehorsam gegen den Herrn. Gott schickte mich, seinen Engel, auf die Erde hinab, um einer Frau ihre Seele zu nehmen und sie in den Himmel zu tragen. Als ich nun zur Erde gekommen war, sehe ich: Die Frau, deren Seele ich holen soll, hat soeben Zwillinge geboren, zwei Mädchen. Hilflos regen sich die Neugeborenen neben der Mutter, sie aber hat keine Kraft mehr, ihre Kinder an die Brust zu nehmen. Da sah die Frau mich und begriff, daß ich von Gott gesandt bin, um ihre Seele zu holen. Sie weinte auf und sagte: ›O Engel Gottes! Erst vor zwei Tagen hat man meinen Mann zu Grabe getragen, ein Baum hat ihn bei der Waldarbeit erschlagen. Ich habe weder Mutter noch Schwester oder Tante, wer soll sich meiner Kleinen annehmen? Nimm meine Seele nicht von mir, laß mich erst meine Kinder aufziehen, sie auf eigene Füße stellen. Wie sollen denn die Kleinen ohne Vater und ohne Mutter bestehen?‹ Die Worte der jungen Mutter bewegten mich, ich legte ihr das eine Mädchen an die Brust, das andere drückte ich ihr in den Arm und flog gen Himmel. Ich trat vor Gottes Angesicht und sagte: ›Unmöglich war es mir, o Herr, der Frau, die soeben geboren hat, ihre Seele zu nehmen. Der Vater der Kinder ist tot, ein Baum hat ihn erschlagen, und einsam lag die Mutter mit ihren neugeborenen Zwillingen da und flehte mich an, ich möge die Seele nicht von ihr nehmen. ›Laß mich erst meine Kinder aufziehen‹, sagte sie zu mir, ›laß mich die beiden Kleinen auf eigene Füße stellen! Wie sollen sie denn ohne Vater und ohne Mutter bestehen?‹ Und da mich diese Worte rührten, habe ich der Frau ihre Seele nicht genommen. – Gott der Herr aber sagte zu mir: ›Fliege noch einmal hinab auf die Erde und tue, was ich dir gesagt habe. Nimm der Frau ihre Seele! Dann suche drei Dinge zu begreifen: Was in dem Menschen wohnt, was ihm nicht gegeben ist und wovon der Mensch lebt. Erst dann, wenn du diese drei Dinge erkannt haben wirst, kannst du wieder zum Himmel zurückkehren.‹ Und so flog ich denn zur Erde zurück und nahm der jungen Mutter ihre Seele.

Da ließen die Neugeborenen von der Brust der Mutter ab, sie aber sank leblos auf das Bett zurück und fiel dem einen Mädchen auf den Fuß und verletzte ihn. Ich erhob mich über das Dorf und trug die Seele der Mutter mit mir gen Himmel. Plötzlich erhob sich ein Sturm, meine Schwingen erschlafften und fielen ab von mir, und die Seele der Frau schwang sich ohne mich hinauf zu Gott. Ich aber fiel auf die Erde hinab.«

XI

So erfuhren es Ssemjon und Matrjona, wem sie Kleidung und Obdach gegeben hatten und wer mit ihnen gelebt hatte, und sie weinten vor Furcht und Freude. Der Engel aber fuhr fort:

»Mutterseelenallein lag ich dicht am Wege auf dem Feld und war nackt und bloß. Solange ich noch ein Engel gewesen war, blieb alle Not des Menschen mir fremd, ich kannte weder Hunger noch Kälte. Jetzt aber war ich auch nur ein Mensch, mich fror, ich hatte Hunger und wußte nicht, was ich tun solle. Da erblickte ich unweit der Stelle, wo ich niedergefallen war, eine Kapelle. Ich ging hin, trat an das Haus Gottes heran, um dort Schutz zu suchen: Doch war die Kapelle verschlossen, und ich konnte nicht eintreten. So setzte ich mich hinter der Kapelle hin, um wenigstens etwas Schutz vor dem Wind zu haben. Der Abend kam heran, immer mehr peinigten mich Hunger und Kälte, und ich verging beinahe vor Schmerz. Da hörte ich plötzlich einen Menschen; er kam die Straße entlang, an der die Kapelle steht, trug Stiefel in der Hand und redete mit sich selber. Zum erstenmal, nachdem ich selber ein Mensch geworden war, erblickte ich ein menschliches Antlitz, mir grauste davor und ich wendete mich um. Da dieser Mensch aber mit sich selber redete, vernahm ich, daß ihn die Sorge darum quäle, wie er sich vor der Kälte des Winters schützen solle und wie er Frau und Kinder vor dem Hunger bewahren könne. Da dachte ich: Ich vergehe hier vor Hunger und Kälte, dieser Mensch aber ist von Sorgen um sich und die Seinigen erfüllt. Einen warmen Pelz braucht er, um sich und seine Frau damit zu bedecken, und Brot braucht er auch und denkt nur daran, wie er das alles beschaffen könnte. Er wird mir nicht helfen! Da erblickte mich der Mann, runzelte die Stirn – das machte ihn noch schrecklicher – und ging weiter. Ich war schon nahe am Verzweifeln, da hörte ich den Mann zurückkommen. Ich blickte auf und erkannte ihn nicht wieder: Stand vorher Tod und Verwesung in seinem Gesicht, so war es jetzt von Leben erfüllt. Und in diesem Antlitz erkannte ich Gott. Der Mann trat auf mich zu, gab mir etwas anzuziehen, nahm mich dann an der Hand und brachte mich in sein Haus. Dort trat uns ein Weib entgegen und begann auf uns einzureden. Die

Frau aber war noch schrecklicher anzusehen, als es ihr Mann gewesen war. Leichengeruch ging von ihrem Munde aus, so daß ich vor diesem Pesthauch kaum atmen konnte. Am liebsten hätte sie mich aus ihrem Hause gejagt, und ich wußte, daß sie sterben müßte, wenn sie es tun würde. Der Mann aber redete ihr ins Gewissen und fragte sie, ob sie denn Gott vergessen habe. Da verwandelte sich die Frau, und als sie uns zu essen gab und mich dabei ansah, da wurde ich dessen gewahr, daß der Tod von ihr gewichen war, und erkannte auch in ihr Gott.

Da kam mir das erste Wort Gottes in den Sinn: ›Du wirst erkennen, was in den Menschen wohnt‹, und ich begriff, daß Liebe in den Menschen ist. Da ich mich aber darüber freute, daß Gott mir schon am ersten Tage einen Teil dessen offenbart hatte, was mir aufgetragen war zu begreifen, lächelte ich zum erstenmal. Doch war es mir noch nicht vergönnt zu wissen, was dem Menschen nicht gegeben ist und wovon der Mensch lebt.

Von jenem Tage an lebte ich bei euch. Ein volles Jahr war vergangen, da kam eines Tages jener reiche Mann gefahren, dem wir solche Stiefel nähen sollten, die ein Jahr hielten, ohne in den Nähten aufzugehen oder die Form zu verlieren. Als ich aber zu dem Mann aufblickte, erkannte ich hinter seinem Rücken meinen Freund, den Todesengel. Niemand außer mir konnte diesen Engel sehen, nur mir war es gegeben, und so wußte ich denn ganz allein, daß die Seele des reichen Mannes noch vor Sonnenuntergang von ihm genommen würde. Und da dachte ich: ›Dieser Mensch hier sorgt sich darum, was in einem Jahre sein soll, und dabei wird er den heutigen Abend nicht mehr erleben.‹ Da kam mir das zweite

Wort Gottes in den Sinn: ›Du wirst erkennen, was dem Menschen nicht gegeben ist.‹

Was in den Menschen wohnt, wußte ich, jetzt begriff ich auch, was dem Menschen nicht gegeben ist. Es ist ihm nicht gegeben zu wissen, was er für seinen sterblichen Leib benötigt. Da lächelte ich zum zweitenmal und freute mich darüber, daß ich meinen Freund, den Todesengel, erblicken durfte und durch die Güte Gottes sein zweites Wort erkennen konnte.

Doch war mir das dritte Wort des Herrn immer noch verborgen; es war mir noch nicht vergönnt zu wissen, wovon der Mensch lebt. So wartete ich in Geduld weiter des Tages, an dem es Gott gefallen würde, mir auch sein letztes Wort zu offenbaren. Sechs Jahre waren vergangen, da suchte uns die Frau mit den Zwillingen auf, und ich erkannte die Mädchen und erfuhr auch, auf welche Weise die beiden neugeborenen Kinder am Leben geblieben waren. Und da ich den Worten der Frau zuhörte, dachte ich in meinem Sinn: ›Als mich die Mutter bat, sie am Leben zu lassen, tat sie es um der Kinder willen, und um der Kinder willen habe ich auch ihre Bitte erhört; glaubte ich doch nicht, daß die Kleinen ohne Vater und ohne Mutter am Leben bleiben könnten! Eine fremde Frau hat sich aber ihrer erbarmt und sich der Kinder angenommen, und als diese Frau, gerührt von ihrer Liebe zu den fremden Kindern, weinte, da erkannte ich auch in ihr den lebendigen Gott und begriff, wovon der Mensch lebt. Da ich aber dessen gewahr wurde, daß mir der Herr verziehen hatte, indem er mich jetzt auch sein letztes Wort wissen ließ, da lächelte ich zum drittenmal.«

XII

Und es fielen die Kleider ab vom Leib des Engels, und helles Licht umhüllte ihn, so daß es nicht möglich war, ihn anzuschauen; und seine Stimme erklang immer lauter, als ob sie nicht von ihm ausginge, sondern vom Himmel käme.

Und der Engel sprach:

»So erkannte ich nun, daß nicht die Sorge um sich selbst und um ihr Wohlergehen die Menschen dem Leben erhält, ich begriff, daß der Mensch allein durch die Liebe zu leben vermag.

Es war der Mutter nicht gegeben zu wissen, was ihre Kinder brauchten, um am Leben zu bleiben; es war auch dem reichen Mann nicht gegeben zu wissen, wessen sein sterblicher Leib bedurfte. Und so ist es keinem Menschen gegeben zu wissen, ob er am Abend desselbigen Tages Stiefel für einen Lebenden oder Schuhe für einen Toten brauchen wird.

Als ich Mensch geworden war, blieb ich am Leben, nicht, weil ich um meines Leibes Nahrung besorgt war, sondern nur dadurch, daß ein Fremder, der an mir vorüberging und mein Elend sah, Mitleid mit mir hatte und daß in ihm und in seiner Frau Liebe war und sie mich liebgewannen. Auch beide neugeborenen Kinder sind am Leben geblieben, nicht weil sich ihre Nachbarn darum Gedanken gemacht haben, wie ihnen zu helfen sei, sondern nur dadurch, daß im Herzen einer fremden Frau Liebe wohnte und sie Mitleid mit den Kleinen hatte und sie liebgewann. Und so bleiben die Menschen am Leben, nicht weil sie in steter Sorge um sich selber bemüht sind, sondern nur dadurch, daß Liebe in den Herzen ihrer Mitmenschen wohnt.

Ich wußte es auch schon früher, daß Gott, der Herr, den Menschen das Leben geschenkt hat, damit sie dem Leben erhalten bleiben, jetzt aber erkannte ich etwas anderes:

Ich verstand, daß es dem Willen Gottes nicht entspricht, wenn die Menschen getrennt voneinander leben und jeder für sich bestehen will, darum ist es auch dem Menschen nicht gegeben zu wissen, was er für sich allein braucht. Gottes Wille ist es, daß alle Menschen in Eintracht leben und von Liebe zueinander erfüllt sind; darum ist dem Menschen nur das bekannt, was jeder von ihnen, der eine wie der andere, braucht und wessen sie alle gemeinsam bedürfen.

Jetzt verstand ich auch, daß es nur eine Täuschung ist, wenn es den Menschen so scheint, als sei es die Sorge um das tägliche Brot, was sie dem Leben erhält. Alle Menschen leben nur von der Liebe und nur durch sie allein. Wer Liebe hat, der ist Gott, und Gott ist in ihm, weil Gott Liebe ist.«

Da stimmte der Engel das Lob des Allerhöchsten an, und von seiner Stimme erzitterte das ganze Haus. Und es öffnete sich die Decke des Zimmers, und eine Feuersäule stand auf, die reichte von der Erde bis an den Himmel. Ssemjon stürzte auf die Erde nieder, mit ihm sein Weib und seine Kinder. Weite Schwingen entfalteten sich hinter dem Rücken des Engels, und er erhob sich gen Himmel.

Als Ssemjon wieder zu sich kam, stand sein Haus wie zuvor, doch war niemand mehr darin außer ihm und den Seinigen.

Versäumst du, den Funken zu löschen, wirst du der Flamme nicht Herr

Da trat Petrus zu ihm und sprach: Herr, wie oft muß ich denn meinem Bruder, der an mir sündiget, vergeben? Ist's genug siebenmal?
Jesus sprach zu ihm: Ich sage dir, nicht siebenmal, sondern siebenzigmal siebenmal.
Darum ist das Himmelreich gleich einem Könige, der mit seinen Knechten rechnen wollte.
Und als er anfing zu rechnen, kam ihm einer vor, der war ihm zehntausend Pfund schuldig.
Da er's nun nicht hatte, zu bezahlen, hieß der Herr verkaufen ihn und sein Weib und seine Kinder und alles, was er hatte, und bezahlen.
Da fiel der Knecht nieder und betete ihn an und sprach: Herr, habe Geduld mit mir, ich will dir's alles bezahlen.
Da jammerte den Herrn desselbigen Knechts und ließ ihn los, und die Schuld erließ er ihm auch.
Da ging derselbe Knecht hinaus und fand einen seiner Mitknechte, der war ihm hundert Groschen schuldig; und er griff ihn an und würgte ihn und sprach: Bezahle mir, was du mir schuldig bist!
Da fiel sein Mitknecht nieder und bat ihn und sprach: Hab Geduld mit mir, ich will dir's alles bezahlen.
Er wollte aber nicht, sondern ging hin und warf ihn ins Gefängnis, bis daß er bezahlte, was er schuldig war.

Da aber seine Mitknechte solches sahen, wurden sie sehr betrübt und kamen und brachten vor ihren Herrn alles, das sich begeben hatte.
Da forderte ihn sein Herr vor sich und sprach zu ihm: Du Schalksknecht, alle diese Schuld habe ich dir erlassen, dieweil du mich batest; solltest du denn dich nicht auch erbarmen über deinen Mitknecht, wie ich mich über dich erbarmet habe?
Und sein Herr ward zornig und überantwortete ihn den Peinigern, bis daß er bezahlte alles, was er ihm schuldig war.
Also wird euch mein himmlischer Vater auch tun, so ihr nicht vergebet von eurem Herzen, ein jeglicher seinem Bruder seine Fehler.

Matthäus 18,21–35

Es lebte sich gut und auskömmlich im Hause des Iwan Schtscherbakow. Der Bauer selbst, noch in den besten Mannesjahren, war einer der fleißigsten Arbeiter im Dorf und hatte dazu auch noch seine drei Söhne im Haus. Einer war schon verheiratet, der zweite verlobt und auch der dritte war den Kinderschuhen entwachsen und verstand sich darauf, mit den Pferden umzugehen und den Pflug zu führen. Iwans Frau war gescheit und eine gute Haushälterin, seine Schwiegertochter ruhig und arbeitsam. Konnte man sich ein besseres Leben denken? Im ganzen Haus gab es nur einen einzigen Esser, der nicht arbeiten konnte, das war der alte Bauer, Iwans Vater (schon das siebente Jahr litt er an Atemnot und lag krank auf dem Ofen). Alles hatte Iwan zur Genüge: Drei Pferde und ein Füllen standen in seinem Stall, eine Kuh mit ihrem Kalb, fünfzehn Schafe. Die Frauen hielten Kleider und Schuhwerk der Männer instand und halfen auch im Felde mit, die Männer aber gingen ihrer Bauernarbeit nach. Brot gab es reichlich, es reichte bis über die neue Ernte hinaus, und war einmal Bargeld vonnöten, um Steuern oder sonst etwas zu bezahlen, dann hielt dafür der Erlös vom verkauften Hafer her. Weder Kummer noch Sorge hätte Iwan zu kennen brauchen, wenn er sich nicht mit seinem Nachbarn verfeindet hätte, mit dem lahmen Gawrilo, dem Sohn des Gordei Iwanow.

Zu Lebzeiten des alten Gordei und solange noch Iwans Vater der Herr im Hause gewesen war, hatte gute Nachbarschaft zwischen den beiden Höfen geherrscht. Waren die Weiber um ein Sieb oder um einen Zuber verlegen, brauchten die Männer einen Sack oder mußten sie ein Rad auswechseln, so schickten sie von einem Hof zum andern und halfen einander. Kam aber einmal ein verirrtes Kalb in den nachbarlichen Hof gelaufen, so verjagte man es und sagte dem Nachbarn: »Gib auf euer Kalb Obacht, wir haben nach dem Drusch die Tenne noch nicht aufgeräumt.« Nie hatte es so etwas gegeben, daß man voreinander etwas versteckt oder gar Tenne und Scheuer abgeschlossen hätte, und erst recht wurde kein unnützes Zeug übereinander geschwatzt.

So lebte man, als noch die Alten zu bestimmen hatten, kaum aber hatten die Jungen ihre Höfe übernommen, da ging es auch schon los.

Mit einer lächerlichen Kleinigkeit fing es an. Iwans Schwiegertochter hatte eine Glucke, die in diesem Jahre früh zu legen begann. Die junge Frau sparte sich die Eier für das nahe Osterfest auf, jeden Tag ging sie in den Schuppen und holte sich aus dem Wagenkasten das frischgelegte Ei. Nun trug es sich eines Tages zu, daß Kinder die Glucke aufgeschreckt hatten und diese über den Zaun hinübergeflattert kam, um ihr Ei im Nachbarhof zu legen. Iwans Schwiegertochter hörte ihre Henne gackern: »Ach, jetzt hast du doch keine Zeit hinzugehen«, denkt sie, »erst mußt du mit der Stube fertig werden, dann reicht es immer noch, das Ei aus dem Wagenkasten zu holen.« So geht sie denn auch am Abend zum Schuppen, findet aber nichts. Sie fragt ihre Schwiegermutter, fragt den Schwager, ob die vielleicht das Ei genommen hätten. »Nein, wir haben nichts geholt«, geben sie zur Antwort; Tarasska aber, das ist der jüngste Schwager, meint, die Glucke werde wohl ihr Ei bei den Nachbarn gelegt haben. »Ich habe gehört, daß sie dort gegackert hat, und auch gesehen, wie sie von drüben geflogen kam.« Die Schwiegertochter blickt ihre Glucke an; die sitzt schon auf der Stange neben dem Hahn und hat die Augen verdreht, ist am Einschlafen. Gern hätte die junge Frau ihre Glucke gefragt, wo sie denn das Ei gelegt habe, doch kann ja das Tier nicht antworten, und so machte sich denn die Schwiegertochter auf den Weg zu den Nachbarn. Die alte Bäuerin sieht sie kommen und fragt:

»Was willst du, junge Frau?«

»Großmutter«, sagt die, »meine Glucke soll heute über den Zaun zu euch geflogen sein. Hat sie vielleicht ihr Ei bei euch gelegt?«

»Hab nichts gesehen, nichts gehört, meine Liebe! Wir haben, Gott sei Dank, selber welche, die da legen. Wir haben uns genug Eier von unseren eigenen Hennen zusammengelesen, wir brauchen keine fremden; wir haben es nicht nötig, liebes Mädchen, in fremden Höfen nach Eiern zu suchen.«

Solche Worte kränkten die junge Frau, sie blieb die Antwort nicht schuldig, die Nachbarin vergalt es ihr doppelt, und schon ging es los! Da kam auch Iwans Frau vom Brunnen und mischte sich ein, und Gawrilos Frau sprang hinzu und begann den Nachbarn ihre Sünden vorzuhalten, vergaß nichts, was gewesen war, und fügte auch das hinzu, was es nie gegeben hatte. Das gab ein Gezeter und ein Gekreische! Alle schreien sie durcheinander, wollen zwei Worte auf einmal loswerden, und auch die Worte sind alle schlecht und böse: »Du bist so eine und so eine ...«, »und du eine Diebin, eine Schlampe ...«, »und du läßt deinen alten Schwiegervater verhungern!« ... »Und du bist eine Bettlerin, mein Sieb hast du mir zerbrochen, und die Wassertrage gehört ja auch uns, gib sie nur gleich her!« Sie zerren an der Trage, schütten das Wasser aus, reißen sich die Kopftücher ab und schlagen aufeinander ein. Und als der Gawrilo, der gerade vom Felde kam, seiner Frau beistehen wollte, da sprangen auch Iwan und sein Sohn aus dem Hause heraus. Iwan war ein kräftiger Bauer, wutentbrannt schlug er auf seine Gegner ein und riß dem Gawrilo ein Büschel Barthaare aus. Von überallher kamen die Bauern gelaufen, doch nur mit Mühe konnten sie die Streithähne auseinanderbringen.

Damit begann es!

Sorgsam wickelte Gawrilo seine ausgerissenen Barthaare in ein Stück Papier und fuhr damit zum Gemeinderichter.

»Nicht dazu habe ich meinen Bart gepflegt«, sagte er, »daß ihn mir dieser Lump, der Wanjka, ausreißt.«

Seine Frau aber erzählte es einem jeden, der es hören wollte, der Richter würde gegen Iwan entscheiden und ihn nach Sibirien bringen. So herrschte von nun an bittere Feindschaft zwischen den beiden Nachbarhöfen.

Vergebens redete der Alte von seinem Ofen herab zum Frieden, die Jungen hörten nicht auf ihn.

»Unrecht tut ihr, liebe Kinder«, sagte er, »aus einem nichtigen Anlaß fangt ihr weiß Gott was an! Denkt doch ein wenig darüber nach: Ein Ei ist an allem schuld! Die Kinderchen werden sich das Ei geholt haben. Nun, Gott mit ihnen!, was liegt schon an einem Ei! Gott hat uns genug davon gegeben, es reicht für alle. Böse Worte sind gefallen? Dann mach es wieder gut und belehre die anderen, wie man reden soll. Geprügelt habt ihr euch? Auch das kommt vor! Geht hin, bittet einander um Verzeihung, und der Streit ist zu Ende. Je mehr ihr aber Böses tut, desto schlechter wird es euch selbst ergehen.«

Doch die Jungen schlugen die Worte des Alten in den Wind, der Alte rede ohnehin nicht mehr gescheit, meinten sie, er brumme nur vor sich hin, wie es alte Leute zu tun pflegen.

Iwan gab nicht nach:

»Ich habe ihm den Bart nicht ausgerissen«, sagte er, »er selbst hat das getan. Sein Sohn aber hat mir mein Hemd zerrissen; da ist es, schaut her!«

Und so fuhr denn auch Iwan zum Gericht. Beim Friedensrichter waren die beiden, beim Gemeinderichter, und während sie von einem Gericht zum andern fuhren, verschwand eines Tages aus Gawrilos Wagen der Deichselbolzen. Seine Weiber waren mit einer falschen Klage gegen Iwans Sohn rasch bei der Hand: »Er hat den Bolzen gestohlen«, sagten sie, »wir haben es gesehen, wie er nachts an unserem Fenster vorbei zum Wagen schlich, und auch die Gevatterin erzählte uns, er habe den Bolzen in der Schenke zum Kauf angeboten.«

Von neuem hatte das Gericht zu tun, auf den Höfen aber hörte man tagein, tagaus nichts als Schimpfworte, und auch Schlägereien waren nichts Seltenes. Die Kinder beschimpften einander, sie lernen es von den Alten, treffen aber einmal die Weiber am Fluß zusammen, dann kümmern sie sich weniger um ihre Wäsche als darum, wie sie einander möglichst viel giftige und böse Worte sagen können. War es zunächst nur Verleumdung gewesen, daß Iwans Sohn den Bolzen gestohlen habe, so begannen die Männer jetzt wirklich das zu nehmen, was unverschlossen und ohne Aufsicht herumlag. Von ihnen lernten es auch die Weiber und die Kinder. So wurde ihr Leben von Tag zu Tag böser und schlechter.

Kein Richter konnte die beiden Streithähne mehr sehen, so lästig waren ihnen Iwan Schtscherbakow und der lahme Gawrilo geworden, überall war man ihrer müde. Ist es heute der Gawrilo, der da Strafe zahlt oder gar ins Loch wandert, so ist die Reihe morgen an Iwan, und je mehr sie einander Böses tun, desto mehr nimmt ihr Groll zu. Es war nicht anders, als wenn Hunde aneinandergeraten: je mehr einer sich in den andern verbeißt, desto mehr wächst die gegenseitige Wut. Du schlägst den Hund, er aber denkt, der andere tue ihm den Schmerz an und wird immer böser. So war es auch mit den Bauern: sie fahren von Gericht zu Gericht, leiden eine Strafe nach der anderen, und alles das bringt sie noch mehr in Zorn: »Warte nur, ich werde es dir schon heimzahlen!« So ging es an die sechs Jahre lang, doch die ganze Zeit über wurde Iwans Vater nicht müde, den Jungen ins Gewissen zu reden.

»Was tut ihr denn, liebe Kinder? Laßt doch endlich die Streiterei! Seht ihr nicht, daß eure Arbeit darunter leidet? Reißt den Groll aus euren Herzen, leichter werdet ihr dann leben! Je mehr ihr gegeneinander wütet, desto schlimmer wird es nur!«

Doch kein Mensch hörte auf den Alten.

Im siebenten Jahr war es endlich so weit gekommen, daß Iwans Schwiegertochter vor allem Volk erzählte, man habe den Gawrilo beim Pferdediebstahl erwischt. Gawrilo war betrunken, konnte sich nicht beherrschen und schlug auf das Weib ein, so daß sie eine volle Woche das Bett hüten mußte. Sie war aber schwanger. Das war etwas für meinen Iwan: rasch setzte er eine Klageschrift auf und fuhr damit zum Untersuchungsrichter. »Jetzt habe ich ihn endlich«, denkt er, »jetzt wandert der Gawrilo ins Gefängnis oder gar nach Sibirien!« Doch Iwans Freude war nur von kurzer Dauer: Nachdem die Untersuchung ergeben hatte, daß die Schwiegertochter schon aufgestanden war und die Schläge keinerlei Folgen hinterlassen hatten, wies der Richter Iwans Klage ab. Iwan gab sich damit nicht zufrieden und fuhr zum Friedensrichter. Dieser überwies die Klage an das Bezirksgericht. Iwan eilte dorthin, setzte dem Schreiber und dem Starosten ein halbes Wedro süßen Schnaps vor und erreichte damit, daß Gawrilo verurteilt wurde. Das Urteil wurde in seiner Anwesenheit verlesen.

»Das Gericht hat für Recht erkannt«, begann der Schreiber, »den Bauern Gawrilo Gordejew mit zwanzig Rutenhieben zu strafen.« Iwan hört sich den Gerichtsbeschluß an und schaut dabei zu Gawrilo hinüber, neugierig, wie der das Urteil aufnehmen werde. Als Gawrilo hört, wozu man ihn verurteilt hatte, wird er weiß wie ein Handtuch, wendet sich um und geht zur Tür hinaus. Kurz nach ihm tritt auch Iwan in den Hausflur und kommt gerade noch zurecht, um Gawrilos Worte zu hören:

»Gut, gut, sollen sie mich nur bestrafen! Mein Rücken wird brennen, aber wenn bei ihm nur nichts anderes brennt!«

Kaum hatte Iwan dies gehört, da kehrt er auch schon stehenden Fußes in die Gerichtsstube zurück und sagt:

»Gerechte Richter! Er droht meinen Hof anzuzünden. Vor Zeugen hat er's gesagt!«

Wieder stand Gawrilo vor den Richtern.

»Ist es wahr, daß du es gesagt hast?«

»Nichts habe ich gesagt. Ihr könnt mich strafen, ihr habt ja die Macht dazu. Immer muß ich leiden, ihm aber ist alles erlaubt.«

Noch etwas wollte Gawrilo sagen, doch begannen seine Lippen zu zittern, er verzog sein Gesicht und drehte sich mit dem Gesicht zur Wand. Sogar die Richter bekamen es mit der Angst, als sie den Gawrilo ansahen. Wenn er nur sich oder seinen Nachbarn nichts antut!

Da ergriff ein alter Richter das Wort und sprach:

»Wißt ihr was, liebe Leute: vergleicht euch doch lieber in Güte! Du, mein lieber Gawrilo, hast unrecht gehandelt, du hast eine schwangere Frau geschlagen. Ein Glück, daß Gott barmherzig ist, du hättest sonst eine schwere Sünde auf dich geladen. War das etwa gut, was du tatest? Bekenne deine Schuld und verneige dich vor dem Iwan. Er wird dir verzeihen, und wir schreiben dann die Entscheidung um.«

Als der Schreiber dies hörte, unterbrach er den Richter:

»Das können wir nicht tun! Laut Artikel 117 muß nach erfolgter Beschlußfassung des Gerichts das Urteil vollstreckt werden, wenn vor der Verhandlung kein Vergleich zustande gekommen war.«

Der Richter hörte jedoch nicht auf den Schreiber:

»Hör doch auf, deine Zunge zu wetzen«, sagte er. »Der allererste Artikel, mein lieber Freund, lautet: Vergiß Gott und sein Gebot nicht; Gott aber hat befohlen, daß man einander vergeben soll.«

Und von neuem begann der Richter auf die beiden Bauern einzureden, doch hatte er damit keinen Erfolg. Gawrilo hörte nicht auf des Richters Rede und sagte nur:

»Übers Jahr bin ich nun fünfzig Jahre alt, und noch nie hat mich jemand geschlagen. Jetzt aber hat es dieser Lump, der Wanjka, so weit gebracht, daß ich ausgepeitscht werden soll, und da soll ich mich vor ihm verbeugen? Nein, nein, es ist genug! Aber er soll an mich denken, der Schuft!«

Hier versagte dem Gawrilo die Stimme, er wandte sich um und ging aus dem Zimmer.

Vom Gericht bis nach Hause waren es ganze zehn Werst, und so war es schon spät geworden, als Iwan heimkam. Die Weiber waren nicht im Haus, sie holten das Vieh ein. Er spannte aus, richtete alles her und ging dann ins Haus. Dort war es menschenleer: die Söhne noch auf dem Feld, die Weiber beim Vieh. Iwan ließ sich auf einer Bank nieder und verfiel in tiefes Sinnen. Ihm stand Gawrilo vor Augen, wie alles Blut aus seinem Gesicht wich und er sich gegen die Wand umdrehte, als man ihm den Gerichtsbeschluß verlesen hatte, und es wurde ihm unruhig ums Herz. Er mußte daran denken, wie es wohl ihm selber zumute gewesen wäre, wenn man ihn zu dieser schimpflichen Strafe verurteilt hätte. Und Gawrilo tat ihm leid. Da hört er den alten Vater auf dem Ofen, hört, wie er hustet, unruhig wird; dann sieht er, wie der Alte seine Beine vom Ofen herabläßt, sich mühsam aufrichtet und zu einer Bank hintastet. Auch die kleinste Bewegung fiel ihm schwer, und so packte ihn wieder der Husten und schüttelte ihn. Als er endlich den Anfall überwunden hatte, stützte sich der Alte auf den Tisch und sagte:

»Nun, wie war's? Hat man ihn verurteilt?«

»Zwanzig Rutenhiebe soll er bekommen!«

Der Alte schüttelte den Kopf:

»Schlecht ist es von dir, Iwan«, spricht er, »du weißt gar nicht, wie schlecht! Nicht ihm tust du Böses an, dir selber fügst du es zu. Wird es dir davon besser, wenn man ihm den Rücken peitschen wird?«

»In Zukunft wird er es nicht mehr tun«, sagte Iwan.

»Was wird er nicht tun? Ja, wieso hat er denn schlechter gehandelt als du?«

»Was heißt das? Hat er mir nicht Böses genug angetan? Unsere Schwiegertochter hätte von seinen Schlägen sterben können. Und jetzt droht er mir damit, daß er unseren Hof anzündet! Soll ich mich ihm dafür zu Füßen werfen?«

Der Greis seufzte tief auf und sagte:

»Du gehst und fährst in der ganzen Welt umher, Iwan, ich aber liege nun schon jahrelang auf dem Ofen. So denkst du, daß dir alles offenbar ist, ich aber nichts sehe. Nein, mein Kleiner, nichts kannst du erkennen, denn der Zorn hat deinen Blick getrübt. Die fremden Sünden siehst du deutlich vor dir, deine eigenen aber liegen hinter deinem Rücken. Was hast du gesagt: Er hätte böse gehandelt? Wäre er allein böse, dann gäbe es kein Übel auf der Welt. Entsteht denn das Böse von Mensch zu Mensch dadurch, daß einer allein etwas Böses tut? Nein, mein Lieber, immer sind zwei da, wo Böses entsteht. Seine Fehler erkennst du gut, aber deine eigenen bleiben vor dir verborgen. Hätte er allein böse gehandelt und du wärest gut geblieben, dann hätte nichts Schlechtes daraus entstehen können. Wer hat ihm denn den Bart ausgerissen? Wer hat alles aufgerührt? Wer hat ihn von einem Gericht zum andern geschleppt? Jetzt aber soll er allein an allem schuld sein! Nein, du selbst tust unrecht, und daher kommt auch das Böse. Ich habe nicht so gelebt, mein Lieber, und auch dich habe ich etwas anderes gelehrt. Wie haben wir mit Gawrilos Vater gelebt? Gute Nachbarschaft haben wir gehalten. Ging einmal bei ihm das Mehl aus, dann kam seine Frau: Onkel Frol, wir brauchen etwas Mehl! – Geh, junge Frau, geh in den Speicher, nimm dir, soviel du brauchst! Hatte er niemanden bei der Hand, dem er seine Pferde anvertrauen konnte: Geh, Wanjatka, führ seine Pferde hin! Fehlte aber uns etwas, dann ging ich zu ihm hin: Onkel Gordei! Ich brauche dies und das. Nimm dir, Onkel Frol! So war es zwischen uns, und so lebten wir miteinander. Und wie ist es jetzt? Da erzählte doch neulich ein Soldat von der Schlacht bei Plewna. Nun, ihr führt jetzt einen Krieg miteinander, der übler ist als jedes Plewna! Ist das ein Leben? Und was für eine Sünde nimmst du auf dich! Du bist der Bauer, bist der Herr im Hause, du wirst auch Rede und Antwort stehen müssen dafür, was die Weiber und Kinder in deinem Hause tun. Was lehrst du sie? Weißt du nicht, daß sie sich wie die tollen Hunde aufführen? Da hörte ich doch vor ein paar Tagen, wie dieser Rotzbengel, der Tarasska, die Tante Arina mit den übelsten Schimpfwörtern belegt, seine Mutter aber hört sich das alles an und lacht nur darüber. Ist das etwa recht? Für das alles wirst doch du selbst eines Tages zur Rechenschaft gezogen werden. Denke an dein Seelenheil! Muß es denn immer so sein: Du sagst mir ein Wort, ich dir zwei; du spuckst mich an, ich dich zweimal. Nein, mein Lieber, Christus hat uns Dummköpfen ein anderes Gebot gegeben. Sagt dir jemand ein böses Wort, dann halte still, sein Gewissen wird ihn schon überführen. So hat Er, das Väterchen, uns gelehrt. Gibt dir jemand eine Ohrfeige, so reiche ihm auch die andere Backe dar: Schlag zu, wenn ich's verdient habe! Sein Gewissen wird ihm schon die Wahrheit sagen, dann wird er sein Unrecht erkennen und auf dich hören. So hat uns Christus befohlen zu tun und nicht gesagt, daß wir in Stolz und Hochmut verharren sollen. Nun, du sagst ja nichts, habe ich etwa nicht recht?«

Iwan schweigt, doch hört er aufmerksam zu.

Ein neuer Hustenanfall packte den Alten, nur mit Mühe holte er wieder Atem und begann von neuem:

»Denkst du etwa, Christus hätte uns etwas Schlechtes gelehrt? Nein, alles, was er sagte, dient nur unserem Besten. Denk mal über dein Leben nach: Ist es dir besser ergangen, seitdem dieses Plewna zwischen euch herrscht? Rechne doch mal nach, wieviel Geld dich schon diese Gerichte gekostet haben, wieviel du auf deinen Fahrten für Essen und Trinken vertan hast! Was hast du für prächtige Söhne, ohne Sorgen könntest du leben und dein Gut mehren, statt dessen wirst du nur ärmer! Und woher kommt das? Allein davon, daß dich der

Hochmut plagt. Du müßtest mit den Jungens aufs Feld hinaus, pflügen oder säen, dich aber treibt der Böse zum Richter oder zu einem Rechtsverdreher. Pflügst du aber nicht und säst du nicht zur rechten Zeit, dann gibt das Mütterchen Erde auch nichts her. Warum hast du in diesem Jahr keinen Hafer? Wann hast du ihn gesät? In der Stadt bist du gewesen und hast dich bei den Gerichten herumgedrückt, als gesät werden mußte. Ach, mein Kleiner! Denke doch nicht an die anderen, sondern nur daran, was dich selbst angeht! Deine Sache ist es, mit den Jungen im Feld und im Hause zu arbeiten, beleidigt dich aber jemand, dann vergib ihm in Gottes Namen, das ist nützlicher, und auch deine Seele wird davon leichter.«

Iwan schwieg noch immer.

»Hör mal zu, Wanja, hör auf mich Alten! Geh, spann den Schecken an und fahr gleich hinüber zum Gericht, schlage dort die Klage nieder und geh morgen in der Frühe zum Gawrilo, sprich dich aus mit ihm, wie es Gottes Wille ist! Da morgen Feiertag ist (es war um Mariä Geburt), bitte den Gawrilo zu Gast, sorge dafür, daß der Ssamowar bereitsteht, und schaffe auch einen Halbstof Branntwein herbei! So kannst du der Sünde ein Ende bereiten, und damit auch in Zukunft nichts geschieht, belehre die Weiber und die Kinder.«

Iwan seufzt tief auf. Richtig ist es, was mein Alter sagt, denkt er. Sein Zorn ist verraucht, nur weiß er nicht, wie er es am besten anfängt, um sich mit seinem Nachbarn zu versöhnen.

Und noch einmal begann der Alte, als ob er erraten hätte, warum Iwan noch zögerte:

»Geh, Wanja, verschiebe es nicht! Lösche das Feuer,

solange es glimmt; brennt es erst einmal richtig, dann wirst du mit ihm nicht mehr fertig!«

Noch etwas wollte der Alte hinzufügen, doch kam er nicht mehr dazu. Wie Elstern schnatternd, kamen die Weiber nach Hause. Sie wußten schon, daß Gawrilo verurteilt worden war und daß er mit dem roten Hahn gedroht hatte. Alles hatten sie schon erfahren, und was sie nicht gehört hatten, das hatten sie selbst dazugedichtet. Auch hatten sie schon genug Zeit gefunden, den Weibern des Gawrilo Grobheiten an den Kopf zu werfen. Jetzt schwatzten sie daher, Gawrilos Schwiegertochter hätte ihnen mit dem Untersuchungsrichter gedroht. Der Richter sei auf der Seite des Gawrilo, hätte sie gesagt, er würde allem einen ganz anderen Lauf geben, und der Lehrer habe auch schon eine neue Klage gegen den Iwan aufgesetzt und sie an den Zaren selbst gerichtet. Vom Deichselbolzen sei darin die Rede und vom Gemüsegarten, und nun würde Iwan bestimmt verurteilt und müsse die Hälfte seines Besitzes an Gawrilo abtreten. Als Iwan all dies Gerede hörte, verhärtete sich sein Herz von neuem und wurde kalt in ihm, und er gab den Entschluß auf, sich mit Gawrilo zu versöhnen.

In einem Bauernhause gibt es immer etwas zu tun. Noch während die Weiber schwatzten, war Iwan aufgestanden und aus dem Hause gegangen. Als er auf der Tenne und in der Scheune mit seiner Arbeit fertig war und wieder ins Haus wollte, war die Sonne untergegangen und die Söhne kamen von der Feldarbeit zurück. Sie hatten den Acker für die Wintersaat umgebrochen. Iwan ging ihnen entgegen, fragte sie über die Arbeit aus und half ihnen beim Ausspannen, dann legte er ein zerrissenes Kummet zur Seite, um es zu flicken, und wollte auch noch ein paar Stangen in die Scheuer bringen, doch war es inzwischen dunkel geworden, so daß er die Stangen liegen ließ. Er schüttete dem Vieh Futter auf und öffnete das Tor, um Tarasska, der mit den Pferden in die nächtliche Hut wollte, auf die Straße hinauszulassen. Dann schloß er das Tor hinter seinem Sohn und legte auch das Brett vor. »Jetzt sollte man zu Abend essen und sich schlafen legen«, dachte er, nahm das zerrissene Kummet und ging damit ins Haus. Und über all diesem Tun hatte er den Gawrilo ganz vergessen und auch das, was ihm der Vater gesagt hatte. Kaum hatte er jedoch den Türring gepackt und wollte in den Flur eintreten, da hört er hinter dem Zaun die heisere Stimme seines Nachbarn: »Was ist der Teufel schon wert? Umbringen sollte man ihn!« Bei diesen Worten packte Iwan wieder der Zorn, und er blieb an der Tür stehen, um sich anzuhören, was Gawrilo noch zu sagen hatte. Erst als dieser kein Schimpfwort mehr wußte, ging Iwan ins Haus. Als er in die Stube trat, machte man dort gerade Licht an. Hinter ihrem Spinnrad sitzt in der Ecke die junge Frau, die Alte sucht das Essen zusammen, der ältere Sohn flicht Bastschuhe, und Tarasska macht sich für die nächtliche Weide fertig.

Alles im Hause ist voller Ruhe und Frieden, doch tief in der Seele sitzt der Wurm, der Zorn auf den bösen Nachbarn.

Und so trat denn Iwan mißmutig und verdrossen in die Stube ein; er warf die Katze von der Bank und beschimpfte die Weiber, daß der Waschzuber nicht an seinem Platz stünde. Dann setzte er sich voller Ärger mit einem finsteren Gesicht hin und begann das Kummet zu flicken; seine Gedanken aber kehrten unablässig zu

Gawrilo zurück, zu dem, womit er ihm vor Gericht gedroht hatte, und auch zu dem, was der Gawrilo soeben mit seiner heiseren Stimme herausgebrüllt hatte: er, der Schuft, solle verrecken.

Die Alte setzte dem Tarasska das Abendessen hin, der Bursche aß, zog sich dann den Pelz über und schnallte den Gurt um, dann steckte er etwas Brot zu sich und ging zu seinen Pferden auf die Straße hinaus. Der ältere Bruder wollte ihm helfen, doch stand Iwan selber auf und trat mit Tarasska in die Vorlaube. Draußen war es schon ganz dunkel. Am Himmel stand eine schwarze Wolkenwand, und ein Wind war aufgekommen. Iwan trat die paar Stufen von der Vorlaube auf die Straße hinab, half seinem Sohn in den Sattel, schreckte das Füllen hinter ihm her und blieb dann vor dem Hause stehen. Er schaute Tarasska nach, hörte auch, wie der die Dorfstraße hinabritt, sich mit anderen Burschen traf und wie sie zusammen davonritten. Auch als man sie nicht mehr hören konnte, stand Iwan immer noch am Tor und dachte über Gawrilos Worte nach: »Wenn es bei ihm nur nicht noch schmerzhafter brennt!«

»Er wird sich selbst nicht verschonen«, denkt Iwan. »So trocken ist es, und jetzt auch noch der Wind! Wie rasch ist es getan! Er schleicht sich ans Haus heran, der Bösewicht, steckt einen Feuerbrand hinein und verschwindet. Dann brennt mir alles nieder, ihm aber wird man nichts nachweisen können. Ja, wenn ich ihn dabei erwischen könnte, dann würde ich schon zupacken!« Und so lebendig wird dies Bild in ihm, daß Iwan nicht ins Haus zurückkehrt, sondern die Straße hinabgeht. »Ich will doch mal um den Hof herumgehen! Was weiß man schon, was der Schurke vorhat?« Und so geht denn

Iwan mit weichen Schritten am Tor vorbei bis an die Ecke des geflochtenen Zaunes und schaut dort den Zaun entlang. Und da kommt es ihm doch so vor, als ob sich an der anderen Ecke etwas bewegt hätte. Beinahe sah es so aus, als hätte jemand um die Ecke geschaut und sich dann rasch wieder versteckt. Lautlos, alle Sinne angespannt, bleibt Iwan stehen, doch alles ist totenstill, nur der Wind zaust die Weiden und raschelt im Strohdach.

Als Iwan ins Freie getreten war, hatte er kaum die Hand vor den Augen sehen können, jetzt aber hatte er sich an die Dunkelheit gewöhnt und konnte gut an der anderen Ecke des Zaunes Pflug und Egge unter dem vorspringenden Dach erkennen. Iwan stand immer noch unbeweglich da und schaute gespannt hinüber, doch war nichts zu sehen.

»Ich werde mich wohl getäuscht haben«, dachte Iwan, »aber lieber will ich doch noch einmal um das ganze Haus herumgehen.« Und so schleicht er sich weiter an der Scheune entlang, die Bastschuhe aber dämpfen seinen Schritt, so daß er sich selbst nicht hört. Nun ist er schon beinahe an der anderen Ecke, da blitzt etwas am Pflug auf und verschwindet wieder. Wie mit einem Hammer traf es Iwans Herz, und er blieb stehen. Zum zweitenmal leuchtet es an der gleichen Stelle auf, heller jetzt, und deutlich kann Iwan einen Mann erkennen, der mit dem Rücken zu ihm am Boden hockt und einen Büschel Stroh in seinen Händen zündet. Iwans Herz begann zu schlagen wie ein Vogel, sein Körper spannt sich wie eine Feder, und mit raschen, lautlosen Schritten eilt er auf den Mann zu. »Jetzt«, denkt er, »jetzt wirst du mir nicht entkommen! Jetzt packe ich dich!«

Doch ehe es dazu gekommen war, wurde es plötzlich ganz hell, aber schon nicht mehr an der gleichen Stelle und auch nicht mehr von einem kleinen Feuer, nein, in heller Flamme loderte das Stroh unter dem Dach auf, und in der flackernden Helle sieht Iwan den Gawrilo stehen und kann ihn vom Scheitel bis zur Sohle erkennen.

Wie sich ein Falke auf eine Lerche stürzt, so fiel Iwan über den Lahmen her. »Jetzt binde ich dich!« denkt er. »Jetzt entweichst du mir nicht mehr!« Doch der Lahme hatte wohl Iwans letzte Schritte gehört, aufgeschreckt blickte er sich um, und – woher kam ihm nur diese Schnelligkeit! – schon humpelte er wie ein Hase an der Scheune entlang davon.

»Nein, nein, du entkommst mir nicht!« rief Iwan und stürzte hinter ihm her. Schon packte er zu, aber Gawrilo wand sich ihm aus den Händen, so daß Iwan nur den Rockschoß zu fassen bekam, der aber riß, und Iwan fiel der Länge nach hin. Rasch sprang er wieder auf, rief mit lauter Stimme »Hilfe, Hilfe, halt!« und rannte dem Gawrilo nach.

Gawrilo hatte unterdes seinen Hof erreicht, doch hier holte ihn Iwan ein. Wieder packte er zu und glaubte jetzt den Gawrilo zu haben, da sauste etwas auf seinen Schädel herab und schlug ihm wie mit einem Stein gegen den Kopf. Das war aber Gawrilo, der einen eichenen Zaunpfahl gepackt hatte und ihn aus voller Kraft auf den heranlaufenden Iwan niedersausen ließ.

Funken sprühten aus Iwans Augen, dann wurde es dunkel um ihn, und er wankte. Als er wieder zu sich gekommen war, sah er den Gawrilo nicht mehr vor sich, dagegen war es jetzt hell geworden wie am hellichten

Tag, und von dorther, wo sein Hof stand, hörte man ein Summen und ein Knattern, als ob eine Maschine in Gang sei. Iwan blickte sich um: Die hintere Scheune seines Gehöfts stand in hellen Flammen, der Brand hatte auch schon die Nebenscheune erfaßt; Funkengarben prasselten, brennendes Stroh trieb auf das Wohnhaus zu.

»Ja, was ist denn das, liebe Brüder?« rief Iwan aus, hob die Hände und schlug sich auf die Lenden. »Ich brauchte ja bloß den Strohwisch herauszureißen und ihn mit den Füßen auszutreten. Was ist denn nur, liebe Brüder?« wiederholte er noch einmal und wollte laut aufschreien, doch versagte ihm die Stimme, und sein Atem ging aus. Er wollte laufen und konnte es nicht, die Beine gehorchten ihm nicht, und er stolperte über seine eigenen Füße. Nur ganz langsam kam er voran, die Luft ging ihm aus, er blieb stehen, holte von neuem tief Atem und schwankte weiter. Als er jedoch bis zur Scheune kam, brannte auch schon die Nebenscheuer lichterloh, und das Feuer hatte auch auf die eine Ecke des Wohnhauses und auf das Tor übergegriffen. Aus der Haustür schlugen schon Flammen heraus, und in den Hof konnte man auch nicht hinein. Rings um das brennende Haus drängten sich die Menschen, doch konnten sie nichts mehr tun. Die Nachbarn aber schleppten schon aus ihren eigenen Häusern den Hausrat heraus und trieben das Vieh aus den Ställen. Von Iwans Hof hatte das Feuer auf Gawrilos Gehöft übergegriffen, und dann trug es der Sturm über die Straße. Die Hälfte des Dorfes brannte in dieser Nacht nieder.

Aus Iwans Haus hatte man den alten Vater herausgetragen, und wer sonst in der Stube gewesen war, der war gerade noch herausgesprungen und hatte nichts mitnehmen können außer dem, was er gerade auf dem Leibe trug. Alles Hab und Gut, außer den Pferden in der nächtlichen Hut, war dahin, das Vieh war verbrannt, die Hühner, Wagen, Pflüge und Eggen, die Truhen der Weiber und das Getreide in der Kornkammer.

Gawrilo dagegen hatte sein Vieh retten können und auch einigen Hausrat aus dem Hause herausgebracht.

Es brannte die ganze Nacht hindurch. Iwan blieb unverwandt am Feuer stehen, starrte in die Glut und sprach immerzu das gleiche: »Ich brauchte es ja nur herauszureißen und mit den Füßen auszutreten, liebe Brüder!« Als aber das Dach einstürzte, kroch er durch die brodelnde Hitze, packte einen halbverbrannten Balken und schleppte ihn aus dem Feuer. Die Weiber riefen ihn zurück, doch hörte er nicht auf sie, schleppte den Balken heraus und machte sich an einen anderen, dabei schwankte er und fiel ins Feuer. Sein ältester Sohn sprang ihm nach und zog ihn heraus. Iwan hatte sich Bart und Haare versengt, die Kleider waren voller Brandlöcher und auch die Hände hatte er sich verletzt, doch fühlte er die Wunden nicht. »Vor Schmerz hat er den Verstand verloren!« sagten die Leute. Allmählich begann das Feuer abzunehmen, aber immer noch stand Iwan da und redete immerzu das gleiche: »Was ist denn das, liebe Brüder, ich brauchte es ja nur herauszureißen!«

Gegen Morgen kam der Sohn des Starosten:

»Onkel Iwan, dein Vater liegt im Sterben; er hat befohlen, dich zu rufen, er will Abschied von dir nehmen.«

Über all dem Unglück hatte Iwan seinen Vater vergessen und verstand zuerst gar nicht, was der Junge meinte:

»Was für ein Vater?« sagt er. »Wen rufen?«

»Dich befahl er zu rufen, Onkel Iwan! Er stirbt in unserem Hause. Komm mit!« gab der Sohn des Starosten zur Antwort und zog Iwan an der Hand mit sich fort.

Während man den Alten aus dem Hause brachte, war brennendes Stroh auf ihn niedergefallen und hatte ihn versengt. Man hatte ihn zum Starosten in die Vorstadt gebracht, die von der Feuersbrunst verschont geblieben war.

Als Iwan zu seinem Vater kam, war niemand im Haus außer der Frau des Starosten und den Kindern auf dem Ofen. Alle anderen waren an der Brandstätte. Der Alte lag auf der Bank, hielt eine Kerze in der Hand und schaute nach der Tür. Als Iwan in die Stube trat, bewegte sich der Kranke ein wenig, die Frau des Starosten aber beugte sich zu ihm nieder, um ihm zu sagen, daß sein Sohn gekommen sei. Da hieß der Alte Iwan näher kommen und redete ihn an:

»Nun, Wanjatka«, sagte er, »habe ich es dir nicht gesagt? Wer hat jetzt das halbe Dorf verbrannt?«

»Er, Vater«, sagte Iwan, »ich habe ihn dabei erwischt! Ich habe es mit eigenen Augen gesehen, wie er das Feuer angelegt hat. Ich brauchte ja bloß den brennenden Strohwisch herauszureißen und ihn mit den Füßen auszutreten! Nichts hätte es dann gegeben!«

»Iwan«, sagte der Alte, »meine letzte Stunde ist nun gekommen, aber auch du wirst einmal sterben müssen. Sag, wessen Sünde ist das?«

Unverwandt blickte Iwan seinen Vater an und schwieg. Nicht ein Wort kam über seine Lippen.

»Sage mir vor Gott, Iwan, wer die Schuld daran trägt! Habe ich dir nicht alles vorausgesagt?«

Da erst kam Iwan zu sich und verstand, was der Vater meinte. Er seufzte tief auf, sagte: »Meine Sünde ist es, lieber Vater!« und fiel schluchzend vor dem Alten auf die Knie nieder. »Verzeih mir, lieber Vater«, sprach er, »ich trage schwere Schuld vor dir und vor Gott!«

Da bewegte der Sterbende seine Hände, nahm die Kerze in die linke Hand und erhob seine rechte zur Stirn, als wolle er sich bekreuzigen, doch brachte er den Arm nicht hoch.

»Gelobt sei der Herr! Gelobt sei der Herr!« sagte er und ließ den Blick nicht von seinem Sohn.

»Wanjka, ach Wanjka!«

»Was, lieber Vater?«

»Was sollen wir jetzt tun?«

Iwan weinte immer noch.

»Ich weiß es nicht, lieber Vater«, sagte er, »wie sollen wir jetzt leben, lieber Vater?«

Der Alte schloß die Augen, bewegte seine Lippen, als ob er Kraft sammle, öffnete dann die Augen und sagte:

»Ihr werdet schon durchkommen. Wenn ihr leben werdet, wie Gott es befiehlt, dann werdet ihr durchkommen.« Eine Weile schwieg der Alte, dann lächelte er und sagte:

»Gib acht, Wanja, daß du es keinem Menschen verrätst, wer das Feuer angelegt hat. Für jede fremde Schuld, die du deckst, wird dir der Herr zwei deiner Sünden vergeben.« Und der Alte nahm die Kerze in seine beiden Hände, faltete die Hände unter dem Herzen und atmete tief aus. Dann streckte sich sein Körper, und er verschied.

Iwan verriet es keinem Menschen, daß er den Gawrilo an der Scheune gesehen hatte, und so erfuhr auch niemand, wie das Feuer entstanden war.

Iwans Zorn war verraucht; Gawrilo wunderte sich anfangs, daß Iwan ihn nicht anzeigte, und hatte auch in der ersten Zeit Angst vor ihm; nach einer Weile aber gewöhnte er sich daran. Kaum hatten die Männer aufgehört zu streiten, da taten es ihnen auch Weiber und Kinder nach. Solange neu gebaut wurde, lebten beide Familien in einem Gehöft, und auch als das Dorf neu aufgebaut wurde und man die Höfe weiter auseinandersetzte, blieben Iwan und Gawrilo Nachbarn.

Sie lebten von nun an in guter Nachbarschaft miteinander, so wie es die Alten zu ihrer Zeit getan hatten. Und es vergaß Iwan Schtscherbakow den Befehl seines Vaters nicht und auch nicht das Gebot Gottes, daß man das Feuer löschen müsse, solange es noch glimmt.

Und wenn ihm jemand Böses antut, so vergilt er nicht Gleiches mit Gleichem, sondern bemüht sich, alles in Güte zu erledigen; und sagt ihm jemand ein böses Wort, dann sinnt er nicht darüber nach, wie er es mit einem noch übleren beantworten könne, sondern ist bestrebt, den anderen davon zu überzeugen, daß es nicht gut sei, Böses zu sagen. Und so lehrt er auch die Weiber und Kinder in seinem Haus. Und der Wohlstand kehrte zurück in das Haus des Iwan Schtscherbakow, und er lebte noch besser als bisher.

Die Kerze

Ihr habt gehört, daß da gesagt ist: Auge um Auge und Zahn um Zahn.
Ich aber sage euch: Widerstehet nicht dem Bösen ...

Matthäus 5,38 f.

Es war damals, als es in Rußland noch Herren und Leibeigene gab. Verschiedener Art waren die Herren: Die einen, fromm und gottesfürchtig, dachten an ihre letzte Stunde und behandelten ihre Bauern milde und gerecht, andere aber waren ärger als böse Kettenhunde – Gott verzeih mir die Sünde! Nichts aber konnte schlimmer sein, als wenn einem Leibeigenen Macht über seinesgleichen gegeben wurde, die Hand eines solchen Menschen lastete schwerer auf den Bauern als die eines richtigen Gutsherrn.

Da gab es einmal, irgendwo im weiten Rußland, ein Gut, einem Adligen gehörte es. Die Bauern waren in der Fron. Land gab es zur Genüge, guten Acker, Wasser, Wiesen, Wälder; von allem reichte es für den Herrn und für die Bauern; da holte sich aber der Gutsherr von einem seiner anderen Güter einen Leibeigenen und setzte ihn hier als Verwalter ein. Der packte die Macht mit derben Fäusten und setzte sich wie ein Nachtmahr den Bauern in den Nacken. Eigentlich hätte man meinen sollen, die Bauern würden mit ihm ein leichteres Leben haben, war er doch selber Familienvater und hatte sich auch

Geld genug zusammengespart; doch war sein Herz voller Habgier und tief in Sünde verstrickt, und so begann er, die Bauern wider Recht und Herkommen auch außerhalb der festgesetzten Zeit zur Fronarbeit zu treiben. Er richtete eine Ziegelei ein. Männer und Frauen kamen bei der schweren Arbeit um, er aber verkaufte die Ziegel und wurde reich dabei.

Da gingen ein paar Bauern zu ihrem Gutsherrn nach Moskau und führten dort Klage gegen den Verwalter. Der Herr hörte sie kaum an, schickte sie heim und ließ dem Verwalter weiter freie Hand. Natürlich hörte auch der bald davon, daß sich die Bauern bei ihrem Herrn beschwert hätten, er begann es ihnen heimzuzahlen, und noch drückender lastete seine Hand auf den Bauern. Bald fand er unter ihnen auch Helfershelfer, falsche, treulose Menschen, die ihr eigenes Blut dem Verwalter verrieten.

Von einem Tag zum anderen wurde es ärger, und schließlich war es so weit, daß man den Verwalter wie ein wildes Tier fürchtete. Fuhr er durch das Dorf, dann flüchtete alles vor ihm wie vor einem bösen Wolf, jeder verkroch sich, um ihm nicht vor die Augen zu kommen. Der Verwalter merkte das bald genug und erboste sich noch mehr darüber, als er sah, wie sehr sich alle Welt vor ihm fürchtete. Immer ärger plagte er die rechtgläubige Christenheit, immer mehr Arbeit gab es, dazu Schläge bei jeder Gelegenheit, und keiner konnte ein Ende dieser Qual absehen.

Nun war es mancherorts vorgekommen, daß sich die Bauern von solchen Bösewichtern, wie der Verwalter einer war, zu befreien wußten. Es dauerte nicht lange, da wurde auch bei uns davon gesprochen. Glaubten sich die

Bauern sicher und unbelauscht, dann sagten es die Mutigeren frei heraus: »Wie lange sollen wir es noch dulden, daß dieser Bösewicht uns schindet! Gewiß, einen jeden von uns wird der Herrgott richten, doch unmöglich kann es Sünde sein, einen solchen Menschen umzubringen.«

Einmal, es war kurz vor Ostern, hatten die Bauern im herrschaftlichen Wald zu arbeiten. Zur Mittagszeit versammelten sie sich, und wieder ging das Gerede los:

»So kann es nicht länger bleiben! Der Mensch richtet uns ja zugrunde. Weder bei Tage noch bei Nacht gibt er uns Ruhe, uns nicht und unseren Frauen auch nicht; halb zu Tode hat er uns schon gequält, und paßt ihm etwas nicht, dann kannst du dich gleich auf eine Tracht Prügel gefaßt machen. Den Ssemjon hat er peitschen lassen, bis der seinen Geist aufgab, und was hat auch der Anissim im Block erdulden müssen! Worauf wollen wir noch warten? Heute abend kommt er hierher; ist ihm dann wieder das und jenes nicht recht, dann zerren wir ihn vom Pferd herab, ein Schlag mit dem Beil, und alles ist zu Ende! Wie einen Hund verscharren wir ihn im Wald, und kein Hahn kräht mehr danach. Nur eines ist nötig: Zusammenhalten müssen wir, keiner darf den anderen verraten.«

Wassili Minajew war es, der so sprach. Mehr als alle anderen haßte er den Verwalter. Er hatte auch allen Grund dazu, denn es verging kaum eine Woche, ohne daß er auf des Verwalters Geheiß ausgepeitscht wurde, und zu alledem hatte ihm der auch noch seine Frau genommen. Als Köchin diente sie bei ihm.

Am Abend kam der Verwalter geritten. Schon von weitem hörte man ihn schimpfen und schreien:

»Habe ich euch befohlen, die Linde zu fällen? Wer hat es getan? Antwort! Schnell! Sonst lasse ich jeden von euch peitschen!«

Sie schwiegen, doch als er endlich fragte, in wessen Reihe die Linde gestanden hatte, da zeigten sie auf den Ssidor. Schon traf diesen die Faust des Verwalters mitten ins Gesicht, daß ihm das Blut herunterfloß. Auch Wassili bekam mit der Peitsche sein Teil ab, weil sein Reisighaufen zu klein sei. Dann ritt der Verwalter heim.

Als die Bauern wieder allein waren, sagte Wassili:

»Was seid ihr schon für ein Volk! Spatzen seid ihr, keine Menschen! Ja, im Schreien, da seid ihr groß! ›Alle für einen, alle für einen‹, ist es aber einmal so weit, dann zieht ihr die Köpfe ein. Wie war es doch, als die Spatzen gegen den Habicht zu Felde zogen? Auch sie tschilpten um die Wette ›Alle für einen, alle für einen‹, kaum aber war der Habicht da, da waren die Spatzen verschwunden, saßen in den Brennesseln und ließen es geschehen, daß der Habicht den packte, den er haben wollte. Kaum aber war der Habicht weg, da waren auch die Spatzen wieder da: ›Tschilp, tschilp! Es fehlt einer! Wer fehlt! Wanjka? Geschieht ihm recht, zu nichts war er nutze!‹ Seid ihr etwa anders? Wenn ihr schon schreit: ›Alle für einen, alle für einen‹, dann haltet auch daran fest! Als er auf den Ssidor einschlug, hätte man ein Ende machen sollen! Aber auch ihr schreit ja bloß, kommt er aber angeritten, da zieht jeder von euch den Kopf ein.«

Doch begannen die Bauern immer häufiger von der Sache zu reden, und schließlich waren sie entschlossen, mit dem Verwalter ein Ende zu machen.

Als die Karwoche gekommen war, ließ der Verwalter sagen, die Bauern sollten sich bereit halten, in der Osterwoche das herrschaftliche Haferfeld umzupflügen. Die Bauern fühlten sich um ihr gutes Recht betrogen und begannen zu murren:

»So weit hat er schon Gott und sein Gebot vergessen, daß er eine solche Sünde von uns verlangt. Jetzt sollte man ihn wirklich erschlagen. Tun wir es nicht, gehen wir ganz zugrunde.«

Auch Pjotr Michejew war gekommen, doch – still und friedfertig wie er war – konnte er damit nicht einverstanden sein, was die aufsässigen Bauern planten. Lange hörte er sich an, was die anderen redeten, dann sagte er:

»Eine große Sünde habt ihr im Sinn, liebe Brüder! Einen Menschen umzubringen ist nicht schwer, was tut ihr aber damit eurer Seele an? Ins Verderben bringt ihr sie damit! Gewiß tut der Verwalter Böses, nun, Böses wird er auch erleiden müssen. Uns aber kommt es zu, Geduld zu haben und das zu tragen, was uns auferlegt wird. So denke ich darüber, liebe Brüder!«

Ärgerlich fuhr Wassili auf:

»Immer schwatzt du dasselbe: Sünde, Sünde! Natürlich ist es Sünde, einen Menschen zu töten. Aber was ist denn der Verwalter für ein Mensch! Töte ich einen guten Menschen, dann begehe ich eine schwere Sünde, aber so ein Vieh umzubringen, das befiehlt uns Gott selbst. Auch einen tollen Hund wirst du erschlagen um der Menschen willen. Nein, wir sündigen nur, wenn wir diesen Bösewicht am Leben lassen. Wieviel Menschen wird er noch zugrunde richten? Und sollen wir auch dafür leiden, daß wir ihn erschlagen, dann leiden wir um der Menschen willen, die werden uns schon dafür Dank wissen. Halten wir aber still, dann wird er uns alle zertreten. Glaubst du etwa, es ist keine Sünde, an Christi Feiertag zu arbeiten? Du wirst als erster nicht zur Arbeit gehen!«

»Aber natürlich werde ich arbeiten! Befiehlt er mir zu pflügen, dann werde ich pflügen, ich tue es ja nicht um meines eigenen Vorteils willen. Gott aber weiß, wessen Sünde das ist. Nur ihn und sein Gebot dürfen wir nicht vergessen, liebe Brüder, denn was ich euch sage, das sind ja nicht meine eigenen Gedanken. Hätte uns Gott befohlen, das Böse in der Welt dadurch zu vertreiben, daß wir selber Böses tun, dann würde es auch in der Schrift verzeichnet sein, dort aber lesen wir es anders. Fängst du erst an, Gewalt anzuwenden, auch wenn es Gewalt wider das Böse ist, dann geht das Böse in dich ein. Einen Menschen umzubringen ist nicht schwer, doch deine Seele ist es, die durch das vergossene Blut befleckt wird. Du meinst, du hättest die Welt von einem bösen Menschen befreit, glaubst, etwas Böses vernichtet zu haben, und merkst nicht, wie du in dir selbst mehr Böses geschaffen hast, als vorher in der Welt war. Beuge dich vor dem Bösen, dann wird sich das Böse vor dir beugen!«

Und so kamen die Bauern wieder zu keinem Entschluß. Die einen waren eines Sinnes mit dem Wassili, die anderen standen zu den Worten des Pjotr Michejew.

Am Ostersonntag ruhte im Dorf jede Arbeit, und die Bauern feierten die Auferstehung des Herrn; am Abend jedoch ging der Starost mit den Schreibern von Haus zu Haus und sagte:

»Michail Ssemjonytsch, der Verwalter, befiehlt, morgen früh das herrschaftliche Haferfeld zu pflügen.«

Die Bauern klagten und murrten, doch wagte keiner den Gehorsam zu verweigern, und alle fuhren sie am nächsten Morgen auf das Feld hinaus. Von der Kirche hallt festliches Geläute, die Glocken rufen zur Ostermesse, alle Welt begeht den hohen Feiertag, die Bauern aber pflügen.

Als Michail Ssemjonytsch, der Verwalter, erwachte, war es nicht mehr früh am Tage. Er brach zu seinem gewohnten Rundgang auf, während seine Frau und seine verwitwete Tochter, festlich angezogen, zur Kirche fuhren. Zurückgekehrt, ließen sie die Magd den Ssamowar richten, und da inzwischen auch Michail Ssemjonytsch heimgekommen war, setzten sich alle zusammen an den Frühstückstisch. Nach dem Tee steckte sich Michail Ssemjonytsch, satt vom vielen Essen und Trinken, eine Pfeife an und ließ den Starost kommen:

»Hast du die Bauern zum Pflügen geschickt?«

»Ich habe es getan, Michail Ssemjonytsch.«

»Sind alle draußen?«

»Alle sind sie draußen, ich selbst habe ihnen die Plätze angewiesen.«

»So, so, du hast ihnen die Plätze angewiesen! Bist du aber auch sicher, daß sie wirklich pflügen? Fahr aufs Feld hinaus und sage den Bauern, daß ich nach dem Mittagessen hinkäme. Auf je zwei Mann kommt eine Dessjatine! Sie sollen nur ja gut arbeiten, hörst du? Finde ich etwas auszusetzen, dann kenne ich auch am Feiertag keine Nachsicht!«

»Es ist alles euer Wille, Michail Ssemjonytsch.«

Mit diesen Worten wandte sich der Starost zur Tür, doch hielt ihn Michail Ssemjonytsch zurück. Er will noch etwas sagen und weiß nicht, wie er es tun soll. Schließlich beginnt er zögernd:

»Hör mal, ich habe da noch etwas! Horch dich mal um, was diese Schufte von mir reden, und erzähle es mir nachher, wer über mich schimpft und was er sagt. Ich kenne sie, diese Hunde! Arbeiten wollen sie nicht, aber auf der Ofenbank liegen und unserm Herrgott die Zeit stehlen, das verstehen sie. Fressen und Saufen, das ist ihre Sache, aber daß man zur rechten Zeit pflügen muß, um nichts zu versäumen, daran denken sie nicht. Hör nur genau hin, was sie schwatzen, und sage mir alles, jedes Wort! Geh jetzt und paß auf, daß du mir nichts verschweigst!«

Der Starost ging hinaus, setzte sich aufs Pferd und ritt aufs Feld hinaus.

Die Frau des Verwalters hatte alles gehört, was ihr Mann mit dem Starosten geredet hatte. Sie kam zur Tür herein und begann für die Bauern zu bitten, denn sie war eine stille, gutherzige Frau und stand für die Bauern ein, wo sie nur konnte.

»Mein lieber Mischenka«, sagte sie, »versündige dich nicht an diesem hohen Festtag. Um Christi willen bitte ich dich, schick die Bauern heim, es ist doch Ostern!«

Michail Ssemjonytsch lachte nur über die Worte seiner Frau:

»Es ist wohl schon lange her, daß du die Peitsche gekostet hast. Kühn bist du geworden, mischst dich in Sachen, die dich nichts angehen.«

»Mischenka, lieber Freund, mir hat schlecht von dir geträumt. Hör auf mich, schick die Bauern nach Hause!«

»Und ich sage dir, Alte, daß du wohl zuviel Fett angesetzt hast, du glaubst wohl, die Peitsche greift da nicht durch? Paß nur auf!«

Voller Zorn stieß der Verwalter seiner Frau die brennende Pfeife in die Zähne, jagte sie zur Stube hinaus und rief nach dem Mittagessen. Er speist ausgiebig, kostet von der Sülze, nimmt sich Piroggen zur Kohlsuppe mit Schweinefleisch, ißt vom gebratenen Ferkel, dann Milchnudeln, und beschließt das Essen mit süßem Kuchen und Kirschlikör. Mit dem Essen fertig, ruft er nach der Köchin und befiehlt ihr, ihm vorzusingen, er selber aber nimmt seine Gitarre zur Hand und begleitet sie.

So sitzt Michail Ssemjonytsch da, fröhlich und guter Laune, rülpst, klimpert auf den Saiten herum und schäkert mit der Köchin. Da tritt der Starost zur Tür herein, verneigt sich und beginnt zu erzählen, was er auf dem Felde gesehen hat.

»Nun, was gibt's? Pflügt die faule Bande? Sind sie bald fertig?«

»Schon mehr als die Hälfte haben sie geschafft.«

»Ohne Fehler?«

»Ich habe keinen gesehen. Sie pflügen gut, zittern vor Angst.«

»Ist die Erde auch locker genug?«

»Die Erde ist weich, bröckelt wie Mohn.«

Der Verwalter schwieg eine kurze Weile, dann fuhr er fort:

»Nun, und was reden sie von mir, sie schimpfen wohl gewaltig?«

Der Starost will nicht mit der Sprache heraus, doch läßt der Verwalter nicht locker:

»Los, los! Erzähle nur, was du weißt! Das sind ja ihre Worte, die du aussprichst, nicht die deinen. Sagst du mir die Wahrheit, dann werde ich dich belohnen, deckst du sie aber, nun, dann sei mir nicht böse, Brüderchen, dann lasse ich dich auspeitschen. He, Katjuscha! Gib dem Starosten ein Glas Wodka, damit er seine Schüchternheit verliert!«

Die Köchin reicht dem Starosten einen Schnaps. Der Starost wünscht alles Gute zum hohen Feiertag, trinkt das Glas leer, wischt den Mund und beginnt zu reden. »Es ist schon alles eins«, denkt er, »nicht meine Schuld ist es, wenn die Bauern ihn nicht loben; befiehlt er mir zu reden, dann soll er mal die Wahrheit hören.«

»Sie murren, Michail Ssemjonytsch, murren tun sie.«

»Ja, was reden sie denn? So erzähl doch schon!«

»Eines sagen sie: Er glaubt nicht an Gott!«

Der Verwalter lachte:

»Wer hat das gesagt?« fragt er.

»Ja, alle sagen es, sie sagen auch, er hat sich dem Bösen unterworfen.«

Wieder lachte der Verwalter. »Das ist nicht schlecht«, meint er. »Nun aber will ich wissen, was jeder einzelne von mir schwatzt. Was sagt da zum Beispiel der Wassjka?«

Nun wollte der Starost bestimmt nichts gegen die Bauern sagen, die ihm nahestanden, doch mit dem Wassili war er schon seit langem spinnefeind, und so redete er denn ohne Hemmungen weiter:

»Wassili schimpft am ärgsten von allen.«

»Ja, was sagt er denn schon? Rede doch nicht so herum!«

»Die Zunge sträubt sich, alles das auszusprechen, was er sagt. Ihr werdet noch eines plötzlichen Todes sterben, meint er, ohne Beichte und ohne Beistand.«

»Ei, das ist mir ein tüchtiger Bursche! Worauf wartet er denn, warum bringt er mich nicht um? Seine Arme sind wohl zu kurz. Gut, gut, mein lieber Wassjka, ich werde es dir schon heimzahlen! Na, und Tischka, das ist wohl auch so ein Hund?«

»Alle reden sie böse, alle!«

»Drück dich nicht herum, ich will es genau wissen!«

»Widerlich ist es, ich mag es nicht wiederholen.«

»Was heißt schon widerlich, sei doch nicht so schüchtern!«

»Ja, sie sagen, der Wanst möge ihm platzen und das Gedärme ausfließen.«

Da schüttelte sich Michail Ssemjonytsch vor Lachen.

»Nun, wir wollen doch sehen, wem die Gedärme früher ausfließen. Wer redet denn so, der Tischka?«

»Niemand sagt ein freundliches Wort, Michail Ssemjonytsch, alle murren sie, alle drohen.«

»Nun, und was tut Petruschka Michejew? Was redet der? Der schimpft wohl auch gewaltig, das Mistvieh?«

»Nein, Michail Ssemjonytsch, Pjotr schimpft nicht.«

»Was tut er denn?«

»Er ist der einzige, der nichts gesagt hat. Ein seltsamer Mann ist das. Ich habe mich sehr über ihn gewundert, Michail Ssemjonytsch.«

»Wieso?«

»Ja, darüber, was er getan hat. Alle wundern sich darüber.«

»Was hat er denn angestellt?«

»Ich weiß gar nicht, wie ich es erzählen soll, so seltsam ist das alles. Ich reite zu ihm hin – er pflügt die schiefe Dessjatine am Türkenberg. Schon von ferne höre ich, es singt jemand, so schön, so künstlerisch, und am Pflug leuchtet etwas zwischen den Deichseln.«

»Und weiter?«

»Es leuchtet wie ein Feuer. Wie ich näher komme, sehe ich, eine Wachskerze um fünf Kopeken hat er am Querholz befestigt, die brennt hell und flackert nicht im

Wind. Er aber geht im sauberen Hemd hinter dem Pflug, arbeitet und singt. Die Kerze aber verlöscht auch dann nicht, wenn er den Pflug wendet und die Erde vom Pflug abschüttelt.«

»Hat er etwas zu dir gesagt?«

»Als er mich sah, tauschte er mit mir den Osterkuß und sang dann weiter.«

»Und was habt ihr miteinander geredet?«

»Ich habe nichts gesagt, aber als die anderen Bauern hinkamen, lachten sie über ihn. Sein Leben lang wird er es nicht büßen, sagten sie, daß er in der heiligen Osterwoche gepflügt hat.«

»Und was gab er ihnen zur Antwort?«

»Er sagte nur: ›Friede auf Erden und den Menschen ein Wohlgefallen!‹ Dann packte er den Pflug, trieb sein Pferd an und begann mit dünner Stimme zu singen. Die Kerze aber brannte ruhig im Wind und flackerte nicht.«

Da hörte der Verwalter auf zu lachen, legte seine Gitarre hin und versank in tiefes Brüten.

So saß er eine ganze Weile, dann hieß er die Köchin gehen und schickte auch den Starost fort, legte sich hinter den Vorhang auf sein Bett und begann zu ächzen und zu stöhnen. Es klang aber nicht anders, als wenn ein Wagen, schwer mit Garben beladen, die Dorfstraße entlangfährt. Die Frau des Verwalters kam gelaufen und fragte ihn, was ihm fehle. Aber er gab keine Antwort darauf und sagte nur:

»Besiegt hat er mich! Jetzt ist die Reihe an mir!«

Die Frau redete ihm gut zu:

»Fahr doch aufs Feld hinaus und laß die Bauern endlich heimgehen. Vielleicht geht das Unglück vorüber. Du kanntest doch sonst keine Angst, wovor fürchtest du dich denn jetzt?«

»Ich bin verloren«, war das einzige, was der Verwalter sagte, »er hat mich besiegt.«

Die Frau verlor die Geduld:

»Was schwatzt du immer dasselbe: ›besiegt, besiegt‹! Fahr besser hin und gib die Bauern frei, dann wird schon nichts geschehen. Los, mach dich fertig! Ich lasse dein Pferd satteln.«

Endlich hatte sie ihren Mann so weit, daß er die Bauern nach Hause schicken wollte.

Michail Ssemjonytsch bestieg sein Pferd und ritt durch das Tor, das ihm ein Weib öffnete, auf die Dorfstraße hinaus. Kaum hatte man ihn dort erblickt, da war auch im Handumdrehen die Straße leer. Alles flüchtete vor ihm, der eine in den Hof, der andere hinter eine Hausecke, der dritte in den Gemüsegarten.

So ritt der Verwalter durch das menschenleere Dorf zum zweiten Tor, das ins freie Feld führte. Dieses Tor aber war verschlossen, und vom Pferd aus konnte es der Verwalter nicht öffnen. Da auf all sein Rufen keine Menschenseele erschien, mußte er sich bequemen, vom Pferd zu steigen, um selber das Tor zu öffnen. Als er sich wieder aufs Pferd schwingen wollte – einen Fuß hatte er schon im Steigbügel und wollte gerade sein Bein hinüberwerfen –, da scheute sein Pferd vor einem Schwein und drängte sich erschreckt an den Zaun heran. Der Verwalter, dick und schwer wie er war, verlor das Gleichgewicht und fiel auf den Zaun. Nur einen einzigen spitzen Pfahl gab es dort, und gerade dieser war höher als die anderen. Auf ihn fiel der Verwalter, schlitzte sich den Bauch auf und sank zur Erde nieder.

Als die Bauern vom Pflügen heimkamen, schnaubten ihre Pferde vor dem Tor und wollten nicht weiter. Die Bauern stiegen ab, nachzusehen, wovor die Tiere scheuten, und erblickten Michail Ssemjonytsch in einer Blutlache am Boden. Die Arme hatte er ausgebreitet, und seine Augen waren starr. Die Erde aber hatte sein Blut nicht aufgenommen.

Zu Tode erschrocken, führten die Bauern ihre Pferde über die Hinterhöfe heim. Nur Pjotr Michejew ging an den toten Verwalter heran und drückte ihm die Augen zu. Dann luden er und sein Sohn den Leib des Toten auf ihren Wagen und brachten ihn zum Herrenhaus.

Als der Gutsherr erfuhr, was sich zugetragen hatte, suchte er die Schuld des Verwalters gutzumachen und entließ die Bauern aus der Fron.

Da verstanden die Bauern, daß Gottes Kraft nur in dem ist, der durch Güte das Böse zu bezwingen sucht.

Die beiden Alten

Das Weib spricht zu ihm: Herr, ich sehe, daß Du ein Prophet bist.
Unsre Väter haben auf diesem Berge angebetet, und Ihr saget, zu Jerusalem sei die Stätte, da man anbeten solle.
Jesus spricht zu ihr: Weib, glaube mir, es kommt die Zeit, daß ihr weder auf diesem Berge noch zu Jerusalem werdet den Vater anbeten.
Ihr wisset nicht, was ihr anbetet: wir wissen aber, was wir anbeten; denn das Heil kommt von den Juden.
Aber es kommt die Zeit und ist schon jetzt, daß die wahrhaftigen Anbeter werden den Vater anbeten im Geist und in der Wahrheit; denn der Vater will haben, die ihn also anbeten.

Johannes 4,19–23

I

Zwei alte Bauern hatten gelobt, nach Jerusalem zu pilgern, um dort an den heiligen Stätten zu Gott dem Herrn zu beten. Der eine, er hieß Jefim Tarassytsch Scheweljow, war reich; Jelissei Bodrow, der andere, nannte nur geringen Besitz sein eigen.

Jefim war ein ehrbarer Bauer, er rührte keinen Schnaps an, rauchte nicht und schnupfte auch keinen Tabak. Als ein Mann von strengem und festem Lebenswandel hatte er sein Lebtag kein grobes Wort in den

Mund genommen. Zweimal hatte ihn dic Gemeinde zum Dorfältesten erwählt, beide Male führte er sein Amt sich und dem Dorf zu Ehren, und keiner konnte ihm das geringste nachsagen. Zwei Söhne und ein verheirateter Enkel lebten in seinem Haus. Von Ansehen war Jefim gesund, hielt sich gerade, und erst in seinem siebenten Jahrzehnt zeigten sich die ersten grauen Fäden in seinem Bart. Jelissei dagegen war klein von Wuchs; er war nicht reich, wenn er auch nicht gerade Mangel litt. Früher einmal hatte er als Zimmermann gearbeitet, auf seine alten Tage aber gab er seinen Beruf auf und war vom frühen Morgen an mit seinen Bienen beschäftigt. Auch er hatte zwei Söhne, der eine arbeitete in der Stadt, der andere lebte bei seinen Eltern. Jelissei war stets fröhlich und guten Mutes; ergab sich eine Gelegenheit, so verschmähte er ein Gläschen Branntwein nicht und tat auch einen Griff in die Tabaksdose. Er war ein großer Liederfreund und hatte ein freundliches Gemüt; mit den Seinigen und mit den Nachbarn lebte er in Frieden und Eintracht. Wie sein Namensvetter, der Prophet Elisa, war er anzuschauen: Wie dieser hatte auch er ein schwarzes Bärtchen, das sich leicht kräuselte, und eine Glatze um den ganzen Schädel.

Es war nun schon eine ganze Weile her, daß die beiden ihr Gelübde getan hatten, doch immer fand der Tarassytsch keine Zeit; die Arbeit ging ihm nicht aus, war er mit der einen fertig, packte er eine andere an. Es ist noch nicht so lange her, da hatte er mit der Hochzeit seines Enkels alle Hände voll zu tun, dann wartete er auf die Rückkehr seines jüngsten Sohnes vom Militärdienst, und jetzt war er dabei, ein neues Haus zu bauen.

Als sich die beiden Alten an einem Feiertag am Bauplatz getroffen hatten und nun auf einem Stapel Holz beieinander saßen, begann Jelissei zu mahnen:

»Sag mal, Tarassytsch, wann werden wir endlich unser Gelübde erfüllen?«

Jefim runzelte die Stirn.

»Wir müssen noch etwas warten«, sagte er, »dieses Jahr läßt sich zu schwer an. Als ich mit dem Bau begonnen hatte, glaubte ich, mit einem Hunderter sei es getan, jetzt bin ich schon beim dritten, und noch ist das Haus nicht fertig. Wir müssen den Sommer abwarten, wenn Gott will, brechen wir dann auf.«

»Ich meine aber, da gibt es nichts mehr zu warten«, entgegnete ihm Jelissei. »Der Frühling ist gerade die richtige Zeit.«

»Du magst wohl recht haben, aber ich kann doch meine Arbeit nicht liegenlassen, sie ist nun schon im Gange.«

»Dein Sohn wird die Arbeit für dich tun.«

»Nein, nein, er kommt damit nicht zurecht! Du weißt, wie wenig Verlaß auf ihn ist. Kommt er an den Schnaps, dann bleibt alles liegen.«

»Sind wir einmal tot, Gevatter, dann wird man auch ohne uns weiterleben. Dein Sohn muß beizeiten lernen.«

»Das ist alles schön und gut, mein lieber Jelissei, aber ich möchte doch lieber selbst dabei sein, wenn die Arbeit getan wird.«

»Ach, lieber Freund, mit aller Arbeit wirst du nie fertig. Hör zu, was meine Schwiegertochter neulich gesagt hat. Meine Weiber waren gerade am Reinemachen und richteten alles für den Feiertag her. Arbeit gibt es so viel, daß du nicht weißt, wo du anfangen sollst, dies ist noch zu tun, jenes ... und da sagt doch das kluge Weib – ›Gott sei Dank!‹ sagt sie, ›daß der Feiertag nicht auf uns wartet, wir würden sonst nie fertig.‹«

Tarassytsch wurde nachdenklich.

»Zu viel Geld hat mich das Haus gekostet«, sagt er, »und auf die weite Reise kann ich auch nicht mit leeren Händen gehen. Hundert Rubel sind keine Kleinigkeit.«

Jelissei lachte hell auf.

»Versündige dich nicht, Gevatter«, spricht er, »du bist zehnmal reicher als ich und redest von Geld. Du brauchst mir nur zu sagen, wann wir aufbrechen, und mein Geld ist da, wenn ich auch sonst keines habe.«

Tarassytsch schmunzelte:

»Sieh mal einer an, was du für Reichtümer hast. Woher willst du denn das Geld nehmen?«

»Ach was, ich bringe es schon zusammen, und reicht es nicht, dann verkaufe ich meinem Nachbarn zehn Bienenstöcke, schon lange bittet er mich darum.«

»Das wird dich schön reuen, wenn die Bienen in diesem Jahr gut schwärmen.«

»Das soll mich reuen? Nein, Gevatter, mein Lebtag habe ich nur meine Sünden bereut und sonst nichts. Gibt es etwas auf Erden, das wichtiger ist als unser Seelenheil?«

»Du hast schon recht, Jelissei, aber es ist auch nicht gut, wenn zu Hause keine Ordnung herrscht.«

»Ist aber in deiner Seele etwas nicht in Ordnung, dann ist es viel schlechter! Wir haben es gelobt, nach Jerusalem zu pilgern, nun wollen wir es aber auch wirklich tun.«

II

Jefim dachte lange über diese Worte des Jelissei nach, und als der nächste Morgen angebrochen war, ging er hin zu seinem Freund und sagte:

»Wir wollen gehen. Du hast recht: Gott allein ist Herr über Leben und Tod. Solange wir noch leben und bei Kräften sind, sollten wir das tun, was wir gelobt haben.«

Nach einer Woche waren die beiden Alten zum Aufbruch bereit.

Tarassytsch hatte genug Geld zu Hause. Er nahm sich davon hundert Rubel, zweihundert ließ er seiner Alten zurück.

Auch Jelissei hatte für die Reise vorgesorgt. Zehn Bienenstöcke hatte er seinem Nachbarn überlassen und ihm auch die Zuzucht versprochen. Das brachte ihm fünfundsiebzig Rubel ein. Dreißig Rubel mußte seine Familie hergeben. Wie mit dem Besen wurde alles Geld im Hause zusammengekehrt, die Alte gab ihren Spargroschen her, den sie für ihre Beerdigung aufgehoben hatte, und auch die Schwiegertochter brachte alles herbei, was sie besaß.

Jefim Tarassytsch hatte seinen Ältesten genau angewiesen, was er in seiner Abwesenheit tun solle, wo und wieviel Heu man zu mähen habe, wo der Dünger hinkäme und wie das Haus zu Ende zu bauen sei. Sorgfältig hatte er jede Kleinigkeit überlegt und angeordnet. Nicht so Jelissei; der begnügte sich damit, seiner Alten aufzutragen, die junge Brut der verkauften Bienenstöcke getrennt zu setzen und ohne Falsch und Arg dem Nachbarn abzuliefern. Über das, was sonst zu tun sei, sagte er gar nichts. »Ihr seid Bauersleute und erwachsene Menschen, ihr werdet schon selber wissen, was es im Hause und in der Wirtschaft zu tun gibt.«

Nun waren die Alten zum Gehen bereit. Als Wegzehrung hatten die Weiber flache, kleine Brote gebacken, hatten auch Säcke genäht. Nun schnitten sich die Alten frische Fußlappen zurecht, zogen neue Lederschuhe an – Bastschuhe nahmen sie mit – und gingen los. Die Ihrigen gaben ihnen das Geleit bis über das Dorf hinaus, dann nahmen sie Abschied, und die zwei Alten machten sich allein auf den weiten Weg nach Jerusalem.

Jelissei verließ sein Haus fröhlich und unbeschwert. Kaum lag das Dorf in seinem Rücken, da hatte er auch schon alles vergessen, was es zu Hause zu tun gab. Er dachte nur daran, wie er es dem Jefim recht machen könne, wie er keinem Menschen ein grobes Wort sage und wie er in Frieden und Eintracht mit aller Welt bis ans Ziel und dann wieder nach Hause käme. Er geht und flüstert Gebete oder sagt Heiligenlegenden vor sich her, begegnet er aber jemandem oder bleibt er mit anderen zusammen über Nacht, dann bemüht er sich, einem jeden ein freundliches Wort zu sagen. So zieht er seines Weges dahin, und reine Freude erfüllt sein Herz. Nur eines wollte ihm nicht gelingen: Er hatte sich vorgenommen, auf der Pilgerfahrt keinen Tabak zu schnupfen und hatte auch mit Vorsatz die Tabaksdose zu Hause gelassen; bald aber wurde es ihm zu schwer, und als ihm unterwegs jemand eine neue Dose geschenkt hatte, blieb er von Zeit zu Zeit hinter seinem Kameraden zurück und schnupfte hinter seinem Rücken, um ihn nicht auch zur Sünde zu verführen.

Auch Jefim Tarassytsch schreitet rüstig und sicher dahin, auch er tut nichts Böses und sagt kein unnötiges

Wort, und doch ist seine Seele beschwert, und die Sorge will nicht von ihm weichen. Unentwegt denkt er daran, was bei ihm zu Hause geschieht. Hat er auch wirklich nichts vergessen? Macht es sein Sohn wohl recht? Wenn er unterwegs Bauern sieht, die Kartoffeln stecken oder Dünger fahren, dann geht es ihm gleich durch den Sinn: Tut es mein Ältester auch so, wie ich es ihm befohlen habe? Manches Mal wäre er gar zu gern umgekehrt, um seinem Sohn noch einmal alles genau zu zeigen und um auch selber Hand anzulegen.

III

Fünf Wochen waren die Alten nun schon unterwegs. Der Vorrat an Bastschuhen, den sie sich von Haus mitgenommen hatten, war schon dahin, und sie hatten sich neue gekauft. Sie kamen in die Ukraine. Hatten sie bislang für Nachtlager und Essen zahlen müssen, so wurde dies nun anders: die Ukrainer überboten sich darin, die beiden Pilger aufzunehmen, sie gaben ihnen zu essen und wollten kein Geld dafür annehmen, zogen aber die Alten weiter, dann bekamen sie auch noch Brot und kleine Kuchen mit auf den Weg, damit sie unterwegs nicht zu hungern brauchten. Als die beiden an die siebenundsiebzig Werst gegangen waren, kamen sie in eine Gegend, die von Mißernte heimgesucht war. Gewiß, auch hier wurden sie von den Bauern freundlich aufgenommen, auch hier wollte niemand Geld von ihnen annehmen, doch bekamen sie kein Essen mehr, und manchmal konnten sie es auch um gutes Geld nicht kaufen. Nichts hätten sie im vergangenen Jahr geerntet, erzählten die Bauern. Wer vordem reich war, mußte alles verkaufen, um nicht zu hungern, und wer sonst leidlich gelebt hatte, verarmte völlig, wer aber schon vorher wenig besessen hatte, der war an den Bettelstab gekommen und schlug sich hier oder in der Fremde kümmerlich durch. Im Winter hatte man Spreu gegessen.

Eines Abends blieben die Alten in einem kleinen Ort über Nacht, kauften sich dort an die fünfzehn Pfund Brot und gingen noch vor Sonnenaufgang weiter, um recht weit zu kommen, ehe die volle Glut der Sonne über dem Lande lag. Nach etwa zehn Werst kamen sie an einen kleinen Fluß, setzten sich nieder, schöpften Wasser in ihren Napf und brockten Brot hinein, aßen und wechselten dann ihre Fußlappen. Wie sie vom beschwerlichen Weg ausruhten, holte Jelissei seine Tabaksdose hervor, Jefim Tarassytsch aber schüttelte mißbilligend sein Haupt:

»Kannst du denn wirklich diesen Unsinn nicht lassen?«

»Die Sünde überwältigt mich«, gab Jelissei zur Antwort, »was soll ich tun?«

Dann erhoben sie sich und gingen weiter. Nach zehn Werst kamen sie in ein großes Kirchdorf. Inzwischen war es sehr heiß geworden, und Jelissei wollte etwas ausruhen, durstig war er auch. Tarassytsch blieb jedoch nicht stehen, er war kräftiger, ausdauernder im Gehen, und es war dem Jelissei nicht immer leicht, mit ihm Schritt zu halten.

»Ich habe Durst, Tarassytsch«, sagte er, »wollen wir nicht etwas trinken?«

»Trinke du nur, ich mag nicht.«

Jelissei blieb stehen. »Du brauchst nicht auf mich zu

warten«, sagte er, »ich gehe nur rasch in jene Hütte und trinke ein Glas Wasser. Ich hole dich dann schon ein.«

»Gut!« sagte Tarassytsch und ging weiter, Jelissei aber ging auf die erstbeste Hütte zu.

Das war ein kleines, unscheinbares Haus aus Lehm, unten schwarz, oben geweißt, doch ist der Lehm an vielen Stellen abgefallen; man sieht, schon lange ist am Haus nichts getan worden, und auch das Dach hat auf der einen Seite ein großes Loch. Die Haustür geht auf den Hof hinaus, und wie Jelissei dorthin kommt, sieht er auf dem Hof einen Mann liegen, bartlos, mager, das Hemd nach Ukrainerart in die Hose gesteckt. Offenbar hatte er sich im Hof ausgestreckt, als es dort noch kühl war, jetzt aber brannte die Sonne unbarmherzig auf ihn herab, und er liegt immer noch da, schläft aber nicht. Jelissei ruft ihn an, will um einen Schluck Wasser bitten, doch bekommt er keine Antwort.

»Entweder ist der Mann krank oder er ist unfreundlich«, denkt Jelissei und geht zur Tür. Da hört er, wie in der Hütte ein Kind weint. Er greift nach dem Türring, klopft, ruft: »Wirtsleute!« Keine Menschenstimme läßt sich vernehmen. Kräftiger klopft er nun mit seinem Stab gegen die Tür: »Christenleute!«, niemand rührt sich; »Knechte Gottes!«, immer noch keine Antwort. Schon will er weitergehen, da hört er Stöhnen hinter der Tür. »Da ist doch ein Unglück geschehen. Ich muß nachschauen!« – und er entschließt sich einzutreten.

IV

Jelissei stößt die Tür auf – sie ist nicht abgeschlossen –, geht durch den Hausflur, auch die Tür zur Stube ist nicht verriegelt. Er sieht: links ist der Ofen, geradeaus in der Ecke sind die Ikonen, darunter ein Tisch mit einer Bank, auf der Bank aber sitzt eine alte Bauersfrau, nur mit einem Hemd angetan und ohne Kopftuch, und hat den Kopf auf den Tisch gelegt. Neben ihr – ein Junge, wachsbleich, mager, der Bauch aber geschwollen vor Hunger. Er zupft die Alte am Ärmel, weint und bittet um etwas. Als Jelissei in die Stube tritt, schlägt ihm aus der Ecke hinter dem Ofen eine schwere Luft entgegen: da liegt eine Frau mit geschlossenen Augen auf dem Fußboden, stöhnt und wälzt sich von einer Seite auf die andere. Die Alte hebt den Kopf, erblickt den Jelissei und redet ihn ukrainisch an:

»Was willst du hier, Mann, was suchst du? Wir haben nichts, gar nichts.«

Jelissei verstand, was die Alte sagen wollte, und trat näher:

»Ich möchte nur um einen Schluck Wasser bitten, Magd Gottes.«

»Es ist niemand da, um es dir zu holen. Geh deiner Wege, bei uns kannst du nichts haben.«

Doch Jelissei blieb und fragte:

»Ist denn keiner von euch bei Kräften, um dem Weibe dort zu helfen?«

»Keiner, keiner! Alle sind wir krank. Der Mann stirbt auf dem Hof, und wir sterben hier.«

Beim Anblick des Fremden war der Knabe still geworden, als aber die Alte zu reden begann, griff er erneut nach ihrem Ärmel und schluchzte: »Brot, Großmutter, Brot!«

Jelissei wollte weiterfragen, doch da ging die Tür auf und der Bauer schob sich in die Hütte herein, tastete sich an der Wand entlang, zur Bank hin. Doch kam er nicht so weit, schon an der Türschwelle fiel er hin und machte auch keinen Versuch, sich aufzurichten. Er begann zu reden. Langsam, Wort für Wort, löst sich die Sprache von seinem Mund, kaum bringt er ein paar Worte hervor, schon muß er Atem schöpfen, ehe er weiterreden kann.

»Krank sind wir, krank ... und hungrig. Da, schau, der stirbt vor Hunger«, zeigte er mit dem Kopf auf den Knaben und schluchzte auf.

Jelissei warf den Sack von den Schultern, machte seine Arme frei und setzte den Sack auf die Bank, dann machte er sich daran, auszupacken. Er holte Brot hervor, ein Messer, schnitt eine Scheibe ab und gab sie dem Bauern. Der nahm das Brot nicht, zeigte auf den Knaben. Dieser aber, kaum daß er den Geruch des Brotes verspürt hatte, da griff er auch schon mit beiden Händen danach, packte das Brot und biß hinein, daß seine Nase darin verschwand. Vom Ofen aber kam ein Mädelchen herab und starrte das Brot an. Auch ihr gab Jelissei zu essen, dann schnitt er noch ein Stück ab und gab es der Alten, und auch die Alte nahm es und begann gierig zu kauen.

»Man sollte etwas Wasser bringen«, sagte sie, »der Mund ist uns allen wie ausgedörrt. Ich wollte es schon tun, gestern oder heute, ich weiß nicht mehr, wann das war, aber ich bin gar nicht zum Brunnen gekommen, bin hingefallen, und auch der Eimer liegt noch dort, wenn ihn niemand genommen hat.«

Jelissei ließ sich den Weg zum Brunnen beschreiben, ging hin, fand auch den Eimer und brachte den Hungernden Wasser. Die Kinder aßen noch ein Stück Brot, und auch die Alte nahm davon, nur der Bauer wollte nicht mehr. »Die Seele behält es nicht bei sich«, sagte er. Das Weib aber in der Ofenecke kam nicht zur Besinnung und blieb unruhig und ohne Bewußtsein auf dem Fußboden liegen. Jelissei ging ins Dorf, kaufte beim Krämer Hirse, Salz, Mehl, Butter. Im Haus fand er ein Beil, machte Holz klein und heizte den Ofen an. Nun hatte das Mädchen schon Kraft genug, ihm zu helfen. Jelissei kochte eine Suppe, einen Brei dazu und machte die Menschen satt.

V

Der Bauer hatte nicht viel gegessen, dagegen langte die Alte herzhaft zu, und die Kinder hatten den Topf sauber geleckt und schliefen jetzt ruhig und fest einer in des andern Armen.

Nun begannen der Bauer und die Alte zu erzählen, was sich bei ihnen zugetragen hatte.

»Wir lebten auch früher nicht üppig«, fing der Bauer an, »aber als im vergangenen Sommer nichts wachsen wollte, da gerieten wir erst recht in Not. Noch ehe der Winter kam, hatten wir schon alles aufgegessen, was wir geerntet hatten. Was blieb uns anders übrig, als unsere Nachbarn und andere gute Menschen um Hilfe zu bitten. Anfangs gaben sie auch willig, dann aber begannen sie, einer nach dem anderen, unsere Bitten abzuschlagen. Manche hätten ja gern gegeben, doch hatten sie selber nichts mehr. Und wir schämten uns auch dessen, immer wieder zu bitten. Bei allen unseren Nachbarn waren wir schon tief in der Schuld, Geld waren wir schuldig, Brot, Mehl. Ich versuchte, Arbeit zu finden«, fuhr der Bauer fort, »vergeblich, wo ich auch anfragte, überall arbeiteten schon andere, allein um des lieben Brotes willen, und fand ich endlich für einen Tag Arbeit, dann konnte ich mindestens zwei andere umherlaufen, mir neue Arbeit zu suchen. Die Alte ging mit dem Mädelchen fort, weit weg, um zu betteln. Aber wer gibt ihnen schon etwas, alle haben ja selber kein Brot mehr. Und doch hofften wir, bis zur neuen Ernte durchzukommen, aber im Frühjahr wurde es ganz schlimm: Einen Tag hatten wir zu essen, zwei Tage hatten wir gar nichts. Da begannen wir grünes Gras zu essen, und davon, oder was weiß ich wovon sonst, wurde meine Frau krank. Auch ich bin ganz von Kräften gekommen! Wie sollen wir nun jemals wieder auf die Beine kommen!«

Da ergriff auch die Alte das Wort:

»Ich allein versuchte noch im Hause das zu tun, was nötig war, aber bald schwanden auch mir die letzten Kräfte, und das Mädelchen ist vor lauter Hunger ganz verstört. Ich schickte sie zu den Nachbarn, sie weigert sich, verkriecht sich in eine Ecke und ist nicht zu bewegen, das Haus zu verlassen. Vorgestern war eine Nachbarin hier, sah, daß wir krank und hungrig waren, und ging ganz schnell wieder fort. Wer kann es ihr auch schon verargen! Sie selbst hat ja gar nichts im Hause, ihre Kleinen schreien nach Brot, und ihr Mann ist weg. So lagen wir da und warteten, daß der Tod uns hole.«

Jelissei hörte sich alles schweigend an und entschloß sich dann, an diesem Tage nicht weiterzugehen. Am anderen Morgen aber packte er die Arbeit im Hause an, als ob er selbst der Bauer sei. Er rührte mit der Alten den Brotteig an, heizte den Backofen, dann ging er mit dem Mädelchen zur Nachbarin, bei ihr das Nötigste an Hausrat zu entleihen, denn was er auch im Hause suchte, nichts fand er! Alles, Gerät, Kleidung, alles ist um des lieben Brotes willen verkauft.

So schafft Jelissei alles herbei, was im Hause unentbehrlich ist, und was er nicht geliehen bekommt, das macht er selbst oder kauft es. Einen Tag blieb er im Dorf, einen zweiten, nun auch den dritten. Der Knabe war bald wieder zu Kräften gekommen, spielte auf der Bank und schmeichelte sich an Jelissei heran; das Mädelchen aber, fröhlich wie ein Vögelchen, half ihm bei der Arbeit und lief hinter ihm her, wo er auch hinging. »Großväterchen, Großväterchen«, hörte man sie zwitschern. Auch die Alte war zur Nachbarin gegangen, und schließlich stand auch der Bauer auf und konnte schon im Zimmer umhergehen, wenn er sich an den Wänden hielt. Nur die Frau lag noch krank darnieder, erst am dritten Tag kam sie zu sich und bat um etwas Essen. Als es soweit war, sagte sich Jelissei:

»Jetzt ist es aber höchste Zeit weiterzugehen, wer hätte gedacht, daß ich so lange hier bleiben würde!«

VI

Am vierten Tag nach Jelisseis Ankunft im Dorf war Peter und Paul. Jelissei entschloß sich, noch diesen Feiertag mit seinen Wirtsleuten zu verbringen, mit ihnen zu essen und ihnen auch eine Kleinigkeit zu schenken, dann aber, am Abend, aufzubrechen. Er ging ins Dorf, kaufte beim Krämer ein, Milch, weißes Mehl, Schmalz; dann machte er sich mit der Alten ans Kochen und ans Bakken, und als der hohe Feiertag angebrochen war, setzten sich alle miteinander nach dem Gottesdienst an den reichgedeckten Tisch. An diesem Tage stand auch die Frau auf und begann, langsam in der Stube umherzugehen. Der Bauer aber rasierte sich, zog ein sauberes Hemd an – die Alte hatte es tags zuvor gewaschen – und ging zum reichen Bauern ins Dorf. Dieser hatte ihm im vergangenen Herbst Geld geliehen und die Felder als Pfand genommen, nun wollte der Mann den reichen Bauern bitten, ihm Heuschlag und Acker bis zur neuen Ernte zurückzugeben. Als es Abend wurde, kam der Bauer tief betrübt heim und begann zu weinen, als er erzählte, daß der reiche Mann kein Erbarmen mit ihnen hatte: »Bring Geld her!« war seine ganze Rede.

Tief in Gedanken saß Jelissei da:

»Wie sollen diese Menschen nun leben«, überlegt er, »die Bauern werden mähen, sie aber haben keine Wiese, ihr Heuschlag ist verpfändet; der Roggen wird reif, andere bringen ihn ein – und wie reich hat Mütterchen Erde sie beschenkt –, aber diese Menschen hier werden nichts zu ernten haben, ihre Dessjatine ist dem reichen Bauern verfallen. Gehe ich von hier weg, so geraten sie wieder in tiefste Not.«

Lange dachte Jelissei darüber nach, dann entschloß er sich, erst den nächsten Morgen abzuwarten und erst dann einen Entschluß zu fassen. Er ging in den Hof, wo er zu schlafen pflegte, betete zu Gott und legte sich hin, doch mied der Schlaf sein Lager. Zu viele Gedanken quälten ihn. – »Soviel Zeit und Geld hast du schon vertan, mein Lieber!« – und dann tun ihm wieder die armen

Leute leid. »Aber allen kannst du ja doch nicht helfen. Schau doch hin: Du wolltest ihnen nur ein Stück Brot geben, einen Schluck Wasser bringen, und was ist alles daraus entstanden! Jetzt mußt du auch schon Wiese und Acker auslösen, und hast du das getan, dann wirst du eine Kuh kaufen für die Kinder und ein Pferd für den Bauern, wie soll er denn sonst sein Korn in die Scheuer bringen? Nein, mein lieber Jelissei Kusmitsch, so geht es nicht weiter. Du bist in eine Sackgasse hineingeraten und findest nicht wieder heraus.«

Jelissei richtete sich auf, nahm den zusammengerollten Kaftan, auf dem sein Kopf gelegen hatte, und faltete ihn auseinander, um die Schnupfdose zu holen. Dann schnupfte er tüchtig und hoffte, damit seine Gedanken zu klären, doch auch das war vergeblich und all sein Sinnen umsonst, er fand keinen Ausweg. Gehen mußte er, das stand fest, aber wie sollte er die Leute hier ohne Hilfe zurücklassen? So rollte er endlich seinen Kaftan wieder zusammen und legte sich hin, aber es hatten schon die Hähne gekräht, als er endlich einschlummerte.

Plötzlich ist ihm, als hätte ihn jemand geweckt, und da sieht er sich selbst, zum Gehen bereit, mit Tasche und mit Stab. Er will durch das Tor, das ist aber nur so weit offen, daß sich ein Mensch nur mit Mühe hindurchzwängen kann. Er tut es, bleibt aber mit seiner Tasche hängen; wie er sich da losmachen will, haben sich auf der anderen Seite seine Fußlappen festgehakt und gehen auf. Er beginnt, sich auch hier frei zu machen, da sieht er: es ist ja gar nicht das Tor, an dem er hängengeblieben ist, es ist ja das Mädelchen, das ihn an der Tasche festhält. »Großväterchen, Großväterchen«, ruft sie dabei, »gib Brot, gib Brot!« Und wie er nach seinen Fußlappen schaut, erblickt er den Knaben, der ihn daran festhält; zum Fenster aber schauen der Bauer und die Alte heraus.

Von diesem Traum wachte Jelissei auf und sprach mit lauter Stimme:

»Morgen werde ich Acker und Wiese auslösen und ein Pferd kaufe ich auch und Mehl bis zur neuen Ernte. Eine Kuh muß auch her. Tue ich das nicht, dann suche ich den Herrn Christ weit überm Meer und verliere ihn in mir selber. Ich muß den Leuten hier helfen!«

Mit diesen Worten legte er sich hin und schlief sofort ein. Am nächsten Morgen ging er in aller Frühe zum reichen Bauern und löste das verpfändete Feld aus und gab auch das Geld wieder, das der Bauer auf die Wiese hin geliehen hatte. Dann kaufte er eine Sense – denn auch sie war verkauft! – und schickte den Bauern auf die Wiese hinaus zu mähen. Er selbst aber ging weiter, ging von Haus zu Haus, bis er endlich beim Schankwirt fand, was er suchte: Pferd und Wagen. Er kaufte beides, ließ auch einen Sack Mehl auf den Wagen laden und ging weiter. Wie er so die Dorfstraße entlanggeht, holt er zwei Bäuerinnen ein und hört, daß sie von ihm reden. Zwar schwatzen sie ukrainisch, doch kann er verstehen, was sie sagen.

»Als er zu ihnen kam«, erzählte die eine, »wußten sie gar nicht, was das für ein Mensch ist. Ein ganz einfacher Mann sei es, meinten sie, ein Pilger, sie erzählten, er sei in die Stube gekommen und habe um einen Schluck Wasser gebeten, dann aber ist er bei ihnen geblieben. Was hat er nicht alles für sie getan! Ich habe es mit eigenen Augen gesehen, wie er soeben beim Schankwirt um Pferd und Wagen handelte. Gibt es das wirklich? Solche

Menschen auf dieser Welt? Ich muß rasch hin, mir dies Wunder ansehen.«

Als Jelissei diese Worte hörte und sah, wie sehr er gelobt wurde, beschloß er, die Kuh lieber nicht zu kaufen. Er kehrte zur Schenke zurück, bezahlte Pferd und Wagen und fuhr mit dem Sack Mehl zum Bauern. Vor dem Tor hielt er an und stieg vom Wagen. Die Bauersleute sahen das Pferd und wunderten sich sehr. Sie ahnten wohl, daß er das Pferd für sie gekauft habe, doch wagten sie nicht, ein Wort darüber zu sagen. Der Bauer aber trat heraus, um das Tor zu öffnen.

»Woher hast du das Pferd, Großväterchen?« fragt er.

»Hab's gekauft. Es war billig zu haben. Geh, mähe etwas Gras, damit wir für die Nacht etwas in den Futterkasten tun können. Und nimm auch den Sack vom Wagen!«

Der Bauer spannte das Pferd aus und trug den Sack in die Scheuer, dann füllte er die Futterkrippe mit frisch gemähtem Gras und kehrte nach Hause zurück. Unterdes war es Abend geworden und alles begab sich zur Ruhe. Jelissei ging wieder in den Hof – er wolle, wie gewöhnlich, im Freien schlafen – sagte er; er hatte aber auch seine Tasche mit herausgenommen, und als alles im Hause still geworden war, erhob er sich, packte sein Hab und Gut zusammen, zog Rock und Stiefel an und machte sich auf den Weg, den Jefim einzuholen.

VII

Fünf Werst weit war Jelissei gegangen, da begann es zu tagen. Er setzte sich unter einen Baum, holte sein Geld hervor und machte sich daran, zu zählen, wieviel ihm von seinen hundert Rubeln noch geblieben war. Siebzehn Rubel und zwanzig Kopeken waren sein ganzer Besitz.

»Nun«, denkt er, »mit dem Geld kommst du nicht weit, über das Meer kannst du damit nicht fahren. Ich könnte mich ja durchbetteln, doch fürchte ich, es ist mehr Sünde als Segen dabei. Gevatter Jefim wird auch ohne mich hinkommen und eine Kerze für mich stiften. Mir ist es offenbar nicht bestimmt, mein Gelübde zu erfüllen, ehe ich sterbe. Ich will auf Gottes Güte bauen, der Herr ist gnädig, er wird mir armen Sünder verzeihen.«

Jelissei stand auf, hängte sich die Tasche um und ging den Weg, den er gekommen war, zurück; um das Dorf aber, in dem er soeben gewesen, machte er einen Haken, damit ihn die Leute nicht noch einmal zu Gesicht bekämen. Bald war Jelissei wieder zu Hause. Als er von daheim weggegangen war, fiel ihm das Gehen schwer, und manchmal ging es schier über seine Kraft, dem Jefim zu folgen; jetzt aber gab ihm der Herrgott so viel Kraft, daß er gar keine Müdigkeit mehr spürt. Er geht wie spielend, schwingt seinen Stab und legt bis zu siebzig Werst an einem Tag zurück.

Als Jelissei heimkehrte, war die Ernte schon eingefahren und die Feldarbeit getan. Die Seinigen freuten sich darüber, daß er schon heimgefunden hatte, doch begannen sie zu fragen, was geschehen sei und warum er sich von seinem Gefährten getrennt habe, auch warum er nach Hause gekommen sei, ohne sein Ziel zu erreichen und sein Gelübde zu erfüllen. Doch Jelissei gab auf all diese Fragen keine rechte Antwort.

»Gott hat es wohl so gewollt«, sagte er, »ich habe unterwegs mein Geld verloren, darum blieb ich auch hinter Jefim zurück. Verzeiht mir um Christi willen!«

Mit diesen Worten gab er seiner Alten den Rest des Geldes und fragte danach, was sich zu Hause ereignet habe. Er fand alles in bester Ordnung, die Arbeit war getan, nichts war vernachlässigt, Friede und Eintracht herrschten im Hause.

Am gleichen Tag hörten auch die Angehörigen des Jefim, daß Jelissei wieder nach Hause gekommen sei. Sie eilten herbei, um sich nach ihrem Alten zu erkundigen. Auch ihnen erzählte Jelissei das gleiche.

»Euer Alter«, sagte er, »ist ein rüstiger Fußgänger. Drei Tage vor Peter und Paul haben wir einander aus den Augen verloren. Ich wollte ihn wohl einholen, doch kam allerhand dazwischen, ich verlor mein Geld und konnte nicht mehr weiter. So bin ich wieder zu Hause.«

Alle fanden es seltsam, wie ein so vernünftiger Mann so töricht handeln könne: geht fort und kommt nicht ans Ziel, gibt nur, für nichts und wieder nichts, eine Menge Geld aus. Nun, einige Zeit redeten die Leute darüber, dann vergaßen sie es, und auch Jelissei dachte nicht weiter darüber nach, was alles vorgefallen war. Mit beiden Fäusten griff er die Arbeit an, schaffte mit seinem Sohn Holz für den Winter herbei, drosch mit den Weibern das Korn, besserte das Dach an den Scheunen aus und versorgte seine Bienen. Die verkauften Bienenvölker gab er samt der Zuzucht dem Nachbarn. Zwar wollte ihm seine Alte nicht verraten, welche Völker geschwärmt hatten, doch wußte es Jelissei auch ohne sie. Nicht zehn Völker, sondern ganze siebzehn gab er dem Nachbarn. So wurde Jelissei allgemach mit seiner Arbeit fertig, schickte den Sohn in die Stadt, damit er sich dort in den Wintermonaten etwas verdiene, und machte sich selber daran, Bastschuhe zu flechten und Bienenstöcke auszuhöhlen, wie er es jeden Winter zu tun pflegte.

VIII

An jenem Tage, da Jelissei sich der Hungernden angenommen hatte, wartete Jefim lange auf seinen Gefährten. Nicht weit vom Dorf entfernt hatte er sich hingesetzt und schaute nach Jelissei aus. Der Schlaf übermannte ihn, er wachte wieder auf, immer noch war Jelissei nicht da. Jefim wartete geduldig weiter, vergeblich, schon verschwand die Sonne hinter den Bäumen, und Jelissei ließ sich nicht blicken.

»Kann er an mir vorbeigegangen sein, ohne mich zu sehen?« fragt sich Jefim. »Oder ist er gar vorbeigefahren, während ich schlief (vielleicht hat ihn jemand mitgenommen!). Aber das ist auch nicht gut möglich: In der Steppe siehst du weit! Soll ich zurückgehen? Ist er aber an mir vorbeigegangen, dann kommen wir ganz auseinander, und das wäre doch schlimm! Ich will lieber weitergehen, wir treffen uns dann schon bei der nächsten Übernachtung.«

Als Jefim in das Dorf kam, wo sie zu Nacht bleiben wollten, sagte er dem Gemeindeschreiber, man möchte doch den Jelissei, falls er käme, in das gleiche Haus einweisen, in dem er über Nacht bleiben sollte. Genau beschrieb er, wie Jelissei aussah, doch die Nacht verging und Jelissei war nicht da. Schweren Herzens ging Jefim weiter, fragte aber einen jeden, dem er begegnete, ob der nicht einen kleinen kahlköpfigen Alten gesehen habe. Doch keiner konnte es ihm sagen. Jefim wunderte sich sehr und setzte nachdenklich seinen Weg fort.

»Wir werden uns schon treffen«, meinte er dann, »in Odessa vielleicht oder gar auf dem Schiff«, und bei diesem Gedanken beruhigte er sich und ging seines Weges weiter.

Unterwegs war er mit einem Pilger in langer Kutte und mit einem schwarzen Käppchen auf dem herabwallenden Kopfhaar zusammengetroffen. Sie hatten im gleichen Haus übernachtet, waren ins Gespräch gekommen und setzten nun ihren Weg gemeinsam fort. Auf dem heiligen Berg Athos sei er gewesen, erzählte der Pilger, und ginge nun schon zum zweiten Male nach Jerusalem.

Sie langten schließlich gesund und wohlbehalten in Odessa an. Dort mußten sie drei Tage lang auf das Schiff warten. Viele fromme Wallfahrer aus allen Gegenden Rußlands warteten mit ihnen. Wieder forschte Jefim nach seinem Gefährten, doch auch hier gab es keinen, der Jelissei gesehen hatte.

Jefim besorgte sich die nötigen Papiere, um ins Ausland reisen zu können – fünf Rubel kostete es ihn –, dann gab er vierzig Rubel her für die Überfahrt zum Heiligen Lande und kaufte sich Brot und Heringe für die Seereise. Das Schiff wurde beladen, die Wallfahrer an Bord gebracht, auch Tarassytsch und sein Pilger gingen an Schiff. Dann wurde der Anker gelichtet, abgestoßen, und das Schiff segelte aufs Meer hinaus. Tagsüber ging alles gut, gegen Abend aber kam ein Wind auf, und es fing an zu regnen. Als das Schiff zu schlingern begann und einzelne Wellen über Bord schlugen, wurden die Leute unruhig; die Weiber erhoben ein Geschrei, aber auch unter den Männern gab es furchtsame Gemüter, die auf dem ganzen Schiff umherliefen und einen sicheren Platz suchten. Gewiß, auch den Jefim packte die Angst, doch zeigte er es nicht. Dort, wo er sich hingesetzt hatte, dort blieb er auch sitzen, mit ihm einige alte Männer aus Tambow. Die ganze Nacht rührten sie sich nicht von ihrem Platz und auch am nächsten Tag blieben sie da. Nur ihre Taschen hielten sie fest, und kein Wort kam über ihre Lippen. Am dritten Tag beruhigte sich die See, und als fünf Tage um waren, legte das Schiff in Konstantinopel an. Einige Wallfahrer gingen an Land, um sich die Kirche der heiligen Sophia anzusehen, in der jetzt die Türken hausen, Tarassytsch jedoch ging nicht von Bord. Nur etwas Weißbrot kaufte er sich. Einen ganzen Tag blieben sie in Konstantinopel liegen, dann ging es weiter. Nachdem sie noch die Stadt Smyrna und eine andere Stadt, namens Alexandria, angelaufen hatten, kamen sie endlich nach Jaffa. Dort mußten alle Pilger das Schiff verlassen und die letzten siebzig Werst bis nach Jerusalem zu Fuß zurücklegen. Zuvor aber galt es noch genug Ängste auszustehen, man wurde weit vom Ufer ausgebootet, das war aber nicht so einfach: Die Schiffswand ist hoch, tief unten die Boote, in die vom hohen Bord herab die Menschen hinabgelassen werden. Die Boote schaukeln im Seegang, und so mußt du schon alle deine Sinne zusammennehmen, um nicht daneben im Wasser zu landen. Es ging aber alles gut, nur zwei Männer wurden naß.

Nachdem die Pilger an Land gebracht waren, gingen sie zu Fuß weiter und erreichten endlich um die Mittagszeit des dritten Tages die Heilige Stadt. Sie blieben vor den Toren Jerusalems in der Herberge des russischen Klosters, ließen dort ihre Pässe abstempeln und gingen dann, nachdem sie zu Mittag gegessen hatten, zu den heiligen Stätten. Da sie in der Kapelle am Grabe Christi noch keinen Einlaß fanden, gingen sie weiter zum Palast des Patriarchen. Dort setzten sich alle Wallfahrer nieder – Frauen und Männer getrennt – und zogen ihre Schuhe aus, wie ihnen befohlen ward. Dann trat ein Mönch herzu, wusch jedem Wallfahrer die Füße, trocknete sie mit einem Handtuch ab und küßte sie. Als die Zeit des Abendgottesdienstes gekommen war, beteten sie, stifteten Kerzen und bestellten Seelenmessen für ihre Eltern. Danach bekamen sie im Palast des Patriarchen zu essen, und auch mit Wein wurden sie bedacht. Am nächsten Morgen besuchten sie die Höhle, in der sich die heilige Maria von Ägypten um ihr Seelenheil mühte, und auch hier stifteten sie Kerzen und ließen ein Gebet lesen. Sie gingen weiter zum Kloster Abraham und sahen den Garten, in dem Abraham seinen Sohn Gott zum Opfer bringen wollte, dann suchten sie die Stätte auf, an der Christus der Maria Magdalena erschienen war, und die Kirche Jakobs, des Bruders unseres Herrn. Der Pilger, mit dem Jefim gegangen war, zeigte ihnen alle diese heiligen Stätten, er sagte auch, wieviel an jeder Stelle zu opfern sei. Um die Mittagsstunde kehrten sie zur Klosterherberge zurück, kaum aber hatten sie sich nach dem Essen zur Ruhe begeben, da schrie der Pilger erschreckt auf und begann, in heller Aufregung in seinen Kleidern zu wühlen und etwas zu suchen.

»Bestohlen hat man mich«, rief er, »mein Geld ist weg! Mein ganzes Geld! Dreiundzwanzig Rubel waren im Beutel, zwei Zehnrubelscheine und drei Rubel in kleinen Münzen.« Der Pilger klagte und jammerte, da ihm jedoch niemand helfen konnte, legte man sich, ohne groß dieses Unglücks zu achten, zur Ruhe.

IX

Auch Jefim legte sich hin, doch befiel ihn eine Versuchung: »Hat man den Pilger wirklich bestohlen?« ging es ihm durch den Sinn. »Mir ist's, als hätte er überhaupt kein Geld bei sich gehabt. Überall habe ich für ihn zahlen müssen, er selbst gab nicht eine Kopeke her und hat mir noch einen ganzen Rubel abgebettelt.«

Doch reuten solche Gedanken den Jefim, und er ging mit sich selbst ins Gericht: »Was urteile ich böse über einen anderen! Sünde ist das, Sünde! Ich will nicht mehr daran denken!« Aber immer wieder befällt ihn die Erinnerung daran, wie habgierig der Pilger war, wie seltsam alles das klingt, was er vom Diebstahl erzählt, und schließlich war Jefim doch überzeugt davon, daß der Pilger unwahr gesprochen hatte.

Am späten Nachmittag standen sie auf und gingen zur großen Auferstehungskirche am Grabe des Herrn; der Pilger aber ließ Jefim nicht aus den Augen und folgte ihm, wo er ging und stand.

Wie sie zur Kirche kommen, sehen sie, Wallfahrer und gottesfürchtige Männer aus aller Herren Länder drängen sich dort zusammen, Russen, Griechen, Armenier, Türken, Syrier. Mit all dem Volk kam auch Jefim zur Heiligen Pforte, ein Mönch geleitet sie an der türkischen Wache vorbei an die Stätte, wo der Heiland vom Kreuz genommen und gesalbt wurde. Neun große Kerzen brennen jetzt Tag und Nacht an dieser Stelle. Alles zeigt der Mönch den Wallfahrern, erklärt alles eingehend. Jefim stiftet auch hier eine Kerze und folgt dann dem Mönch nach rechts, die Stufen aufwärts zur Schädelstätte Golgatha, wo das Kreuz Christi gestanden hatte, und versank im Gebet. Dann zeigte man ihm die Spalte, wo sich die Erde bis zur Hölle aufgetan hatte, und auch die Stelle, wo die Hände und Füße unseres Herrn Christus mit Nägeln ans Kreuz geheftet wurden. Auch das Grab Adams sah Jefim und hörte, daß hier Christi Blut auf

Adams Gebein herabgeflossen war. Weiter ging es zu dem Stein, auf dem Christus gesessen hatte, als die Kriegsknechte ihm die Dornenkrone aufs Haupt setzten, und zum Pfahl, an den sie ihn gebunden hatten, um ihn zu geißeln, und schließlich auch zu dem Stein mit den zwei Löchern für die Füße Christi. Man wollte ihnen allen noch mehr zeigen, da drängte aber das Volk hinweg: Alles eilte zur Kapelle am Grabe Christi, wo ein fremder Gottesdienst zu Ende gegangen war und nun der rechtgläubige beginnen sollte. Mit all dem Volk ging auch Jefim.

Gern wäre er allein gegangen und den Pilger losgeworden, denn immer noch sündigte er in Gedanken gegen ihn – doch ließ der Pilger von Jefim nicht ab und folgte ihm, dicht auf den Fersen, zur Grabeskapelle. Unmöglich war es hier, nach vorn zu kommen, dafür kamen sie zu spät. Das Volk drängte aber so heftig, daß man weder nach vorn noch nach rückwärts hätte durchkommen können. So steht nun Jefim da, schaut geradeaus und betet, doch seine Finger tasten indes nach seinem Geldbeutel, und mit seinen Gedanken ist er bald beim Gebet, bald bei seinem Geld. »Betrügt dich der Pilger, dann nimm dich in acht, spricht er aber die Wahrheit und hat man ihn wirklich bestohlen, nun, dann paß auf, daß es dir nicht ebenso geht!«

X

So steht Jefim da, betet und blickt zum Altar, wo über dem Grabe Christi sechsunddreißig Ampeln brennen. Plötzlich sieht er – o Wunder! – unter der vordersten

Ampel, dort wo das Heilige Feuer brennt, steht ein alter Mann in einem schlichten Kaftan aus grauem Tuch, und die Glatze leuchtet über seinen ganzen Schädel, genau wie bei dem Jelissei Bodrow.

»Wie mein Jelissei schaut der aus!« denkt Jefim. »Aber er kann es doch gar nicht sein, wie sollte er vor mir hergekommen sein? Das Schiff vor uns war schon acht Tage weg, als ich nach Odessa kam. Unmöglich war es ihm, mich so sehr zu überholen, und auf meinem Schiff war er auch nicht. Ich habe mir doch alle Wallfahrer genau angesehen.«

Kaum hatte sich Jefim das alles überlegt, da verneigte sich der alte Mann unter der Ampel im Gebet, einmal nach vorn, vor Gott dem Herrn, dann vor den Rechtgläubigen rechts und links, und wie er dabei seinen Kopf nach rechts wendet, erkennt ihn der Jefim. Er ist es, Jelissei Bodrow, das ist sein Bart, schwarz, lockig, an den Wangen leicht ergraut, und auch seine Augenbrauen, seine Augen, seine Nase, kein Zweifel, er und kein anderer ist's, da vorne unter der Ampel.

Jefim freute sich von ganzem Herzen, endlich seinen Gefährten gefunden zu haben; wenn es ihm auch wunderbar vorkam, daß Jelissei vor ihm nach Jerusalem gelangt war.

»Ei, sieh doch mal einer den Bodrow an!« denkt er. »Wie hat er es nur angestellt, so weit nach vorn zu kommen. Er wird wohl jemanden gefunden haben, der ihn dorthin geführt hat. Ich will mal beim Ausgang auf ihn warten, soll doch mein Pilger ohne mich fertig werden. Vielleicht führt mich Jelissei auch an diesen Platz vorne unter der Ampel.«

Unverwandt schaute Jefim nach vorn, um nur ja den

Jelissei nicht aus den Augen zu verlieren. Als sich der Gottesdienst seinem Ende näherte, kam Bewegung in das Volk, alles drängte nach vorn, um das Kreuz zu küssen, und in diesem Menschengewühl wurde Jefim zur Seite abgedrängt. Wieder befiel ihn die Angst, jemand könne ihm sein Geld stehlen. Krampfhaft hielt er seinen Beutel fest und bahnte sich durch die Menge einen Weg ins Freie. Kaum war er draußen, so begann er nach Jelissei zu suchen, er suchte ihn überall, auf dem Platz vor der Kirche, in den Zellen des Klosters, er sah viele Menschen, welche speisten, Wein tranken, schliefen, lasen, doch nirgends konnte er den Jelissei erblicken, und ohne ihm begegnet zu sein, kehrte Jefim in die Herberge zurück. An diesem Abend kam auch der Pilger nicht zurück und blieb verschwunden, mit ihm der Rubel, den Jefim ihm geliehen hatte. So war denn Jefim wieder allein.

Am anderen Morgen ging Jefim in aller Frühe zum Grabe unseres Herrn; einer der alten Bauern aus Tambow, mit denen er zu Schiff gefahren war, begleitete ihn. Jefim suchte heute nach vorn zu gelangen, doch wurde er wieder abgedrängt. So stellte er sich an eine Säule, betete und suchte mit den Augen den Jelissei. Und wirklich! Wieder steht am vordersten Platz, unmittelbar am Grabe Christi, Jelissei unter der Ampel, hat die Arme ausgebreitet wie ein Priester, und seine Glatze leuchtet über den ganzen Kopf. »Jetzt soll er mir nicht mehr entkommen«, dachte Jefim, und begann sich nach vorn durchzuarbeiten. Als er aber zur Ampel gekommen war, war Jelissei nicht mehr da.

Auch am dritten Tag steht Jefim wieder am Grabe Christi, und wieder sieht er an der allerheiligsten Stätte den Jelissei, allen sichtbar steht er mit ausgebreiteten Armen da und blickt nach oben, als ob es dort etwas zu sehen gäbe. Und wieder leuchtet seine Glatze über sein ganzes Haupt. »Am besten ist es wohl, ich stelle mich an den Ausgang«, sagte sich Jefim. »Dort können wir uns unmöglich verfehlen.« Und er ging hinaus, stand und wartete, wartete lange Zeit, noch am Nachmittag stand er da, alles Volk war schon längst vorüber, Jelissei aber war nicht dabei gewesen.

Ganze sechs Wochen blieb Jefim in Jerusalem und besuchte alle heiligen Stätten. Er war in Bethlehem, in Bethanien, am Jordan; er war am Grabe Christi und ließ sich dort ein neues Hemd abstempeln, um darin begraben zu werden, er füllte Wasser aus dem Jordanfluß in eine Flasche und nahm sich etwas Erde aus dem Heiligen Lande mit. Kerzen von den heiligen Stätten kaufte er, und in acht Kirchen bestellte er Seelenmessen für seine teuren Toten. Als ihm sein Geld ausgegangen war und er nur so viel hatte, daß er gerade noch nach Hause kommen konnte, machte er sich auf den Heimweg. In Jaffa bestieg er wieder das Schiff, kam glücklich bis nach Odessa und ging von da aus zu Fuß weiter.

XI

Jefim geht nun den gleichen Weg in seine Heimat zurück, doch geht er jetzt allein. Je mehr er sich seinem Hause nähert, desto mehr packt ihn die Sorge, wie es wohl ohne ihn zu Hause gegangen ist. »Ein Jahr ist lang«, denkt er, »viel Wasser fließt den Bach hinab. Jahre dauert es, bis du Hab und Gut sammelst, im Handumdrehen bist du es wieder los.«

Vieles möchte er wissen: wie wohl sein Ältester ohne ihn zurechtgekommen ist, ob das Wetter günstig war und das Vieh den Winter gut überstanden hat, ob auch das Haus so geworden ist, wie er es geplant hatte. In solche Gedanken versunken kam Jefim an die Stelle, wo er sich im vergangenen Jahr von Jelissei getrennt hatte. Die Menschen waren kaum wiederzuerkennen. Im vergangenen Jahr hatten sie ärgste Not gelitten, jetzt aber lebten sie sorgenfrei und zufrieden. Die Frucht war trefflich gediehen, und so hatten sich auch die Menschen erholt und ihre frühere Not vergessen. Eines Abends kommt Jefim in das Dorf, wo Jelissei zurückgeblieben war. Kaum hat er die Dorfstraße betreten, da springt aus dem ersten Haus ein Mädelchen in weißem Hemd hervor und ruft:

»Großvater! Großväterchen! Kehre bei uns ein!«

Jefim wollte weitergehen, doch das Mädelchen packte ihn am Rockschoß und zog ihn, aus vollem Halse lachend, zum Hause hin. Dort kam auch schon eine Frau mit einem Knaben in die Vorlaube gelaufen, und auch sie bat Jefim, bei ihnen einzukehren.

»Komm, Großväterchen, komm zu uns, iß mit uns zu Abend und bleibe hier über Nacht!«

Jefim überlegte:

»Ich könnte hier nach Jelissei fragen«, dachte er, »es scheint mir dasselbe Haus zu sein, in das er damals hineinging, um einen Schluck Wasser zu trinken.«

Jefim trat ein, die Frau nahm ihm die Tasche ab, reichte ihm Waschwasser und bat ihn, sich am Tische niederzulassen. Dann holte sie Milch herbei, Quarkkuchen, Brei, und stellte alles auf den Tisch. Tarassytsch dankte und lobte die Menschen, die einen Pilger so freundlich aufnehmen. Die Frau nickte:

»Wir können nicht anders! Ein frommer Pilger hat uns dem Leben wiedergegeben. Wir hatten Gott vergessen und Er hat uns so sehr gestraft, daß wir nur noch auf unseren Tod warteten. Im letzten Sommer war es, da lagen wir alle danieder, und zu essen hatten wir auch nichts, sterbenskrank waren wir. Sicher wäre es um uns geschehen, wenn uns nicht der Herr einen alten Mann geschickt hätte, so einen wie du einer bist. Am hellichten Tage trat er bei uns ein und bat um einen Schluck Wasser. Da sah er unser ganzes Elend und hatte Mitleid mit uns. Er gab uns zu trinken und zu essen, er stellte uns wieder auf die Füße, indem er unseren Acker auslöste, ein Pferd und einen Wagen kaufte und sie uns zurückließ.«

Da trat auch die Alte in die Stube und fiel der Frau in die Rede:

»Und wir wissen nicht einmal, ob es ein Mensch war oder ein Engel«, sagte sie. »Einen jeden liebte er, mit einem jeden hatte er Mitleid. Und als er uns verließ, da nannte er seinen Namen nicht, so daß wir nicht einmal wissen, für wen wir zu Gott beten sollen. Als ob es gestern gewesen sei, erinnere ich mich daran: Ich liege da und warte auf den Tod. Da sehe ich: Ein alter Mann tritt ins Haus, ein einfaches Männchen ist das, klein, mit einer Glatze über das ganze Haupt. Wasser wollte er trinken. Ich Sündige aber dachte noch: Was strolcht da für fremdes Volk herum? Nun, schau nur, was er uns allen getan hat! Kaum hatte er unser Elend erblickt, da nahm er auch schon seine Tasche ab, hier stellte er sie hin und band sie auf.«

Da mischte sich das Mädelchen ins Gespräch:

»Nein, Großmutter«, ruft sie, »zuerst hat er sie hierher in die Mitte der Stube hingesetzt und erst später auf die Bank gestellt.«

Nun begannen sie, zu streiten und sich all seiner Worte und Taten zu erinnern, wo er gesessen und wo er geschlafen habe und was er zu wem gesagt hatte.

Als es dunkelte, kam auch der Bauer von der Feldarbeit zurück, und auch er begann von Jelissei zu erzählen:

»Wäre er damals nicht gekommen«, sagte er, »so wären wir alle in der Sünde gestorben. In tiefer Verzweiflung lagen wir da, murrten wider Gott und die Menschen. Er aber hat uns aufgeholfen und durch ihn erkannten wir Gottes Liebe und gewannen unseren Glauben an gute Menschen zurück. Möge Christus ihn segnen! Ehe er zu uns gekommen war, lebten wir wie das reine Vieh, er hat uns zu Menschen gemacht.«

Die Bauersleute gaben Jefim zu essen und zu trinken, dann machten sie ihm das Nachtlager zurecht und legten sich auch selber zur Ruhe.

Jefim liegt da, doch schläft er nicht; unentwegt geht es ihm durch den Sinn, wie er den Jelissei in Jerusalem gesehen hat.

»Also hier ist er mir zuvorgekommen«, denkt er. »Ob mein Opfer dem Herrn genehm war, das weiß ich nicht, das seine aber hat der Herr angenommen.«

Am nächsten Morgen nahmen die Bauern Abschied von Jefim, gaben ihm reichlich Wegzehrung mit und gingen an ihre Arbeit, Jefim aber machte sich auf den Weg nach Hause.

XII

Gerade ein Jahr war vergangen, als Jefim heimkehrte.

Es war schon Abend, als er nach Hause kam. Der Sohn war nicht da, er war zur Schenke gegangen. Als er endlich erschien, roch sein Atem nach Branntwein, und nach ein paar Fragen wußte Jefim, daß der Junge ohne seine straffe Hand verkommen war. Das Geld hatte er verschleudert, die Arbeit liegengelassen, und als der Vater ihm darob Vorwürfe machte, da wurde er noch frech.

»Du hättest dich selber schinden können«, sagte er, »aber du bist weggegangen, hast das Geld mitgenommen, und ich soll nun Rede und Antwort stehen.«

Da packte den Alten der Zorn, und er schlug seinen Sohn.

Am nächsten Morgen ging Jefim Tarassytsch zum Dorfältesten, um mit ihm über seinen Sohn zu reden. Wie er am Hof des Jelissei vorbeigeht, sieht er dessen Frau – sie war gerade in der Vorlaube:

»Grüß dich Gott, Gevatter!« ruft sie Jefim an. »Bist du gut hingekommen? Hast du gesund heimgefunden?«

Jefim Tarassytsch blieb stehen:

»Gott sei gelobt!« gab er zur Antwort. »Gut bin ich hingekommen, gut, nur deinen Alten habe ich verloren, ich höre aber, er ist wieder zu Hause.«

Da begann die Alte zu erzählen – sie liebte es, zu reden:

»Zurückgekommen ist er«, sagte sie, »Wohltäter, schon lange ist er zurück. Ich glaube, bald nach Mariä Himmelfahrt ist es gewesen! Wie waren wir froh, daß ihn der liebe Gott heimkehren ließ. Traurig ist es ohne ihn. Gewiß, arbeiten kann er nicht viel, der Jüngste ist er nicht mehr, aber doch ist er das Haupt, mit ihm ist es heiterer. Auch unser Sohn hat sich so gefreut. ›Ohne ihn‹, sagte er, ›tappe ich im Finstern, als ob ich blind sei.‹ Traurig ist es, wenn er fern von uns ist, mein Guter, wir lieben ihn, lieben ihn von ganzem Herzen.«

»Ist er zu Hause?«

»Gewiß, mein Lieber, gewiß! Bei den Bienen ist er. Gut schwärmen tun sie in diesem Jahr, meint er, so eine Kraft hat der liebe Gott den Bienen gegeben, daß sich mein Alter dessen gar nicht entsinnen kann, ob es je so gewesen ist, ›Gott schenkt uns alles, ohne unserer Sünden zu achten‹, sagt er. Tritt nur herein, Ersehnter, komm, mein Alter wird sich freuen!«

Jefim ging durch den Hausflur, ging über den Hof, geradewegs zu den Bienenstöcken. Und da sieht er auch schon den Jelissei, wie der ohne Netz und ohne Handschuhe bei den Bienen steht. In einem grauen Rock steht er da, unter einer Birke, hat die Arme ausgebreitet und schaut nach oben, seine Glatze aber leuchtet über das ganze Haupt. Genau so hatte ihn Jefim am Grabe Christi gesehen. Wie dort das Licht der Ampel über ihm geleuchtet hatte, so blitzt jetzt die Sonne durch das Geäst, und um sein Haupt haben die Bienen einen goldenen Ring geflochten, spielen, aber stechen ihn nicht. Jefim blieb stehen. Die Alte rief ihrem Manne zu:

»Der Gevatter ist da!«

Jelissei blickt sich um, voller Freude eilt er auf Jefim zu, nimmt mit leichten Fingern die Bienen aus seinem Bart und sagt:

»Grüß dich Gott, Gevatter! Grüß dich Gott, lieber Mann! Hast du gut heimgefunden?«

»Die Füße haben mich hergebracht. Wasser vom Flusse Jordan habe ich für dich. Komm zu mir herüber und hol es dir! Ob aber Gott der Herr meine Werke angenommen hat …«

»Gott sei Dank, mein Lieber, ihm allein sei Dank. Jesus Christus wird dich erretten!« fiel ihm Jelissei ins Wort.

Nach kurzem Schweigen nahm Jefim die unterbrochene Rede wieder auf:

»Mit den Füßen war ich wohl da«, sagte er, »aber ob auch meine Seele an den heiligen Stätten war, oder ob es ein anderer ...«

»Das ist Gottes Sache, Gevatter, Gottes Sache.«

»Auf dem Heimweg kehrte ich auch in dem Dorf ein, wo du mich verlassen hattest ...«

Da erschrak Jelissei und hatte es plötzlich sehr eilig:

»Das ist Gottes Sache, Gevatter, Gottes Sache! Nun aber laß uns hineingehen und koste von meinem Honig.«

So ließ Jelissei den Jefim nicht weiterreden und brachte das Gespräch auf andere Dinge.

Jefim aber seufzte tief auf und erzählte nichts mehr, weder von den Leuten, denen Jelissei geholfen hatte, noch davon, was er in Jerusalem gesehen hatte. Und er begriff, daß Gott einem jeden von uns aufgetragen hat, sein Gelübde in dieser Welt dadurch zu erfüllen, daß wir unsere Nächsten lieben und ihnen Gutes tun.

Wo Liebe ist, da ist Gott

In einer Stadt lebte der Schuster Martyn Awdejitsch. Ein kleines Kellerzimmer, dessen einziges Fenster zu ebener Erde auf die Straße ging, war ihm Heim und Werkstatt zugleich. Von seinem Arbeitsplatz aus konnte Awdejitsch die Menschen erblicken, die an seinem Fenster vorübergingen, und obgleich er nur die Füße zu sehen bekam, erkannte er doch einen jeden am Schuhwerk. Schon viele Jahre lebte Awdejitsch in diesem Stadtviertel, und so gab es kaum ein Paar Schuhe, das er nicht ein- oder zweimal in seinen Händen gehabt hätte. Kaum blickte er zum Fenster hinaus, da wußte er es auch schon: Diese Stiefel hast du neulich besohlt, bei denen dort mußtest du die Kappe erneuern, und da sind ja auch die Halbschuhe, denen du einen Flicken draufgesetzt hast. Arbeit hatte Awdejitsch genug, denn alles, was er machte, war von Dauer; er nahm nur gutes Leder, verlangte keine übermäßigen Preise und hielt den vereinbarten Tag ein. Konnte er die Arbeit an einem bestimmten Tag abliefern, dann nahm er sie an, konnte er es nicht, sagte er es gleich und machte keine leeren Versprechungen. So kannten alle den Awdejitsch und kamen gern zu ihm.

Immer schon hatte Awdejitsch ein frommes und gottesfürchtiges Leben geführt, und je älter er wurde, desto mehr begann er sich um das Heil seiner Seele zu sorgen und daran zu denken, wie er sich Gott nähern könne. Vor vielen Jahren – er hatte damals noch bei einem Meister gearbeitet – war seine Frau gestorben und hatte ihm einen dreijährigen Knaben hinterlassen. Die älteren Kinder waren schon früher von dieser Welt geschieden. Zuerst dachte Martyn daran, das Kind zu seiner Schwester ins Dorf zu bringen, dann aber tat es ihm um den Knaben leid: »Schwer wird es meinem Kapitoschka fallen, in einem fremden Hause aufzuwachsen, soll er lieber bei mir bleiben.«

So ging Awdejitsch von seinem Meister fort und zog mit seinem Söhnlein in eine eigene Werkstatt. Aber Gott schenkte Awdejitsch kein Glück mit seinen Kindern; kaum war der Knabe herangewachsen und begann seinem Vater zu helfen – eine wahre Freude war das anzusehen –, da wurde er krank, lag eine Woche lang mit hohem Fieber danieder und verschied. Der Vater bettete seinen Sohn zur letzten Ruhe, doch war er vor Schmerz wie von Sinnen, und so groß war sein Leid, daß er an Gottes Gerechtigkeit zu zweifeln begann. Mehr als einmal bat er Gott um seinen Tod und lehnte sich dagegen auf, daß er seinem einzigen, geliebten Sohn das Leben genommen hatte, ihn aber, den alten Mann, weiterleben lasse. Auch in die Kirche ging Awdejitsch nicht mehr.

Eines Tages kam zu Awdejitsch ein Bauer aus seiner Heimat. Das war ein alter Mann, schon acht Jahre lang wanderte er von einer heiligen Stätte zur anderen und kam jetzt vom Troizki-Kloster. Ihm klagte Awdejitsch seinen Kummer:

»Das ganze Leben macht mir keine Freude mehr, lieber Freund! Nutzlos ist es, wie ich jetzt lebe. Sterben möchte ich, das ist das einzige, worum ich Gott bitte.«

Doch der alte Mann verwies ihm seine Rede und sprach:

»Schlecht ist es, was du daherredest, Martyn, uns steht es nicht zu, über die Taten Gottes zu richten! Nicht mein Verstand regiert die Welt, der Herre Gott das Urteil fällt! Es war Gottes Wille, daß dein Sohn sterben sollte, du aber am Leben bliebest, also ist es gut so. Wenn du aber verzweifelst, dann kommt es nur daher, daß du zu deiner eigenen Freude leben möchtest.«

»Ja, wofür soll ich denn leben?«

»Für Gott, Martyn, für ihn allein! Er hat dir das Leben geschenkt, nun lebe auch für ihn! Tust du es, dann wird die Trauer von dir weichen, und alles wird dir leicht werden.«

Martyn schwieg eine Weile, dann fragte er:

»Was soll ich tun, um für Gott zu leben?«

Der Alte aber sagte:

»Was du zu tun hast, das hat uns Christus gelehrt. Kannst du lesen? Ja? Nun, dann gehe hin, kaufe dir ein Evangelium und lies darin. Dort wirst du erkennen, wie wir für Gott leben sollen.«

Awdejitsch bewegte diese Worte in seinem Herzen und ging noch am gleichen Tage in die Stadt, kaufte sich ein Neues Testament – eines, das mit großen Buchstaben gedruckt war – und begann darin zu lesen.

Zuerst wollte Awdejitsch nur an den Feiertagen in der Heiligen Schrift lesen, doch kaum hatte er damit begonnen, da wurde es ihm so leicht ums Herz, daß er jeden Abend zur Bibel griff. Manchmal las er sich so fest, daß seine Lampe zu erlöschen drohte und er sich doch nicht vom heiligen Buch trennen konnte. So verging denn kein Abend mehr, an dem er nicht im Neuen Testament gelesen hätte, und je mehr er sich darin vertiefte, desto klarer wurde es ihm, was Gott von ihm verlangte und wie er für Gott leben solle. Immer leichter wurde es ihm ums Herz. Früher, ehe er noch begonnen hatte, in der Bibel zu lesen, war die Zeit vor dem Schlafengehen ganz besonders kummervoll für ihn, immerzu mußte er dann an seinen Kapitoschka denken; jetzt aber sprach er: »Preis und Ehre sei dir, o Herr! Es geschehe dein Wille!«

Allgemach änderte sich auch das ganze Leben des Awdejitsch. Früher ging er an manchem Feiertag in die Schenke, trank Tee und versagte sich auch ein Gläschen Branntwein nicht. Dann fand er sich wohl auch mit einem Bekannten zu einer Flasche Schnaps zusammen; zwar war er nachher auf dem Heimweg noch lange nicht betrunken, aber er war doch angeheitert und redete unnützes Zeug, schrie einen Vorübergehenden an oder wiederholte Klatschereien, die ihm zu Ohren gekommen waren. Jetzt kannte er das alles nicht mehr. Sein Leben bekam einen ruhigen und freudevollen Gang. Am frühen Morgen setzte er sich an seine Arbeit und blieb den ganzen Tag dabei; brach der Abend herein, nahm er die Lampe vom Haken und stellte sie auf den Tisch, dann langte er das Buch vom Wandbrett herab, öffnete es und setzte sich nieder, um zu lesen. Je mehr er darin las, desto mehr verstand er, was darin geschrieben war, und desto klarer und friedvoller wurde seine Seele.

Und es begab sich, daß er wieder einmal spät in der Nacht über seiner Bibel saß. Er hatte das Evangelium des Lukas aufgeschlagen und las darin im sechsten Kapitel:

»Und wer dich schläget auf einen Backen, dem biete den anderen auch dar; und wer dir den Mantel nimmt, dem wehre nicht auch den Rock. Wer dich bittet, dem gib, und wer dir das Deine nimmt, da fordere es nicht wieder. Und wie ihr wollt, daß euch die Leute tun sollen, also tut ihnen gleich auch ihr.«

Und als Awdejitsch weiterlas, kam er zu den Worten des Herrn:

»Was heißt ihr mich aber Herr, Herr, und tut nicht, was ich euch sage? Wer zu mir kommt, und höret meine Rede, und tut sie, den will ich euch zeigen, wem er gleich ist. Er ist gleich einem Menschen, der ein Haus bauete, und grub tief, und legete den Grund auf den Fels. Da aber Gewässer kam, da riß der Strom zum Hause zu, und mochte es nicht bewegen; denn es war auf den Fels gegründet. Wer aber höret und nicht tut, der ist gleich einem Menschen, der ein Haus bauete auf die Erde ohne Grund; und der Strom riß zu ihm zu, und es fiel alsbald, und das Haus gewann einen großen Riß.«

Da Awdejitsch dies gelesen hatte, überkam ihn eine große Bewegung. Er nahm die Brille ab und legte sie auf das Buch, dann stützte er sich mit beiden Ellenbogen auf den Tisch und begann, in tiefem Sinnen sein Leben an den Worten der Schrift zu messen.

»Habe ich nun mein Haus auf Fels oder hab' ich es auf weiche Erde gebaut? Es wäre schon gut, wenn es einen festen Grund hätte. Manchmal scheint es mir, als hätte ich alles getan, was Gott befohlen hat, und dann vergesse ich es wieder und sündige von neuem. Doch will ich nicht ablassen im Bemühen, seinen Willen zu erfüllen. Hilf mir, o Herr!«

So bewegte er die Worte Christi in seinem Sinn und wollte sich dann zur Ruhe begeben, doch konnte er vom heiligen Buch nicht loskommen und schlug daher auch noch das siebente Kapitel auf. Er las vom Hauptmann von Kapernaum und seinem Knecht, er las von dem

Jüngling zu Nain; er vernahm die Antwort, die Christus den Jüngern Johannes des Täufers gegeben hatte, und kam dann zu der Stelle, da von dem reichen Pharisäer erzählt wird, der unseren Herrn zu Gast geladen hatte. Er las, wie die Sünderin die Füße Christi gesalbt und sie mit Tränen genetzt hatte und wie Christus sie rechtfertigte, und er las auch den vierundvierzigsten Vers und die folgenden, in denen geschrieben steht:

»Und er wandte sich zu dem Weibe, und sprach zu Simon: Siehest du dies Weib? Ich bin kommen in dein Haus, du hast mir nicht Wasser gegeben zu meinen Füßen; diese aber hat meine Füße mit Tränen genetzet und mit den Haaren ihres Haupts getrocknet. Du hast mir keinen Kuß gegeben; diese aber, nachdem sie hereingekommen ist, hat sie nicht abgelassen, meine Füße zu küssen. Du hast mein Haupt nicht mit Öl gesalbet; sie aber hat meine Füße mit Salbe gesalbet.«

Wieder setzte Awdejitsch seine Brille ab und legte sie auf das Buch und dachte darüber nach, was er gelesen hatte: »Da war also der Pharisäer nicht anders, als ich es bin … Auch ich habe nur für mich selber gesorgt, wie ich zu einem Glas Tee, zu einer warmen Stube komme, daran aber habe ich nicht gedacht, was ich für den Gast tun könne. Für sich selbst hat auch er gesorgt, der Pharisäer, nur für den Gast hat er nichts getan. Wer aber war dieser Gast? Der Herr selbst! Wenn er zu mir gekommen wäre, ich hätte nicht so gehandelt!«

Awdejitsch stützte sich mit beiden Ellenbogen auf den Tisch und merkte nicht, wie ihn der Schlummer befiel.

»Martyn!« klang es plötzlich ganz leise, wie ein leichter Atemhauch, an sein Ohr.

Martyn schreckte auf:

»Wer ist da?«

Er blickte sich um, schaute zur Tür hinüber, keine Menschenseele war im Zimmer. Doch kaum war er wieder eingenickt, da hörte er, jetzt schon ganz deutlich:

»Martyn! Martyn! Schau morgen auf die Straße, ich werde zu dir kommen.«

Von diesen Worten erwacht, sprang Martyn auf und rieb sich die Augen wach. Doch da er nicht wußte, ob er diese Worte geträumt oder in Wirklichkeit gehört habe, löschte er die Lampe und legte sich zur Ruhe.

Am nächsten Morgen stand Awdejitsch noch vor Tagesanbruch auf, sprach sein Morgengebet, heizte den Ofen an und richtete sein Essen – Kohlsuppe und Grütze –, dann kümmerte er sich um den Ssamowar und machte sich, mit einer Schürze angetan, an seinem gewohnten Fensterplatz über seine Arbeit her. Und er weiß nicht recht, was er vom gestrigen Abend halten solle, ob er geträumt oder ob die Stimme wirklich zu ihm gesprochen habe. ›Sollte das so ganz und gar unmöglich sein?‹ denkt er.

Schlecht arbeitet es sich heute: Kaum zeigen sich im Kellerfenster ein Paar unbekannte Schuhe, schon muß sich Martyn weit vorbeugen, um durch das Fenster auch das Gesicht – nicht nur die Schuhe – zu erblicken. Da ging der Hausknecht in seinen neuen Filzstiefeln vorüber, dann kam der Wasserträger, und nach einer Weile erschienen im Fenster ganz abgetragene und rundum geflickte Filzstiefel; ein alter Soldat, der noch in den Tagen des seligen Nikolaus des Ersten gedient hatte, trug sie an den Füßen und kam jetzt, mit einer Schaufel in den Händen, auf die Straße. Awdejitsch kannte den Alten, er hieß Stepanytsch, ein Kaufmann aus der Nachbarschaft hatte ihn um Christi willen aufgenommen und ihm aufgetragen, seinem Hausknecht zu helfen.

Stepanytsch machte sich daran, den Schnee vor dem Fenster des Awdejitsch wegzuschaufeln. Lange schaute ihm Awdejitsch zu, dann nahm er seine Arbeit wieder auf.

»Was bist du doch auf deine alten Tage blöd geworden!« lachte er sich selber aus. »Der Stepanytsch schaufelt Schnee, ich aber denke, das ist der Herr Christus, der zu mir kommt! Ganz verblödet bist du schon, altes Schafsgesicht!«

Doch kaum ein Dutzend Stiche hatte Awdejitsch gemacht, da zieht es ihn auch schon wieder hin ans Fenster. Wieder schaut er hinaus und sieht: Stepanytsch hat die Schaufel an die Wand gelehnt und wärmt sich, vielleicht ruht er auch von der Arbeit aus.

»Wie alt ist er schon geworden, der Stepanytsch! Und ganz von Kräften ist er gekommen, selbst Schnee schaufeln kann er nicht mehr. Soll ich ihm vielleicht ein Glas Tee geben? Der Ssamowar kocht ja schon über.«

Awdejitsch steckt die Ahle ein und steht auf, er setzt den Ssamowar auf den Tisch, brüht den Tee auf, dann klopft er an das Fenster, um dem Stepanytsch zu bedeuten, er möge hereinkommen, und öffnet die Tür.

»Komm nur, komm! Wärme dich auf bei mir«, sagt er. »Arg verfroren siehst du aus!«

»Christus stehe uns bei! Die Knochen tun mir weh!« gibt Stepanytsch zur Antwort, tritt in den Flur und schüttelt den Schnee ab. Auch die Füße will er sauber reiben, um keinen Schnee hereinzutragen, schwankt aber dabei.

»Ach, laß das nur, bemüh dich nicht, ich werde es schon aufwischen! Komm rasch herein und setz dich! Hier, nimm ein Glas Tee!«

Awdejitsch hatte zwei Gläser Tee eingeschenkt und reichte jetzt eines dem Gast, seinen Tee aber goß er aus dem Glas auf die Untertasse aus und begann auf das dampfende Getränk zu blasen, um es abzukühlen.

Stepanytsch trank sein Glas leer, stellte es mit dem Boden nach oben auf die Untertasse und legte das angenagte Zuckerstückchen obendrauf; dann dankte er. Man sah es ihm aber deutlich an, wie gern er noch ein Glas getrunken hätte.

»Du trinkst doch noch ein Glas?« sagte Awdejitsch und goß sich und dem Gast von neuem ein. Im Trinken schaute er aber immer wieder auf die Straße hinaus.

»Wartest du auf jemand?« fragte der Gast.

»Ob ich jemand erwarte? Ich schäme mich zu sagen, worauf ich warte. Da habe ich doch gestern abend ein Wort gehört, das ist tief in mein Herz gedrungen, und doch weiß ich nicht, ob es eine Erscheinung war oder was sonst. Ich las im Neuen Testament von unserem Väterchen Christus, wie er auf Erden wandelte und was er da alles erleiden mußte. Du hast wohl auch davon gehört?«

»Gewiß habe ich das, doch weißt du, ich bin ein armer, unwissender Mensch und kann nicht lesen.«

»Nun siehst du, da las ich doch gestern, wie er damals, als er noch auf Erden wandelte, zu einem Pharisäer gekommen war und wie ihn dieser gar nicht so empfangen hatte, wie man einen teuren Gast aufnehmen soll. Siehst du, mein Lieber, als ich das las, mußte ich daran denken, wieso denn er, der Pharisäer, unser Väterchen Christus nicht mit allen Ehren aufgenommen hatte, und weiter dachte ich, wäre Christus zu mir gekommen, dann hätte ich gar nicht gewußt, was alles tun, um ihn würdig zu empfangen. Er aber, der Pharisäer, hat nichts getan, um unser Väterchen Christus so zu empfangen, wie es hätte sein sollen. Solches dachte ich und schlummerte ein, und da, du wirst es mir nicht glauben, mein liebes Brüderchen, da höre ich doch, wie mich jemand bei Namen ruft, und dann war es mir, als ob mir eine Stimme zuflüstere: ›Warte auf mich, Martyn‹, sagte sie, ›morgen komme ich zu dir.‹ Zweimal hörte ich diese Worte, und nun, glaube mir, wollen sie nicht aus meinem Sinn. Ich ärgere mich über meine Dummheit, und doch warte ich immerzu auf ihn, auf das Väterchen.«

Nachdenklich wiegte Stepanytsch den Kopf und sagte nichts zu dem, was ihm Awdejitsch erzählt hatte. Als er aber sein Glas ausgetrunken hatte, legte er es auf die Untertasse hin, doch stellte es Awdejitsch wieder auf und schenkte noch einmal ein.

»Trinke nur, Stepanytsch, laß es dir wohlbekommen! Ja, und weißt du, dann mußte ich daran denken, daß unserem Väterchen, damals als er noch auf Erden wandelte, kein Mensch zu gering war. Immer war er mit einfachen Leuten zusammen, und auch seine Jünger wählte er sich unter solchen Menschen aus, wie wir sündige Menschen es sind, du und ich, unter einfachen Arbeitern. Er sagte ja auch: ›Wer sich selbst erhöhet, der soll erniedriget werden; und wer sich selbst erniedriget, der soll erhöhet werden.‹ ›Ihr nennt mich euern Herrn‹, sagte er, ›aber ich werde eure Füße waschen. Wer der Erste sein will, der sei jedermanns Knecht, denn selig sind die Armen, die Friedfertigen, die Sanftmütigen, die Barmherzigen.‹«

Stepanytsch dachte nicht mehr an seinen Tee. Er war ein alter Mann und weinte leicht; so saß er da, hörte zu, und sein Antlitz war von Tränen überströmt.

»Trinke doch deinen Tee!« mahnte Awdejitsch, doch Stepanytsch schlug ein Kreuz, dankte, schob das Glas von sich und stand auf.

»Habe Dank, Martyn Awdejitsch«, sagte er, »du hast mich gut aufgenommen, Leib und Seele hast du mir erquickt.«

»Du bist mir stets willkommen, Stepanytsch! Komm bald wieder, ich freue mich über den Gast.«

Als Stepanytsch gegangen war, trank Martyn den Tee aus, räumte das Geschirr ab und setzte sich wieder an seine Arbeit. Er flickt an einem Absatz herum, aber seine Gedanken sind nicht dabei. Immerzu schaut er zum Fenster hinaus und wartet auf Christus, und nur an ihn und an seine Taten denkt er.

Zwei Soldaten gingen am Fenster vorüber, der eine in Militärstiefeln, der andere in seinen eigenen; dann kam, in sauber geputzten Überschuhen, der Besitzer des Nachbarhauses, nach ihm ein Bäckerjunge mit seinem Korb. Als sie alle vorbei waren, trat eine Frau in wollenen Strümpfen und derben Bauernstiefeln vor das Fenster. Ein Kind hatte sie auf dem Arm. Auch sie wollte zuerst vorübergehen, hielt aber dann am Fenster an, so daß Awdejitsch sie genau betrachten konnte. Er kannte sie nicht, offenbar war sie hier fremd. Er sieht: Sie lehnt sich mit dem Rücken gegen den Wind an die Wand und will ihr Kindlein wärmen, doch hat sie nichts Rechtes, worin sie es einwickeln könnte. Auch ihre Kleidung ist schlecht und viel zu leicht für die grimmige Kälte. Durch das Fenster hindurch hört Awdejitsch das Kind schreien, die Mutter versucht es zu beruhigen, vergeblich, es weint und schreit zum Gotterbarmen. Awdejitsch steht auf, öffnet die Tür und ruft zur Treppe hinauf:

»Du, junge Frau, hör mal her!«

Das Weib hört den Awdejitsch und wendet sich dem Hauseingang zu.

»Was stehst du denn mit deinem Kind in der Kälte? Komm herein! In der Wärme kannst du den Kleinen besser wickeln. Hier, komm die Treppe herunter!«

Verwundert schaut ihn das Weib an: Alt ist der Mann, der sie anspricht, eine Schürze hat er an, eine Brille im Gesicht. Sie folgt ihm die Treppe herab, tritt in das Zimmer, und Awdejitsch führt sie an das Bett.

»Setz dich her, junge Frau, rück nur ganz nah an den Ofen, wärme dich und stille dein Kleines!«

»Ich habe keine Milch mehr«, klagte die Frau, »seit heute früh habe ich nichts gegessen«, nahm aber doch das Kind an die Brust.

Awdejitsch schüttelte den Kopf, ging zum Ofen und holte den Topf mit der Kohlsuppe hervor. Auch die Grütze nahm er aus dem Ofen, doch war die noch nicht gar, und so stellte er nur die Suppe auf den Tisch, über den er ein Tuch gebreitet hatte, und legte Brot dazu.

»Komm, iß etwas!« sagte er. »Den Kleinen nehme ich dir inzwischen ab. Ich habe ja selber Kinder gehabt, verstehe mich darauf, Kinderfrau zu spielen.«

Die Frau schlug ein Kreuz, setzte sich an den Tisch und begann zu essen, während Awdejitsch ihr das Kind abnahm und sich mit ihm auf das Bett niederließ. Um das weinende Kind zu beruhigen, begann Awdejitsch mit den Lippen zu schnalzen, doch schlecht tut sich das ohne Zähne, und so hört denn das Kind auch nicht auf zu schreien. Da dachte sich Awdejitsch ein anderes Spiel aus: Er fährt mit seinem Finger an den Mund des Kleinen heran und zieht den Finger dann rasch wieder zurück. Doch achtet er sorgsam darauf, daß er den Mund des Kleinen nicht berühre, ist doch sein Finger ganz schwarz von Pech. Der Kleine folgte dem Finger des Awdejitsch mit seinen Blicken, dann wurde er still, und schließlich begann er sogar zu lachen. Die Frau hatte inzwischen ihren ersten Hunger gestillt und begann nun, während sie weiteraß, zu erzählen:

»Mein Mann ist Soldat«, sagte sie, »schon vor acht Monaten haben sie ihn geholt, und nichts habe ich seitdem von ihm gehört. Ich hatte eine Stelle als Köchin, doch hat man mir gekündigt, als mein Kind zur Welt kam. Nun bin ich schon seit drei Monaten ohne Arbeit. Alles, was ich mir erspart habe, ist dahin. Als Amme wollte ich gehen, doch nimmt man mich nicht, zu mager sei ich, sagt man. Jetzt komme ich von einer Kaufmannsfrau, bei der ein Mädchen aus meinem Dorf in Stellung ist. Dort will man mich annehmen, und ich hoffte schon, ich könne gleich dableiben, aber die Frau befahl mir, erst nach acht Tagen zu kommen. Ganz ermattet bin ich vom weiten Weg, und auch mein Herzenskind ist müde geworden. Gott sei Dank, daß meine Wirtin ein gutes Herz hat und mich um Christi willen bei sich wohnen läßt, sonst wüßte ich nicht, wie ich die nächsten Tage bestehen sollte.«

Awdejitsch seufzte tief auf und sagte:

»Warme Kleider hast du wohl auch nicht?«

»Ach, mein Lieber, woher sollte ich denn warme Kleider haben! Gestern wanderte mein letztes Tuch zur Pfandleihe, zwanzig Kopeken haben sie mir dafür gegeben.«

Sie trat ans Bett heran und nahm ihr Kind, Awdejitsch aber stand auf, holte aus der Ecke des Zimmers eine alte Jacke hervor und reichte sie der Frau:

»Nimm das«, sagte er, »es ist nicht mehr das beste Stück, aber immer noch hält es warm, wenn du deinen Kleinen darin einwickelst.«

Die Frau schaute auf die Jacke, schaute zum Alten herüber, dann nahm sie die Jacke und schluchzte auf. Awdejitsch aber wandte sich ab und machte sich unter dem Bett zu schaffen. Er holte eine kleine Truhe hervor, suchte dort etwas und setzte sich dann wieder neben die Frau.

Sie sagte:

»Unser Herr Christus soll's dir vergelten, Großväterchen. Er ist es wohl gewesen, der mich an dein Fenster geführt hat. Ohne dich wäre mein Kind erfroren. Als ich meine Heimat verließ, war es noch warm, schau hin, wie kalt es jetzt geworden ist! Gewiß hat er, unser Väterchen, dir aufgetragen, zum Fenster hinauszuschauen und sich meines Elendes anzunehmen.«

Da ging ein Lächeln über das Gesicht des Awdejitsch, als er sagte:

»Es kann schon sein, daß es so ist, wie du sagst. Nicht von ungefähr schaue ich zum Fenster hinaus, du Kluge.«

Und Martyn erzählte es nun auch der Soldatenfrau, wie er gestern eine Stimme gehört habe, die ihm die Ankunft des Herrn ankündigte.

»Bei Gott ist kein Ding unmöglich«, sagte die Frau, stand auf, warf sich die alte Jacke des Awdejitsch über und wickelte ihr Kind darin ein. Dann verneigte sie sich tief vor dem Alten und dankte ihm.

»Nimm auch das noch um Christi willen und löse dein Tuch aus«, sagte Awdejitsch und gab ihr zwanzig Kopeken. Die Frau schlug ein Kreuz, und auch Awdejitsch bekreuzigte sich, dann geleitete er sie hinaus.

Als die Frau mit dem Kind gegangen war, aß Awdejitsch seine Kohlsuppe, räumte den Tisch ab und setzte sich wieder an die Arbeit. Er arbeitet, vergißt aber auch das Fenster nicht – kaum fällt ein Schatten auf seinen Tisch, so blickt er schon auf, um zu sehen, wer da vorbeigeht. Nun, es gingen Bekannte vorüber, es kamen auch Fremde, aber nichts Besonderes gab es zu sehen.

Nur eine Alte, ein Hökerweib offenbar, blieb an seinem Fenster stehen. Sie trägt einen Korb, darin noch ein paar Äpfel liegen – die anderen hat sie wohl schon verkauft – und auf dem Rücken hat sie einen Sack mit Spänen, die sie auf einem Bauplatz zusammengelesen hat. Die Späne sind schlecht verpackt und drücken sie; sie setzt den Sack ab, stellt auch den Korb hin und macht sich daran, die Späne fester zusammenzudrücken. Wie sie sich damit abmüht, springt ein Junge an den Korb heran, greift sich einen Apfel und will damit auf und davon, doch war die Alte rascher, als er es gedacht hatte, sie packt zu und erwischt ihn gerade noch am Ärmel. Der Junge schlägt um sich, zappelt, will sich frei machen, doch die Alte läßt nicht locker, schlägt ihm mit der freien Hand die zerrissene Mütze vom Kopf und packt ihn am Schopf. Der Junge schreit, die Alte schimpft, Awdejitsch aber nimmt sich nicht einmal die Zeit, seine Ahle einzustecken, er wirft sie auf den Boden und springt zur Tür hinaus. So eilig ist er, daß er auf der Treppe stolpert und ihm die Brille von der Nase fliegt. Er springt auf die Straße heraus, der Awdejitsch, auf die beiden zu. Die Alte zerrt den Jungen immer noch an den Haaren und schreit auf ihn ein, zur Polizei will sie ihn bringen. Der Junge aber schlägt um sich, versucht sich loszureißen und beteuert seine Unschuld. »Ich habe nichts genommen«, schreit er, »was schlägst du mich? Laß mich los!« Awdejitsch will dem Streit ein Ende machen, er faßt den Jungen am Arm und sagt:

»Laß ihn laufen, Großmutter, verzeih ihm um Christi willen!«

»Ich werde ihn dir laufen lassen, mein Lieber! So rasch soll er mich nicht vergessen, der Lausbub, zur Polizei bringe ich ihn.«

Awdejitsch begann der Alten gut zuzureden:

»Laß ihn laufen, Großmutter«, sagt er, »er wird es nicht wieder tun. Laß ihn schon los, um Christi willen.«

Endlich hatte er die Alte so weit, und der Junge wollte auch schon gleich das Weite suchen, da hielt ihn aber der Awdejitsch zurück:

»Halt, mein Junge! So rasch geht das nicht! Bitte zuerst die Großmutter um Verzeihung und tu in Zukunft nichts Unrechtes. Ich habe es selber gesehen, wie du den Apfel genommen hast.«

Dem Jungen kamen die Tränen, und schluchzend bat er die Alte, sie möge ihm verzeihen.

»So ist es recht. Jetzt sollst du auch deinen Apfel haben, da, nimm ihn!« Mit diesen Worten nahm Awdejitsch einen Apfel aus dem Korb und gab ihn dem Jungen. »Ich bezahle ihn dir, Großmutter.«

»So verdirbst du sie nur, die Lausbuben«, murrte die Alte. »Man müßte ihm einen Denkzettel geben, daß er eine Woche lang nicht sitzen kann.«

»Ach Großmutter, Großmutter!« sagte Awdejitsch. »Vielleicht ist das Menschenart, aber Gott will es anders. Wenn wir den Jungen um eines einzigen Apfels willen strafen wollen, was soll dann erst mit uns geschehn, mit uns sündigen Menschen?«

Da schwieg die Alte. Awdejitsch aber erzählte ihr das Gleichnis von dem Manne, der einem anderen eine große Schuld erließ, dieser aber, kaum seiner Schuld ledig, geht hin und beginnt die zu würgen, die ihm Geld schuldeten. Die Alte hörte aufmerksam zu, und auch der Knabe ließ sich kein Wort entgehen.

»Und so lautet denn Gottes Gebot, daß wir unseren Schuldigern vergeben sollen, damit auch uns vergeben wird. Allen müssen wir verzeihen und den Unverständigen erst recht.«

Die Alte nickte nachdenklich mit dem Kopf und seufzte:

»Ja, ja, so ist es! Wenn sie nur nicht lauter Dummheiten im Kopf hätten!«

»Dann ist es an uns Alten, sie zu belehren«, entgegnete Awdejitsch.

»Recht hast du, mein Lieber!« stimmte die Alte zu und begann nun, von ihrem Leben zu erzählen. Sieben Kinder habe sie gehabt, nur eine einzige Tochter sei ihr geblieben, bei ihr wohne sie auch und freue sich an ihren Enkelkindern.

»Sieh mich an«, spricht sie, »was ist mir schon von meiner Kraft geblieben, aber immer noch arbeite ich. Um meiner Enkel willen tu ich es. Wie lieb sind die aber auch! Komm ich heim, dann laufen sie mir entgegen, und Aksjutka, die Kleine, weicht keinen Schritt von mir. ›Großmutter, liebe Großmutter, ich hab dich ja so lieb‹, spricht sie.«

Ganz weich wurde es der Alten ums Herz, sie wies auf den Jungen und sagte:

»Es ist ja auch bei ihm nur Kinderei gewesen; Gott sei mit ihm!«

Mit diesen Worten griff sie nach dem Sack mit Spänen und wollte ihn aufnehmen, doch da sprang der Junge hinzu:

»Gib her, Großmutter«, rief er, »ich trage ihn dir, wir haben den gleichen Weg!«

Wieder nickte die Alte, hob den Sack auf die Schultern des Knaben, und so gingen sie miteinander die Straße hinab. Die Alte hatte sogar vergessen, den Awdejitsch nach dem Geld für den Apfel zu fragen. Awdejitsch schaute den beiden nach, wie sie die Straße entlanggingen und friedlich miteinander redeten, dann kehrte er ins Haus zurück, fand auf der Treppe seine Brille – sie war unversehrt geblieben – und setzte sich, mit der Ahle in der Hand, an seine Arbeit. Doch nicht lange hatte er gearbeitet, als es schon zu dunkeln begann. Am Fenster kam der Mann vorbei, der die Straßenlaternen anzündet.

»Es ist wohl an der Zeit, Licht zu machen«, denkt Awdejitsch, richtet sein Lämpchen und hängt es hin, dann macht er sich wieder über seine Arbeit her. Als der eine Schuh fertig geworden war, drehte ihn Awdejitsch lange hin und her und besah sich die getane Arbeit von allen Seiten, dann packte er sein Werkzeug zusammen. Er räumte die Lederreste vom Tisch, machte ihn sauber und stellte die Lampe hin. Nun langte er sich vom Wandbrett das Neue Testament. Gestern hatte er ein Stück Saffian als Lesezeichen hineingelegt und wollte das Buch nun dort öffnen, wo er am Abend zuvor stehengeblieben war, doch tat sich das Buch an einer anderen Stelle auf. Da kommt Awdejitsch auch schon wieder der gestrige Traum in den Sinn, und er hört, wie sich jemand hinter seinem Rücken bewegt, hört Schritte hinter sich. Awdejitsch wendet sich um und sieht: In der dunklen Ecke des Zimmers stehen Menschen. Noch kann er nicht erkennen, wer es ist, doch flüstert ihm eine Stimme ins Ohr:

»Martyn, Martyn, hast du mich erkannt?«

»Wen erkannt?« murmelte Awdejitsch.

»Mich«, sagte die Stimme. »Ich bin es doch!«

Und es trat aus der dunklen Ecke der Stepanytsch hervor, lächelte Awdejitsch zu und zerging wie eine Wolke.

»Auch das bin ich«, fuhr die Stimme fort, und es kam aus der dunklen Ecke die Frau mit dem Kindlein auf dem Arm auf Awdejitsch zu, und ein Lächeln lag auf dem Gesicht der Frau, und es lachte auch das Kindlein. Und auch sie beide entschwanden seinen Blicken.

»Und das bin ich auch«, sagte die Stimme. Und es trat die Alte mit dem Knaben aus der Dunkelheit hervor. Der Knabe hielt den Apfel in seiner Hand, und auch sie beide lächelten – und auch sie verschwanden.

Da erfüllte reine Freude die Seele des Awdejitsch. Er schlug ein Kreuz, setzte seine Brille auf und begann dort zu lesen, wo sich das Buch geöffnet hatte. Und sein Blick fiel auf die Worte:

»Denn ich bin hungrig gewesen, und ihr habt mich gespeiset. Ich bin durstig gewesen, und ihr habt mich getränket. Ich bin ein Gast gewesen, und ihr habt mich beherberget.«

Und weiter unten las Awdejitsch die Worte:

»Was ihr getan habt einem unter diesen meinen geringsten Brüdern, das habt ihr mir getan.«

Und da erkannte Awdejitsch, daß ihn sein Traum nicht getäuscht hatte, und er wurde dessen gewiß, daß es sein Heiland gewesen war, den er an diesem Tage aufgenommen und in seinem Hause empfangen hatte.

Gott sieht die Wahrheit, auch wenn Er lange Jahre schweigt

Vor Jahr und Tag lebte in der Stadt Wladimir der junge Kaufmann Aksjonow, Hausbesitzer und Eigentümer zweier Kaufläden.

Aksjonow war ein stattlicher Bursche mit dunkelblondem, lockigem Haar, stets heiter und guter Dinge, in der ganzen Stadt seiner schönen Stimme wegen und als großer Liederfreund bekannt. Vor Jahren war Aksjonow ein starker Trinker gewesen, und man sagte von ihm, er habe Händel gesucht, wenn er über den Durst getrunken hatte; nach seiner Heirat entsagte er jedoch dem Trunk, und nur noch selten gewann der Schnapsteufel Gewalt über ihn.

Es war an einem schönen Sommermorgen, als sich Aksjonow zur Abreise rüstete, er wollte zur großen Messe nach Nischni Nowgorod. Schon nahm er Abschied von Frau und Kindern, da sagte seine Frau zu ihm:

»Iwan Dmitrijewitsch, fahr heute lieber nicht, ich bitte dich darum, mir hat heute nacht schlecht von dir geträumt.«

Aksjonow lächelte:

»Du hast wohl Angst, daß ich mein Geld durchbringe!«

»Ich weiß selber nicht, wovor ich mich fürchte«, entgegnete die Frau, »ich hatte einen so bösen Traum. Ich sah dich, wie du wieder nach Hause kommst, du nimmst die Mütze ab und – was sehen meine Augen! – deine Haare sind ganz weiß!«

Aksjonow lachte hellauf:

»Weißes Haar? Nun, das bedeutet Gewinn! Warte nur, du wirst noch Augen machen, wie ich meine Ware loswerde und welche Geschenke ich dir mitbringe.«

Er sagte Frau und Kindern Lebewohl und fuhr los.

Aksjonow hatte schon die Hälfte des Weges nach Nischni Nowgorod zurückgelegt, da traf er einen Kaufmann, mit dem er gut Freund war. Sie machten gemeinsam Rast in einem Gasthaus, aßen zu Nacht und legten sich in zwei benachbarten Zimmern schlafen. Aksjonow liebte es nicht, lange in den Tag hinein zu schlafen, beim ersten Morgengrauen erhob er sich, weckte den Fuhrknecht und befahl anzuspannen. Sein Grundsatz war: In der Kühle des frühen Morgens fährt es sich leichter. Dann ging er hinüber ins Gesindehaus, rechnete mit dem Gastwirt ab und fuhr los.

Nach etlichen vierzig Werst ließ er anhalten, um die Pferde zu füttern. Er selbst legte sich im kühlen Hausflur der Herberge zur Ruhe, in der Mittagsstunde aber trat er in die Vorlaube hinaus und befahl, den Ssamowar zu richten. Inzwischen nahm er seine Gitarre zur Hand und begann zu singen und zu spielen. Da fährt plötzlich mit klingendem Schellengeläut eine Troika vor, ein Mann in Uniform steigt aus, ihm folgen zwei Soldaten. Der Mann tritt an Aksjonow heran und fragt ihn:

»Wer bist du? Woher kommst du?«

Aksjonow steht ihm Rede und Antwort und ladet den Beamten ein:

»Trinken Sie ein Glas Tee mit mir?«

Doch der Beamte geht auf diese Frage nicht ein und will immer mehr wissen:

»Wo hast du die letzte Nacht geschlafen? Warst du allein oder mit einem anderen Kaufmann? Hast du diesen Kaufmann heute früh gesehen? Warum bist du in aller Herrgottsfrühe davongefahren?«

Aksjonow nimmt es wunder, daß man ihn so ausfragt, doch er erzählt alles, was sich in der Herberge zugetragen. Dann aber sagt er:

»Was soll dieses Verhör? Ich bin kein Dieb und kein Räuber. Ich reise in meinen Geschäften, es ist nicht nötig, daß Sie mich so ausfragen!«

Der Beamte aber ruft die Soldaten und spricht:

»Ich bin der Landrichter und stelle die Fragen an dich, weil der Kaufmann, mit dem du diese Nacht zusammen warst, ermordet wurde. Wo ist dein Gepäck? Durchsucht ihn!«

Sie gehen ins Haus, packen Aksjonows Koffer, seinen Reisesack und machen sich daran, das Gepäck zu durchsuchen. Da bückt sich der Landrichter, greift in den Reisesack, holt daraus ein Messer hervor und herrscht Aksjonow an:

»Wem gehört dies?«

Aksjonow schaut hin: ein blutiges Messer in seinem Reisesack! Die Angst fährt ihm in die Glieder.

»Wieso ist das Messer blutig?«

Aksjonow will antworten, doch seine Stimme versagt, kaum ein Wort bringt er hervor.

»Ich ... ich weiß nicht, ... ich ... das Messer ... ich ... nicht meines!«

Der Landrichter aber sagt:

»Der Kaufmann, mit dem du in der Herberge übernachtet hast, ist heute erstochen worden. In der Frühe fand man ihn tot in seinem Bett. Außer dir kann das niemand getan haben. Das Haus war von innen verriegelt, du allein warst in der Herberge. Das blutige Messer in deinem Reisesack und auch dein Gesicht verraten dich. Sprich: Warum hast du ihn ermordet? Wieviel Geld hast du ihm geraubt?«

Aksjonow rief Gott zum Zeugen an, nicht er sei es gewesen, der das getan hat; er habe den Kaufmann nicht gesehen, seitdem sie am Abend zuvor Tee miteinander getrunken hatten; er habe an eigenem Geld über 8000 Rubel bei sich; das Messer gehöre ihm nicht. Doch die Stimme gehorchte ihm nicht, sein Gesicht war bleich, und er zitterte vor Angst, als ob er der Schuldige sei.

Der Landrichter befahl den Soldaten, Aksjonow zu binden und ihn zum Wagen zu bringen. Als man ihn wie ein Stück Vieh mit gebundenen Füßen auf den Wagen hob, schlug Aksjonow ein Kreuz und schluchzte laut auf. Sein Gepäck und sein Geld wurden ihm abgenommen, ihn selbst brachte man in die nächste Stadt ins Gefängnis.

Das Gericht fragte in Wladimir an, was dort über Aksjonow bekannt sei. Alle Kaufleute und Einwohner der Stadt bezeugten, daß Aksjonow jetzt ein guter und ehrbarer Mensch sei, wenn er auch vor Jahren stark getrunken und einen Ruf als Raufbold gehabt habe. Im Gerichtsverfahren wurde die Anklage auf Raubmord erhoben: Aksjonow habe den Kaufmann aus Rjasan mit einem Messer erstochen und ihm 20 000 Rubel geraubt.

Aksjonows Frau härmte sich um ihren Mann halb zu Tode und wußte nicht, was sie tun sollte. Die Kinder waren klein, das jüngste hatte sie noch an der Brust. Sie fuhr mit ihnen in die Stadt, wo ihr Mann im Gefängnis war. Dort wollte man sie zuerst nicht zu Aksjonow lassen, doch rührten ihre Bitten die Aufseher, und so wurde sie endlich zu ihrem Mann gebracht. Als sie ihn in Sträflingskleidern sah, in Ketten, unter Räubern und Verbrechern, da schwanden ihr die Sinne. Es dauerte lange, bis sie wieder zu sich kam. Dann setzte sie sich hin, umringt von ihren Kindern, begann von Haus und Geschäft zu erzählen und ihn über alles auszufragen, was mit ihm geschehen sei. Er verschwieg ihr nichts. Sie fragte:

»Was soll ich denn jetzt tun?«

Er sagte:

»Wir müssen den Zar bitten. Ein Unschuldiger kann doch nicht umkommen.«

Die Frau antwortete, sie habe bereits eine Bittschrift auf den Allerhöchsten Namen eingereicht, doch sei diese nicht bis zum Zaren gelangt. Aksjonow sagte kein Wort und senkte betrübt den Kopf. Da sagte die Frau:

»Nicht von ungefähr hatte mir geträumt, dein Haupt sei weiß geworden, erinnerst du dich? Warum bist du nur an jenem unglückseligen Tage gefahren!«

Sie strich mit der Hand über sein Haar und sagte:

»Wanja, Liebster, sag deiner Frau die reine Wahrheit, du bist es doch bestimmt nicht gewesen?«

Aksjonow stöhnte:

»Auch du glaubst nicht an mich«, vergrub das Gesicht in seinen Händen und weinte.

Da trat auch schon ein Soldat herein und befahl Frau und Kindern zu gehen. Zum letztenmal nahm nun Aksjonow Abschied von den Seinigen. Wieder allein geblieben, kam Aksjonow das eine und das andere in den Sinn, was die Leute von ihm gesagt hatten. Bei dem Gedanken aber, daß selbst seine Frau an ihm zweifelte, daß selbst sie ihn gefragt hatte, ob er der Mörder des Kaufmanns sei, sagte er sich:

Offenbar kann kein Mensch die Wahrheit kennen, nur Gott allein sieht sie, nur Ihn allein muß ich um Beistand bitten, einzig von Ihm Barmherzigkeit erwarten. Und er gab es von Stund an auf, Bittschriften zu schreiben, er erwartete nichts mehr von den Menschen und fand Trost allein im Gebet.

Bald darauf fand die Gerichtsverhandlung statt und Aksjonow wurde zur Strafe mit dem Knut und zur lebenslänglichen Zwangsarbeit verurteilt. So geschah es denn auch. Er wurde ausgepeitscht und kam – nachdem seine Wunden verheilt waren – auf langem, beschwerlichem Wege mit anderen Sträflingen nach Sibirien. Dort, in der sibirischen Katorga, verbrachte Aksjonow an die sechsundzwanzig Jahre. Sein Haupt wurde weiß wie Schnee, sein Bart wuchs lang, wurde spitz und grau, alle seine Fröhlichkeit war dahin. Er ging langsam, gebeugt, sprach wenig, lachte nie und betete viel. Im Zuchthaus erlernte er das Schuhmacherhandwerk und nähte Stiefel. Von dem verdienten Geld kaufte er sich ein Buch mit Heiligenlegenden und Geschichten vom Leben gottgefälliger Männer. Darin las er, solange es hell war, an den Feiertagen aber ging er zur Kirche, las die Psalmen und sang im Chor, denn seine Stimme war noch immer schön. Die Aufseher liebten Aksjonow um seines sanften Wesens willen, seine Zuchthauskameraden aber ehrten ihn und nannten ihn »Großväterchen« oder »Gottesmann«. Galt es einen Bittgang zu tun, so sandten die Sträflinge stets den Aksjonow zur hohen Obrigkeit, und brach einmal zwischen den Gefangenen Streit aus, so war es wieder Aksjonow, dessen Schiedsgericht sie sich unterwarfen.

Von Hause bekam Aksjonow nie einen Brief, er wußte auch bald nicht mehr, ob seine Frau und seine Kinder noch lebten.

Eines Tages trafen neue Gefangene im Zuchthaus ein. Als es Abend wurde, scharten sich die alten Sträflinge um die neuen und begannen sie auszufragen, wer sie seien, aus welcher Stadt, aus welchem Dorf sie kämen und um welcher Verbrechen willen sie nach Sibirien mußten. Auch Aksjonow setzte sich auf eine Pritsche in die Nähe der Neuangekommenen und hörte gesenkten Hauptes zu, was jene zu erzählen wußten.

Unter den neuen Sträflingen befand sich ein hoher, kräftiger Alter, etwa sechzig Jahre alt, mit einem grauen, gestutzten Bart. Als die Reihe an ihm war, erzählte er:

»Ohne jede Schuld bin ich hierhergekommen, liebe Brüder, ohne jede Schuld! Da habe ich doch nur einem Kutscher sein Pferd ausgespannt, am Schlitten. Man fängt mich, spricht: Du hast gestohlen! Aber nein, sage ich, ich wollte bloß rascher heimkommen. Ich habe das Pferd ja auch freigelassen, und der Kutscher ist mein Freund. Ordnung muß sein, sage ich. Nein, sagen die anderen, du bist ein Dieb. Hat man aber nun wirklich einmal gestohlen, dann merken die es nicht! Vor vielen Jahren, da hätte ich schon etwas auf dem Kerbholz gehabt, wofür ich längst hierher gehörte, aber wer konnte es mir schon nachweisen! Jetzt aber, jetzt wo ich ohne Schuld bin, da schickt man mich wider jedes Recht und Gesetz hierher. Aber ich war ja schon einmal hier, in Sibirien, allerdings nur kurze Zeit.«

Einer der Sträflinge fragte den redseligen Mann:
»Woher kommst du denn?«
»Ich? Meinst du mich? Ich komme aus der Stadt Wladimir, ein Wladimirscher Kleinbürger bin ich. Man nennt mich Makar, mit Vatersnamen aber Ssemjonytsch.«
Aksjonow hob den Kopf und fragte:
»Ssemjonytsch! Hast du vielleicht in der Stadt Wladimir von den Kaufleuten Aksjonow gehört? Leben sie noch?«
»Wie sollte ich von denen nicht gehört haben! Reiche Kaufleute sind das. Dabei ist ihr Vater in Sibirien, ein Sünder wie wir! Aber was ist mit dir, Großväterchen, wofür haben sie dich hierher geschleppt?«
Aksjonow sprach ungern von seinem Unglück, so seufzte er nur und meinte:
»Um meiner Sünden willen bin ich hier, nun schon an die sechsundzwanzig Jahr.«
Makar Ssemjonow aber fragte:
»Was sind denn das für Sünden?«
Aksjonow antwortet kurz:
»Ich werde es wohl so verdient haben.« Mehr wollte er dem nicht hinzufügen. So erzählten denn die anderen Gefangenen dem Neuling, wie Aksjonow nach Sibirien gekommen war. Da habe doch jemand unterwegs einen Kaufmann ermordet und Aksjonow das blutige Messer zugesteckt, darauf sei dieser, unschuldig wie er war, verurteilt worden.
Wie Makar Ssemjonow all das hört, schlägt er sich auf die Knie und ruft:
»Welch ein Wunder! Nein, welch ein Wunder! Bist du aber alt geworden, Großväterchen!«

Nun wurde er ausgefragt, worüber er sich denn wundere, ob er etwa schon früher einmal den Aksjonow gesehen habe. Doch Makar gibt darauf keine Antwort und ruft nur immerzu das gleiche:

»Nein, das ist doch das größte Wunder, daß wir uns hier treffen sollen.«

Nun stutzte auch Aksjonow, und es kam ihm in den Sinn, dieser Mensch könne vielleicht etwas darüber wissen, wer den Kaufmann ermordet habe. Er wandte sich gegen Makar und sagte:

»Entweder hast du früher von meinem Unglück gehört, Ssemjonytsch, oder du hast mich sogar gesehen.«

»Wie sollte ich von dir nicht gehört haben! Alles riß sich ja damals die Mäuler wund über dein Mißgeschick! Aber das ist schon lange her, und was ich damals gehört habe, das habe ich längst vergessen«, war Ssemjonytschs Antwort.

»Vielleicht hast du aber gehört, wer eigentlich den Kaufmann ermordet hat«, fragte Aksjonow weiter.

Makar Ssemjonytsch lachte kurz auf:

»Gewiß hat der gemordet, bei dem das Messer gefunden wurde. Es kann ja sein, daß dir jemand anderes das Messer zugesteckt hat, doch: ›Ein Schuft, der sich fangen läßt‹ – und wie sollte er es auch getan haben! Dein Reisesack stand doch wohl dicht an deinem Kopf, du hättest es sicher gemerkt, wenn sich jemand daran zu schaffen gemacht hätte.«

Kaum hörte Aksjonow diese Worte, da wurde es ihm klar: Dieser Mensch hier und kein anderer hatte den Kaufmann ermordet. Er stand auf und ging fort.

In dieser Nacht fand Aksjonow keinen Schlaf. Bilder aus längst vergangenen Tagen stiegen vor ihm auf, und der Kummer drückte ihm schier das Herz ab. Ihm war, als sähe er seine Frau, wie sie am Morgen seiner Reise von ihm Abschied nahm. Als ob es gestern gewesen sei, sah er sie im Geiste vor sich, sah ihr Gesicht, ihre Augen, er hörte, wie sie mit ihm sprach, wie sie lachte. Dann standen ihm seine Kinder vor Augen, genau so, wie er sie an jenem Morgen gesehen hatte, so klein, einer im Pelz, der andere an der Brust der Mutter. Auch sich selbst sah er, jung, lustig. Er sah sich in der Vorlaube der Herberge, dort, wo die Polizei ihn aufgegriffen hatte, er sah sich mit einer ungetrübten Heiterkeit im Herzen Gitarre spielen. Aber auch den Richtplatz erblickte er, auf dem er ausgepeitscht wurde, den Henker und das Volk ringsum, und dann kamen ihm auch die Sträflinge in den Sinn, die ganzen sechsundzwanzig Jahre seines Zuchthauslebens. Als er dann an sein Alter dachte, da wurde ihm so kummervoll zumute, daß er versucht war, Hand an sich zu legen.

»Und alles das erdulde ich durch diesen Bösewicht«, stieg es voller Gram aus seinem Herzen auf, und ein solcher Zorn überkam ihn, daß er sich an Makar Ssemjonytsch rächen wollte, und sollte es auch sein eigener Verderb sein. Die ganze Nacht hindurch betete Aksjonow, vergebens, keine Ruhe wollte in seine Seele einkehren. Am nächsten Tag vermied er es, in die Nähe des Makar Ssemjonytsch zu kommen, und schaute auch nicht zu ihm hinüber.

Zwei Wochen vergingen. Die Nächte verbrachte Aksjonow ohne Schlaf, voller Unruhe unter der Last seines schweren Kummers.

Als er in einer der Nächte ruhelos durch die Baracke geht, sieht er, unter einer Pritsche rieselt Erde hervor. Er bleibt stehen, schaut genauer hin. Da springt unter der Pritsche Makar Ssemjonytsch hervor und blickt ihn mit vor Angst verzerrtem Gesicht an. Aksjonow will weitergehen, ohne ihn anzuschauen, doch packt ihn Makar Ssemjonytsch am Arm und flüstert erregt, er habe einen Durchschlupf unter der Mauer gegraben, die Erde schaffe er jeden Tag auf dem Wege zur Arbeit in seinen Stiefeln hinaus und schütte sie auf die Straße. Dann sagt er:

»Schweig still, Alter! Du kommst mit mir, ich nehme dich mit hinaus. Verrätst du mich, dann peitscht man mich zu Tode, doch vorher bringe ich dich um.«

Wie Aksjonow seinen Verderber vor sich sieht, überkommt ihn die Wut, er reißt seine Hand weg und stößt hervor:

»Zur Flucht habe ich keinen Grund. Töten brauchst du mich auch nicht, das hast du schon längst getan. Ob ich aber dieses hier verschweigen werde, das wird mir Gott eingeben.«

Als die Sträflinge am nächsten Morgen auf dem Wege zur Arbeit waren, bemerkten die Soldaten, wie Makar Ssemjonytsch Erde heraustrug. Man suchte im Gefängnis nach und fand den Durchschlupf unter der Mauer. Eilends wurde der Oberste der Aufseher herbeigerufen, und bald begann auch schon das Verhör. Jeder einzelne wurde vernommen – Wer hat dies getan? – und niemand wollte es gewesen sein. Jene, die davon wußten, verrieten Makar Ssemjonytsch nicht, sie wußten, daß man ihn für diesen Fluchtversuch halbtot peitschen würde. Schließlich wandte sich der Oberste an Aksjonow, er wußte, daß Aksjonow ein ehrlicher und gerechter Mann war, und sagte:

»Alter, du liebst die Wahrheit, sage mir, vor Gott, wer hat dies Loch hier gegraben?«

Makar Ssemjonytsch stand da, als ginge ihn das alles nichts an; er blickte den Obersten an, ohne sich nach Aksjonow umzuschauen, dieser aber zitterte am ganzen Leibe und konnte eine ganze Weile kein Wort hervorbringen.

»Ich kann ihm helfen«, dachte er, »warum aber sollte ich ihm vergeben? Er war es doch, der mich zugrunde gerichtet hat. Zeige ich ihn an, dann wird er ausgepeitscht, gut, soll er doch für das büßen, was ich um seinetwillen ausgestanden habe. Sollte ich ihn aber vielleicht ohne Grund verdächtigen? Was dann? Und was hilft es mir auch schon, wenn er leidet, mir selbst wird davon nicht leichter!«

Der Oberste fragte noch einmal:

»Nun, was ist denn, Alter? Sag die Wahrheit, wer hat das hier getan?«

Aksjonow schaut zu Makar Ssemjonow herüber und sagt:

»Ich kann es Ihnen nicht verraten, Euer Wohlgeboren! Gott gab mir nicht den Befehl, dies hier zu sagen, und ich werde es auch nicht sagen. Tun Sie mit mir, was Sie wollen, Sie haben die Macht dazu.«

So sehr sich auch der Oberste bemühte, Aksjonow schwieg und sagte kein Wort mehr. So erfuhr man nicht, wer das Loch unter der Mauer gegraben hatte.

Am Abend lag Aksjonow auf seiner Pritsche und war gerade eingeschlummert, als er im Halbschlaf hörte, wie jemand näher kam und sich am Fußende seiner Pritsche niedersetzte. Er schaut hin und erkennt in der Dunkelheit den Makar. Aksjonow fragt:

»Was willst du denn schon wieder? Was suchst du hier?«

Da Makar schwieg, richtete sich Aksjonow auf und fuhr fort: »Was willst du? Geh weg! Ich rufe die Wache.«

Makar Ssemjonytsch neigte sich zu Aksjonow und flüsterte ihm zu:

»Iwan Dmitrijewitsch, verzeihe mir!«

Aksjonow sagte:

»Wofür soll ich dir verzeihen?«

»Ich bin es gewesen, der den Kaufmann erstochen und dir das Messer zugesteckt hat. Zuerst wollte ich auch dich umbringen, doch entstand plötzlich Lärm im Hof, darum steckte ich das Messer in deinen Reisesack und machte mich durch das Fenster davon.«

Als Aksjonow immer noch schwieg – er wußte nicht, was er darauf sagen sollte –, glitt Makar Ssemjonytsch von der Pritsche herab, fiel vor Aksjonow auf die Knie nieder und neigte sich tief vor ihm.

»Iwan Dmitrijewitsch«, sagte er, »verzeih mir um Christi willen! Ich werde es bekennen, daß ich der Mörder des Kaufmanns bin. Man wird dir verzeihen, du wirst nach Hause zurückkehren.«

»Du hast gut reden«, gab Aksjonow zur Antwort. »Wie soll ich das alles ertragen? Wohin gehe ich denn jetzt? Meine Frau ist tot, die Kinder haben mich vergessen, nirgends habe ich eine Heimat mehr.«

Makar Ssemjonytsch stand nicht auf, neigte sich immer wieder vor Aksjonow, immer wieder berührte seine Stirn den Boden.

»Iwan Dmitrijewitsch, verzeih mir! Als man mich peitschte, war mir leichter zumute als jetzt, da ich dich anschaue! Denn du hast Mitleid mit mir gehabt und hast mich nicht verraten. Verzeih mir um Christi willen, mir verfluchtem Bösewicht!«

Er schluchzte laut auf. Als Aksjonow hörte, daß Makar Ssemjonytsch weinte, traten auch ihm die Tränen in die Augen, und er sagte:

»Gott mag dir verzeihen! Wer weiß, vielleicht bin ich hundertmal schlechter als du.«

Von dem Augenblick aber wurde es ihm leicht ums Herz, und die Sehnsucht nach seiner Heimat fiel ab von ihm. Nirgends wollte er mehr hingehen, und keinen Gedanken hatte er mehr als den an seine letzte Stunde.

Makar Ssemjonytsch hörte aber nicht darauf, was Aksjonow ihm gesagt hatte, er ging hin und bekannte seine Schuld. Als im Gefängnis die Nachricht eintraf, der zu Unrecht verurteilte Aksjonow dürfe in seine Heimat zurückkehren, war Aksjonow schon tot.

Des Teufels Knecht

In einem fernen Reich lebte einst ein reicher Mann, dessen Herz sanft und auf das Gute bedacht war. Von allem hatte dieser Mann die Fülle und viele Sklaven dienten ihm. Die Sklaven aber lobten ihren Herrn und sprachen: »Unter dem ganzen Himmelszelt gibt es keinen Herren, der besser wäre als unser Gebieter. Alles, was er uns gibt – Essen, Kleidung –, alles ist reichlich und gut, zu arbeiten aber gibt es nur so viel, wie jeder von uns leisten kann. Auch kränkt er niemand und trägt niemandem etwas nach. Ganz anders ist er als so viele Herren, die besser für ihre Pferde und Schafe sorgen als für ihre Sklaven. Diese Herren fragen nicht, ob sich ein Sklave schuldig gemacht hat oder ohne Schuld ist, sie peinigen ihn ohne Unterlaß, und kein gutes Wort haben sie für ihre Sklaven übrig. Unser Gebieter aber spricht nur in Güte mit uns und ist immer um unser Bestes besorgt. Kein besseres Leben können wir uns wünschen.«

So lobten die Sklaven ihren Herren. Den Teufel aber ergrimmte es, solches zu hören, und als er erkannte, in welcher Eintracht die Sklaven mit ihrem Gebieter lebten, packte ihn der Zorn. So bemächtigte sich denn der Böse eines dieser Sklaven – Aleb war sein Name – und befahl ihm, die anderen Sklaven in Versuchung zu bringen. Eines Abends, da die Sklaven, von der Last der Arbeit ermattet, ruhten, erhob Aleb seine Stimme und sagte: »Was seid ihr doch töricht, liebe Brüder, daß ihr immerzu die Güte unseres Herren preist! Nicht einmal der Teufel könnte böse sein, wenn man ihm alles recht macht. Wir dienen unserem Herrn so gut wir können. Kaum hat er einen Befehl, schon sind wir zur Stelle, ihn zu erfüllen. Selbst seine geheimsten Wünsche suchen wir zu erraten. Wie soll er dann nicht gut zu uns sein! Versucht es doch einmal anders, hört nicht darauf, was er sich wünscht, tut ihm etwas Böses an, er wird nicht anders handeln, als es die übelsten Peiniger tun.«

Doch die anderen Sklaven stimmten Aleb nicht zu und widersprachen heftig. Da forderte sie Aleb zu einem Wettstreit heraus: Er, Aleb, würde den Gebieter in hellen Zorn versetzen und setze sein Festkleid zum Pfand dafür. Glückt ihm jedoch sein Vorhaben, dann sollten die anderen Sklaven ihre festlichen Gewänder an ihn, Aleb, abtreten; auch müßten sie versprechen, ihm zu helfen, falls der Herr ihn, Aleb, in Eisen schlagen oder in den Kerker werfen ließe. So kamen sie überein, und schon am nächsten Morgen sollte die Wette ausgetragen werden.

Der Sklave Aleb war Schäfer, ihm waren die teueren Zuchtschafe anvertraut. Als nun der Morgen angebrochen war, kam der Herr mit einer Schar von Gästen zur Schafhürde, um ihnen seine kostbaren Tiere zu zeigen. Da blinzelte des Teufels Knecht den anderen Sklaven zu: »Gebt acht, jetzt ist der Augenblick gekommen, da ich unseren Gebieter erzürnen werde.« Neugierig schauten die Sklaven zum offenen Tor herein, der Teufel aber kletterte auf einen Baum, damit ihm nur ja nichts davon entgehe, wie sein Knecht Aleb ihm, dem Teufel, dienen würde.

Inzwischen hatten die Gäste die Schafe gesehen, die Lämmer, nun sollte ihnen der beste Zuchtschafbock vorgeführt werden. »Ohne Zweifel sind auch die anderen Tiere gut«, sagte der Herr, »doch seht euch nur jenen Schafbock an, den dort mit den gewundenen Hörnern, diesen Bock gebe ich um keinen Preis der Welt her, er ist mir so viel wert wie mein Augenlicht.« In der Hürde aber war inzwischen ein großes Getümmel entstanden. Schafe, Lämmer, Hammel laufen durcheinander, unmöglich ist es, den Schafbock, von dem der Herr sprach, in Ruhe zu betrachten. Kaum bleibt er einmal stehen, da scheucht auch schon des Teufels Knecht wie aus Versehen die Tiere auf, und wieder ist der kostbare Bock in dem wirren Durcheinander verschwunden. Endlich geht dem Herrn die Geduld aus: »Mein lieber Aleb«, sagte er, »packe mir doch den Bock, den ich meinen Gästen zeigen will. Du weißt, den mit den gewundenen Hörnern, halte ihn fest, tu ihm aber kein Leid an und sei vorsichtig, ich bitte dich darum.« Kaum hatte der Herr also gesprochen, da warf sich auch schon Aleb einem Löwen gleich mitten unter die aufgescheuchten Tiere und packte den Bock an der Wolle. Dann griff er rasch mit der anderen Hand zu, faßte das linke Hinterbein und riß es vor den Augen des Herrn nach oben, so daß die Knochen krachten. Oberhalb des Knies brach Aleb dem Tier das Bein. Der Schafbock blökte jämmerlich auf und fiel auf die Vorderknie nieder. Nun faßte Aleb das rechte Bein, das linke aber drehte sich heraus und blieb wie ein schlaffes Seil hängen.

Die Gäste und die Sklaven stießen einen Schrei aus, der Teufel aber freute sich von ganzem Herzen darüber, wie schlau sein Knecht Aleb das Böse getan hatte. Ein tiefer Schatten fiel auf das Antlitz des Herrn, er senkte das Haupt und schwieg. Auch Gäste und Sklaven wagten kein Wort, und so war alles tiefes Schweigen und Erwartung. Nach einer ganzen Weile erst erhob der Herr sein Haupt, die Falten auf seiner Stirn glätteten sich, er machte eine Bewegung, als wolle er eine Last abwerfen, und richtete einen langen Blick gen Himmel. Dann aber lächelte er und sprach: »O Aleb, Aleb! Dein Gebieter hatte dir befohlen, mich zu erzürnen, doch mein Gebieter ist stärker als der deinige, und so war es dir nicht gegeben, meinen Zorn zu erregen. Ich aber werde jetzt deinen Gebieter erzürnen. Du hast geglaubt, ich würde dich bestrafen; ich aber bin nicht willens, das zu tun. Du suchtest die Freiheit, Aleb, so höre denn: In Gegenwart meiner Gäste gebe ich dich frei. Geh, wohin du willst, und nimm auch dein festliches Gewand an dich.«

Mit diesen Worten verließ der Gebieter mit seinen Gästen die Schafhürde, der Teufel aber knirschte vor Wut mit den Zähnen und fiel vom Baum herab. Da tat sich die Erde auf und nahm den Fürsten der Finsternis zu sich in ihren Schoß.

Die Kinder sind klüger als die Alten

In diesem Jahr gab es frühe Ostern. Erst vor ein paar Tagen konnte man nur mit dem Schlitten vorankommen, und noch heute lagen Berge von Schnee in den Höfen, die Dorfstraße entlang floß aber das Schmelzwasser schon in Strömen. In einer Seitengasse hatte sich von einem Bauernhof zum andern eine große Pfütze zwischen zwei Misthaufen gebildet; dort trafen sich zwei Mädelchen, das eine jünger, das andere etwas älter. Beide waren sie zum Osterfest von ihren Müttern prächtig herausgeputzt worden, die Kleine in einem blauen Ssarafan, die Größere in einem gelben mit Streifen, beide aber trugen sie rote Kopftücher. Die Kirche war aus, und die zwei Kinder waren hierhergekommen, um sich ihre neuen Kleider zu zeigen und miteinander zu spielen. Angesichts der Pfütze kam sie die Lust an, im Wasser zu plantschen. Schon ging die Kleinere auf die Pfütze los, da hielt sie die Ältere zurück:

»Geh nicht hin, Malaschka, die Mutter wird dir böse sein! Laß uns erst die Schuhe ausziehen!«

Die Mädelchen taten die Schuhe ab, hoben ihre Kleider hoch und gingen durch die Pfütze, einer der anderen entgegen. Als der Malaschka das Wasser bis an die Knöchel ging, kreischte sie auf:

»Es ist tief, Akuljuschka, ich fürchte mich!«

»Hab keine Angst«, ruft die andere, »es geht nicht tiefer, komm nur auf mich zu!«

Nun waren sie schon nahe beieinander. Akuljka warnt:

»Sei vorsichtig, Malaschka, spritz nicht, geh langsam!«

Kaum hat sie das gesagt, da plantscht die Malaschka mit ihrem Fuß auf das Wasser, daß der schöne Ssarafan der Akuljka von oben bis unten naß wird; auch Akuljkas Nase und Augen bekamen etwas ab. Wie Akuljka die Flecken auf ihrem schönen Ssarafan sieht, packt sie der Zorn, und mit lauten Schimpfworten läuft sie auf die Malaschka zu, um sie zu schlagen. Malaschka bekam es mit der Angst, als sie sah, was sie angerichtet hatte. Rasch sprang sie von der Pfütze weg und wollte schon geradewegs nach Hause laufen, da kam die Mutter der Akuljka hinzu und sieht den neuen Ssarafan und das Hemd ihrer Tochter voller Schmutz.

»Wo hast du dich, Dreckfink, so beschmutzt?«

»Mich hat die Malaschka bespritzt, absichtlich hat sie es getan!«

Akulinas Mutter packt die Malaschka und versetzt ihr einen tüchtigen Schlag. Aus Leibeskräften schreit Malaschka los, die ganze Straße entlang war es zu hören. Und da kam auch schon ihre Mutter gelaufen:

»Was schlägst du mein Kind?« fauchte sie ihre Nachbarin an. Diese, nicht faul, blieb die Antwort nicht schuldig, ein Wort gab das andere, im Handumdrehen war der schönste Streit entbrannt. Auf den Lärm hin stürzten auch die Männer herbei, und bald war die Straße gerammelt voll von Menschen. Alle schreien, keiner hört auf den anderen, der eine beschimpft seinen Nachbarn, dieser schlägt zurück, und schon geht die schönste Prügelei los. Wie sie dies Unglück sieht, kommt eine alte Bäuerin gelaufen – es war Akulinas Großmutter – und will die Bauern zur Vernunft bringen:

»Besinnt euch, liebe Leute! Habt ihr denn vergessen, was heute für ein Tag ist? Freuen sollen wir uns, ihr aber habt solche Sünde im Sinn.«

Kein Mensch hört auf die Alte, beinahe hätte man sie noch von den Beinen gestoßen. Niemals hätte sie mit ihren Worten etwas erreicht, wenn ihr nicht Akulina und Malaschka selbst geholfen hätten. Noch während sich die Weiber beschimpften, hatte Akulina ihren Ssarafan wieder in Ordnung gebracht und kam zur Pfütze zurück. Mit einem Stein begann sie den Rand der Pfütze zu lockern, um das Wasser ablaufen zu lassen. Auch die Malaschka kam hinzu und half ihr dabei mit einem Stückchen Holz. Als bei den Bauern die Prügelei losging, waren die Mädelchen mit ihrer Arbeit fertig: der Rand der Pfütze war durchstochen, und das Wasser begann abzufließen und strömte durch den kleinen Graben, den die beiden gezogen hatten, auf die Straße hinab, gerade dorthin, wo die Alte sich alle Mühe gab, die Bauern zu beschwichtigen. An ihrem Graben entlang laufen die Mädelchen, die eine auf der einen, die andere auf der anderen Seite.

»Halt, halt, Malaschka, nicht so schnell!« schreit Akuljka, und auch Malaschka will etwas sagen, doch bringt sie vor lauter Lachen kein Wort heraus.

So laufen sie, lachen aus vollem Hals über den Holzspan, der – bald vorn, bald hinten untertauchend – ihnen davongeschwommen ist. Unversehens waren sie mitten in den streitenden Haufen hineingelaufen. Da erblickte sie auch die Alte und rief den Bauern zu:

»Schämt ihr euch nicht? Schaut die Kinder an! Ihr prügelt euch wegen der beiden, die aber haben ihren Streit schon längst vergessen und spielen miteinander, die Herzenskinder. Klüger sind sie als wir alten Leute!«

Da schauten die Bauern auf die beiden Kinder und schämten sich sehr, dann lachten sie über ihre Dummheit und gingen heim.

»Wahrlich, ich sage euch: Es sei denn, daß ihr euch umkehret und werdet wie die Kinder, so werdet ihr nicht ins Himmelreich kommen.«

Die beiden Brüder und das Gold

Vor vielen, vielen Jahren lebten im Heiligen Lande zwei Brüder, Athanasius hieß der ältere, Johannes der jüngere. Die Brüder lebten unweit der Stadt Jerusalem in einer Höhle und nährten sich davon, was ihnen mildtätige Menschen zukommen ließen. Sie waren aber nicht müßig, sondern arbeiteten den ganzen Tag; hörten sie von jemand, der die Last seiner Arbeit nicht mehr tragen konnte, wußten sie Kranke, Waisen oder Witwen in Not, dann gingen sie dorthin und halfen mit ihrer Arbeit, ohne je Geld anzunehmen. Die ganze Woche lebten sie voneinander getrennt, aber wenn sich der Samstag seinem Ende zuneigte, kehrten sie in ihre Felshöhle zurück und verbrachten den Sonntag miteinander in Gebet und frommen Gesprächen. Und der Engel Gottes stieg zu ihnen herab und segnete sie. In aller Frühe des Montags gingen sie wieder auseinander, ein jeder an seine Arbeit. So lebten die Brüder viele Jahre lang, und jeden Sonntag kehrte der Engel Gottes bei ihnen ein und gab ihnen seinen Segen.

Eines Montags gingen beide Brüder wieder zur Arbeit, und schon hatten sie voneinander Abschied genommen, als Athanasius, der ältere, stehenblieb und sich noch einmal nach seinem geliebten Bruder umschaute, da ihm die Trennung von ihm schwerfiel. Und er sah, wie Johannes mit gesenktem Haupt seines Weges ging und sich nicht umschaute. Plötzlich hemmte er jedoch seinen Schritt, beschattete mit der Hand seine Augen und blickte aufmerksam zur Erde, als ob er dort etwas erblickt hätte. Langsam näherte er sich dem, was auf dem Boden vor ihm lag, dann aber sprang er mit einem Satz zur Seite und lief den ganzen Abhang hinab, ohne auch nur einen Blick zurückzuwerfen. Athanasius wunderte das sehr, und so wendete er seine Schritte und ging dorthin, wo sein Bruder gestanden, um zu sehen, was ihn so erschreckt hatte. Wie er näher kam, sah er etwas in der Sonne glitzern, er trat heran: ein Haufen Gold lag auf dem Gras, als sei hier ein Sack ausgeleert worden. Athanasius wunderte sich über das Gold, mehr aber noch über die kopflose Flucht seines Bruders:

»Was hat ihn so geschreckt, daß er sinnlos davongelaufen ist?« fragte er sich. »Am Golde selbst hängt doch keine Sünde, die Sünde ist im Menschen. Mit dem Gold kann ich Böses tun, ich kann damit aber auch viel Segen stiften. Wieviel Waisen und Witwen können davon satt werden, wieviel Nackte gekleidet, wieviel Kranke geheilt werden. Mein Bruder und ich, wir beide dienen den Menschen, doch ist unsere Hilfe jetzt gering, weil unsere Kräfte schwach sind. Mit diesem Gold hier könnten wir den Menschen weit mehr dienen.«

Diese Gedanken bewegten das Gemüt des Athanasius, und er wollte sie auch seinem Bruder sagen, doch war Johannes schon weit und am anderen Bergeshang kaum noch zu sehen.

Da legte Athanasius seine Kleider ab und schaufelte das Gold hinein. Soviel er tragen konnte, lud er sich auf den Rücken und brachte es zur Stadt. Dort vertraute er das Gold dem Wirt einer Herberge an und holte den Rest. Als er den ganzen Schatz beisammen hatte, ging er hin zu den Kaufleuten Jerusalems und erstand Grund und Boden in der Stadt, kaufte Steine, Holz, dingte Arbeiter und begann zu bauen. Drei Monate blieb Athanasius in der Stadt und errichtete dort drei Häuser: ein Haus als Heim für Witwen und Waisen, ein anderes als Krankenhaus und das dritte als Herberge für Pilger und Bettler. Er fand auch drei gottesfürchtige alte Männer und setzte den einen als Vorsteher des Waisenhauses ein, dem anderen übergab er das Krankenhaus, dem dritten die Herberge. Und da ihm immer noch dreitausend Goldstücke geblieben waren, gab er einem jeden dieser drei Männer tausend, damit sie das Gold an Arme und Kranke verteilten. Da begannen sich die drei Häuser mit Menschen zu füllen, und sie alle lobten und priesen Athanasius für das, was er an ihnen getan hatte. Das erfüllte das Herz des Athanasius mit großer Freude, so daß es ihm schwer wurde, die Stadt Jerusalem zu verlassen, doch liebte er seinen Bruder Johannes über alle Maßen und ging daher hinweg aus der Stadt, ohne sich auch nur ein einziges Goldstück genommen zu haben. Von allem Volk hatte er Abschied genommen und ging nun in der gleichen alten Kleidung, in der er nach Jerusalem gekommen war, zurück zu seinem Bruder.

So stieg Athanasius den steilen Berg hinan und dachte: »Wie falsch tat doch mein Bruder, als er das Gold liegen ließ und davonlief. Habe ich nicht richtiger gehandelt?«

Kaum hatte dieser Gedanke des Athanasius Sinn berührt, da sah er mitten auf dem Weg den Engel, der ihn und Johannes gesegnet hatte. Zornerfüllten Blickes schaute er jetzt den Athanasius an. Dieser erschrak sehr und sagte:

»Warum, o Herr?«

Der Engel aber öffnete seinen Mund und sprach:

»Gehe hinweg von dieser Stätte! Du bist nicht wert, das Leben deines Bruders zu teilen. Ein Sprung von ihm wiegt mehr als alle Taten, die du mit dem Gold verübt hast.«

Da begann Athanasius sich zu rechtfertigen und zählte auf, wieviel Arme und Pilger er speisen konnte, wieviel Waisen durch sein Gold ein Obdach erhielten. Doch der Engel sagte ihm:

»Jener Teufel, der das Gold auf den Weg gestreut hatte, um dich zu verführen, lehrte dich auch diese Worte.«

Und es erhob sich die Stimme des Gewissens und klagte den Athanasius an, und da erkannte er, daß alle seine Taten nicht um Gottes willen geschehen waren, und er weinte sehr und bereute alles, was er getan hatte.

Da wich der Engel zur Seite und gab dem Athanasius den Weg frei zu seinem Bruder Johannes, der hinter ihm stand und auf seinen Bruder wartete. Und von jener Zeit ab verfiel Athanasius der Versuchung des Teufels nicht mehr, da er erkannt hatte, daß wir nicht mit Gold, sondern nur mit unserer Hände Arbeit Gott und den Menschen dienen können. Und von da an lebten die beiden Brüder, Johannes und Athanasius, wie zuvor.

Iljas

Im Gouvernement Ufa lebte einst der Baschkire Iljas. Sein Vater war früh gestorben, ein knappes Jahr nachdem Iljas geheiratet hatte, zu erben gab es nicht viel: sieben Stuten, zwei Kühe und zwei Dutzend Schafe, das war der ganze Besitz. Doch Iljas war ein unermüdlicher Arbeiter, und so begann er allgemach sein Hab und Gut zu mehren. Vom frühen Morgen bis spät in die Nacht hinein waren er und seine Frau an der Arbeit. Sie standen früher auf als ihre Nachbarn, später als alle anderen gingen sie schlafen, und so wurden sie von Jahr zu Jahr reicher. In Mühe und harter Arbeit verbrachte Iljas fünfunddreißig Jahre und war ein vermögender Mann geworden.

An die zweihundert Pferde besaß nun Iljas, hundertfünfzig Stück Vieh und tausendzweihundert Schafe. Er dingte sich Knechte und Hirten, die sein Vieh versorgten, Mägde, die seine Stuten und Kühe melkten und daraus Kumyss, Butter und Käse machten. Von allem hatte Iljas die Fülle, und jedermann im ganzen Landkreis beneidete ihn um sein Leben. Kamen die Leute auf Iljas zu sprechen, so sagten sie:

»Was für ein glücklicher Mensch ist doch der Iljas! Er hat alles, was sein Herz begehrt. Ewig könnte er leben und brauchte nicht zu sterben.«

Weithin verbreitete sich der Ruf von Iljas' Glück und Reichtum, und auch die Vornehmen begannen, seine

Freundschaft zu suchen. Von weit her kamen Gäste zu Iljas, aber ihm war es gleich, wer bei ihm einkehrte, für jeden gab es Kumyss, ein jeder wurde mit Tee, Scherbet und Hammelbraten bewirtet. Kaum trat der Gast ins Haus, schon wurde ein Hammel – oder auch zwei – geschlachtet, kamen aber viele Gäste, dann mußte eine Stute ihr Leben lassen.

Seine zwei Söhne hatte Iljas bald verheiratet, und auch für seine Tochter brauchte er nicht lange nach einem Mann zu suchen. In den Zeiten der Armut hatten die Söhne des Iljas mit ihm gearbeitet und seine Pferde und Schafe gehütet, als sie aber reich geworden waren, stieg ihnen das Wohlleben zu Kopfe. Der eine begann zu trinken und wurde im Streit erschlagen, den jüngeren hetzte seine hoffärtige Frau auf, so daß er dem Vater den Gehorsam verweigerte und Iljas sich von seinem Sohne trennen mußte.

Iljas fand seinen Sohn ab, gab ihm ein Haus und Vieh genug, doch minderte das seinen Besitz. Bald darauf wurden die Schafe von einer Seuche befallen, dann kam ein schlechter Sommer, das Heu geriet nicht, und eine Menge Vieh verhungerte im Winter, schließlich trieben die Kirgisen dem Iljas seine besten Pferde weg, und so ging ein Stück seines Besitzes nach dem anderen dahin. Immer ärmer wurde Iljas, aber auch seine Kräfte nahmen ab, und mit siebzig Jahren war Iljas so weit, daß er Pelze, Teppiche, Sättel und Zelte verkaufen mußte. Dann kam auch das letzte Vieh dran, und so schwand der ganze Reichtum dahin. Ohne daß er es recht gemerkt hätte, stand Iljas eines Tages mit leeren Händen da und mußte sich auf seine alten Tage Arbeit suchen. Ihm blieb nur seine Frau, Scham-Schemagi, und das, was er am

Leibe trug, der Pelz, die Mütze, Strümpfe und Schuhe. Scham-Schemagi war auch schon alt an Jahren. Die Tochter war gestorben und der Sohn weit in die Fremde gezogen, und so gab es niemanden, der beiden Alten hätte helfen können.

Dies Unglück der alten Leute sah ihr Nachbar, Muchamedschach, und hatte Mitleid mit ihnen. Ihn selbst, den Muchamedschach, konnte man weder arm noch reich nennen, doch hatte er sein Auskommen und war ein guter Mensch. So hatte er auch die Gastfreundschaft des Iljas nicht vergessen, und da ihn das Schicksal der Alten dauerte, sagte er:

»Iljas, komm mit deiner Alten zu mir! Im Sommer kannst du in meinen Gemüsefeldern arbeiten und im Winter fütterst du mein Vieh. Scham-Schemagi kann meine Stuten melken und für den Kumyss sorgen. Ich werde euch zu essen geben und euch beide kleiden. Werdet ihr aber sonst noch etwas brauchen, dann sagt es mir, ich werde auch dafür sorgen.«

Iljas dankte dem Nachbarn und lebte von nun an mit seiner Frau als Knecht bei Muchamedschach. Anfangs kam es ihnen schwer an, dann aber gewöhnten sie sich an das neue Leben.

Auch Muchamedschach hatte seinen Nutzen davon: Beide Alten waren an selbständiges Arbeiten gewöhnt und konnten Ordnung halten, auch waren sie nicht faul und arbeiteten, was ihre Kräfte hergaben. Muchamedschach tat es jedoch in tiefster Seele weh, ansehen zu müssen, wie so reiche Menschen so tief in Not geraten konnten.

Eines Tages kamen von weit her Brautwerber zu Muchamedschach, mit ihnen der Mullah. Muchamedschach befahl dem Iljas, einen Hammel zu fangen und ihn abzustechen. Iljas tat es, weidete den Hammel aus, bereitete ihn zu und ließ ihn den Gästen auftragen. Die Gäste nahmen vom Hammelbraten, tranken Tee dazu und machten sich dann über den Kumyss her. Während sie und ihr Gastgeber, auf weichen Daunenkissen und Teppichen sitzend, ihren Kumyss schlürften und kluge Gespräche führten, war Iljas mit seiner Arbeit fertig geworden und ging an der Zelttür vorbei. Bei seinem Anblick wendet sich Muchamedschach zu einem seiner Gäste und fragt ihn:

»Siehst du den Alten, der draußen vorbeigeht?«

»Ich sehe ihn«, gibt der Gast zur Antwort. »Was ist denn Besonderes dabei?«

»Nun, das ist das Besondere, daß dieser Mann einmal der reichste Baschkire weit und breit gewesen ist. Sein Name ist Iljas, vielleicht hast auch du von ihm gehört.«

»Wie sollte ich von Iljas nicht gehört haben«, spricht der Gast, »ich habe ihn leider nie gesehen, doch sein Name ist mir gut bekannt.«

»Siehst du, von all seinem Reichtum ist ihm nichts geblieben. Er lebt bei mir als Knecht und seine Alte melkt meine Stuten.«

Der Gast verwunderte sich, schnalzte mit der Zunge, wiegte nachdenklich den Kopf und sagte:

»Ja, ja, das Glück ist wie ein Rad, den einen hebt es hoch hinauf, den anderen führt es tief hinab. Wie trägt denn der Alte sein Schicksal, ist er sehr bedrückt?«

»Das weiß ich nicht, er lebt ruhig und still dahin und ist ein fleißiger Arbeiter.«

»Könnte ich mit ihm sprechen?« fragt der Gast weiter. »Ich hätte mich gern mit ihm über sein Schicksal unterhalten.«

»Aber sicher kannst du das«, sagt der Gastgeber und ruft hinter das Zelt: »Babai« – das heißt bei den Baschkiren Großväterchen – »komm doch herein, setz dich her und trinke mit uns eine Tasse Kumyss! Ruf auch deine Alte!«

So kam der Iljas mit seiner Frau ins Zelt, begrüßte Gäste und Gastgeber und hockte sich, nachdem er sein Gebet gesagt hatte, mit untergeschlagenen Beinen am Zelteingang hin. Seine Frau aber ging hinter den Vorhang und setzte sich zur Frau des Muchamedschach.

Man reichte Iljas eine Tasse Kumyss. Dankend verneigte er sich und trank den Gästen und dem Gastgeber zu, dann stellte er die Tasse wieder hin.

»Wie ist es nun, Großväterchen«, wendet sich der Gast an Iljas, »macht es dich traurig, uns hier zu sehen und an die früheren Zeiten erinnert zu werden, als auch du noch in Glück und Wohlstand lebtest? Sind deine Tage nicht voller Kummer und Leid?«

Da ging ein Lächeln über das Gesicht des Iljas, und er sagte:

»Wenn ich es dir sagen sollte, ob ich jetzt glücklich oder traurig bin, dann würdest du es mir nicht glauben, frage daher lieber meine Frau. Sie ist ein Weib, was sie auf dem Herzen hat, das liegt ihr auch auf der Zunge. Sie wird dir die reine Wahrheit sagen.«

Und da fragte der Gast gegen den Vorhang gewendet:

»Nun, Großmütterchen, erzähl du uns, was du von deinem früheren Glück und dem jetzigen Leid denkst!«

Da sprach Scham-Schemagi:

»So denke ich: Fünfzig Jahre lang suchten wir, mein Alter und ich, das Glück und fanden es nicht. Jetzt sind es kaum zwei Jahre her, daß uns nichts von unserem früheren Reichtum geblieben ist und wir bei Muchamedschach als Arbeiter leben, und doch haben wir hier unser Glück gefunden, und ein anderes begehren wir nicht.«

Da verwunderten sich die Gäste, der Gastgeber aber stand, von ungläubigem Staunen bewegt, auf und warf den Vorhang zurück, damit er die Alte sehen könne. Und er sieht: Die Alte steht mit gekreuzten Armen da und lächelt, sie schaut auf Iljas, und der lächelt auch. Sie aber wiederholt:

»Ich spreche die reine Wahrheit und scherze nicht: Ein halbes Jahrhundert lang suchten wir unser Glück und konnten es, reich wie wir waren, nicht finden; jetzt haben wir nichts mehr, müssen fremden Leuten dienen und sind doch so glücklich, daß wir keinen Wunsch mehr haben.«

»Worin besteht denn euer Glück?«

»Das will ich euch sagen. Solange wir reich waren, hatten wir keinen Augenblick Zeit, um in Ruhe miteinander zu reden, uns um unser Seelenheil zu sorgen und zu Gott zu beten. Was gab es nicht alles für Sorgen! Kommen Gäste ins Haus, schon sorgen wir uns darum, wie man sie am besten bewirtet und was man ihnen schenkt, damit man nicht in üble Nachrede kommt. Sind die Gäste weggefahren, dann muß rasch nach den Arbeitern geschaut werden. Die wollen nur gut essen und ruhen, wir aber sorgen uns darum, ob unser Hab und Gut keinen Verlust erleidet, sündigen damit. Dann gibt es wieder neue Ängste: daß der Wolf ein Füllen oder ein Kalb zerreißt, daß Pferdediebe uns den Hengst mit seiner Herde von der Weide stehlen. Legen wir uns zur Ruhe, da stört uns der Gedanke auf, die Schafe könnten ihre Lämmer totdrücken, schon stehst du auf und schaust nach. Kaum sinkst du beruhigt wieder ins Bett zurück, da packt dich die neue Sorge, ob wohl das Futter für das Vieh den ganzen Winter hindurch reicht. Und das alles ist noch das wenigste, auch mit dem Alten konnte ich nicht in Frieden leben. Er sagt: Das hier muß so gemacht werden, ich aber sage: Nein, so! Und schon fangen wir an miteinander zu streiten – wieder sündigen wir. So lebten wir von Sünde zu Sünde, von einer Sorge zur anderen. Nein, glücklich war dies Leben nicht!«

»Ja, und wie ist es denn jetzt?«

»Jetzt stehe ich des Morgens auf und habe Zeit und Ruhe, mit meinem Alten in Liebe und Eintracht zu reden, zum Zank fehlt jeder Grund, und auch Sorgen gibt es keine. Nur den einen Gedanken haben wir: Muchamedschach zu dienen. Wir arbeiten, soweit es unsere Kräfte erlauben, arbeiten mit Lust und Liebe, damit er durch uns keinen Nachteil erleidet und wir ihm mit unserer Arbeit nützen. Wenn wir dann heimkommen, gibt es zu essen, mittags und abends, und auch an Kumyss fehlt es uns nicht. Ist es aber kalt, dann gibt uns Muchamedschach Kisjak, wir heizen, haben warm, und einen Pelz besitzen wir auch. Endlich aber haben wir auch die Zeit gefunden, in Ruhe miteinander zu reden, an unsere Seele zu denken und zu Gott zu beten. So ist es nun mit uns: Fünfzig Jahre lang haben wir vergeblich unser Glück gesucht, jetzt haben wir es gefunden.«

Die Gäste lachten, doch Iljas sagte:

»Lacht nicht, liebe Brüder! Das war kein Scherz. So und nicht anders ist das Leben des Menschen. Auch wir waren zunächst töricht und weinten, als wir unser Hab und Gut verloren hatten. Dann aber hat uns Gott die Wahrheit erkennen lassen, und wir geben sie euch weiter, nicht zu unserem Spaß, sondern damit es euch zum Heil gereiche.«

Der Mullah aber sagte:

»Das ist eine kluge Rede! Alles ist genau so, wie es Iljas gesagt hat, und all das steht auch in der Schrift.«

Da hörten die Gäste auf zu lachen und bewegten das Gehörte in ihrem Sinn.

Wie das Teufelchen des Bauern Brot gewann

Einst fuhr ein armer Bauer in aller Herrgottsfrühe auf seinen Acker hinaus, und da er so früh am Tage noch nichts gegessen hatte, nahm er sich ein Stück Brot mit. Auf dem Felde angekommen, legte er das Brot unter einen Strauch, deckte es mit seinem Rock zu und machte sich ans Pflügen. Nach einer Weile, als sein Pferd müde geworden war und ihn selber hungerte, ließ er den Pflug in der Furche stehen, spannte sein Pferd aus und ging zum Strauch, um sein Brot zu holen. Als er aber den Rock aufhob, war das Brot nicht mehr da. Er sucht, dreht den Rock um, schüttelt ihn – vom Brot keine Spur! Das nimmt den Bauern wunder:

»Seltsam«, denkt er, »nicht eine Menschenseele habe ich gesehen und doch muß jemand das Brot genommen haben.«

Das hatte aber ein Teufelchen getan; während der Bauer pflügte, hatte es das Brot geholt und saß jetzt hinter dem Strauch, begierig zu hören, wie der Bauer schimpfen und ihn, den Teufel, beim Namen nennen würde.

Der Bauer aber tat nichts dergleichen; zwar war er tief bekümmert und seufzte aus Herzensgrund, doch faßte er sich bald und sagte: »Ach was! Ist das Brot auch verschwunden, so werde ich davon nicht gleich Hungers sterben! Offenbar hatte es der nötig, der es mir genommen hat. Möge es ihm gut bekommen!« Er ging zum Brunnen, trank sich satt und lagerte dann im Gras, um ein wenig auszuruhen. Nach einer Weile stand er auf, fing sein Pferd ein und machte sich von neuem an die Arbeit.

Dem Teufelchen waren aber schier die Sinne vergangen, als es sah, daß es ihm nicht gelungen war, den Bauern zur Sünde zu verführen; es eilte hinweg und lief schnurstracks zur Hölle, um sich beim Obersten aller Teufel Rat zu holen. Da kam es aber schlecht an: Als es dem Teufel aller Teufel erzählt hatte, wie es dem Bauern das Brot gestohlen habe und wie dieser nicht geschimpft, sondern sogar noch ein »Wohl bekomm's!« gewünscht hätte, da packte den Obersten aller Teufel der Zorn, und er schrie das kleine Teufelchen an:

»Du bist schuld, nur du allein! Wenn der Bauer über dich die Oberhand gewonnen hat, dann nur deswegen, weil du nicht verstanden hast, ihn zu verführen. Was soll denn mit uns werden, wenn sich die Bauern an diese neuen Manieren gewöhnen, dann tun es ihnen die Weiber nach, und wir können zusehen, wo wir bleiben! Das kann ich nicht zulassen! Pack dich auf die Erde und sieh zu, wie du dir das Brot des Bauern verdienst! Wirst du aber in drei Jahren mit dem Bauern nicht fertig, dann bade ich dich in geweihtem Wasser!«

Dem Teufelchen fuhr die Angst in alle Glieder, geschwind lief es auf die Erde zurück und überlegte, wie es dem Bauern beikommen könnte. Tage und Nächte sann der kleine Teufel darüber nach, dann war sein Entschluß gefaßt: Er nahm die Gestalt eines treuherzigen und biederen Burschen an und verdingte sich zum armen Bauern als Knecht. Und dieser brave Knecht redete seinem Herren zu, er möge sein Getreide in nasse und sumpfige Erde säen. Der Bauer hörte auf den Rat und tat, was der

Knecht ihn lehrte. Es fiel aber in diesem Jahr ein trockener Sommer aus, und die Sonne versengte alle Felder, dem armen Bauern jedoch wuchs das Korn dicht und hoch und setzte an, daß es eine wahre Pracht war. So hatte der Bauer das ganze Jahr genug zu essen, und es blieb ihm noch viel Korn übrig.

Und als ein Jahr um war, redete der Knecht seinem Herrn zu, er möge es doch jetzt mit dem Acker am Berg versuchen. Es regnete aber in diesem Sommer ohne Unterlaß, auf allen Feldern lag das nasse Korn danieder, wurde schwarz und faul, bei unserem Bauern jedoch geriet es auf den Feldern am Hang vortrefflich. Noch mehr Korn häufte er in seinem Speicher an, und als er nun darüber nachdachte, was er mit all dem Korn tun solle, da lehrte ihn der Teufelsknecht die Kunst des Schnapsbrennens, und der Bauer folgte dem Rat und brannte sein Korn zu Schnaps. So begann er selber zu trinken und verführte auch andere dazu.

Als es so weit war, lief das Teufelchen hin zum Obersten aller Teufel und sagte ihm, jetzt sei es so weit, jetzt habe er sich das Brot redlich verdient. Da machte sich der Teufel aller Teufel auf den Weg, um sich selbst davon zu überzeugen, was an den Worten des kleinen Teufelchens wahr sei.

Wie er in die Hütte des armen Bauern tritt, sieht er: Die reichen, angesehenen Bauern sind dort zu Gast und werden mit Schnaps bewirtet. Die Bäuerin geht mit den gefüllten Gläsern von einem Gast zum anderen und bietet einem jeden sein Glas an. Da stößt sie unversehens an die Tischecke und – schwups! – schwappt ihr ein Glas über. Voller Zorn fährt da der Bauer seine Frau an:

»Teufel noch einmal! Nimm dich doch in acht, du dumme Gans! Hast du denn Spülwasser im Glas, du Trampel, daß du das kostbare Gut auf den Boden schüttest!«

Das Teufelchen stößt den Obersten der Teufel mit dem Ellenbogen an und kichert:

»Siehst du, jetzt würde er nicht mehr ruhig bleiben, wenn ich ihm sein Brot nähme!«

Nachdem er sich satt geschrien hatte, machte sich der Bauer selber daran, seine Gäste zu bewirten. Da tritt sein Nachbar, ein armer Mann, in die Stube, er kommt von der Arbeit, kommt ungeladen, grüßt, setzt sich nieder und schaut umher. Er sieht, alle haben volle Schnapsgläser vor sich, und da kommt auch ihn die Lust an, müde wie er ist, sich ein Gläschen Branntwein zu genehmigen. Eine ganze Weile schon sitzt er da und wartet darauf, daß der Bauer ihm etwas anbietet, doch der murmelt nur in seinen Bart:

»So viel Schnaps habe ich nicht, um jedem Hergelaufenen einzuschenken.«

Auch das gefiel dem Obersten der Teufel. Das Teufelchen aber rühmt sich:

»Warte nur, es kommt noch besser!«

Und als die Gäste genug getrunken hatten und auch der Gastgeber mit dem Schnaps nicht zurückhielt, da fingen sie an, einander zu schmeicheln, einer nannte den anderen seinen liebsten Freund, und nichts wie ölige, gleisnerische Reden flossen von ihren Lippen. Der Oberste der Teufel lobte auch dieses:

»Wenn dies Getränk die Menschen dazu verführt, daß sie wie Füchse umeinander herumschwänzeln und dabei nur darauf bedacht sind, einander zu betrügen, dann werden sie bald in unseren Händen sein.«

»Warte nur, wie es weitergeht, laß sie noch ein Glas trinken!« sagt das Teufelchen. »Jetzt sind sie wie Füchse, einer schwänzelt vor dem anderen und denkt nur in seinem Sinn, wie er ihn übers Ohr hauen könnte, bald aber werden sie böse sein wie reißende Wölfe.«

Und wirklich, kaum war ein weiteres Glas die Gurgeln hinabgeflossen, da klangen die Reden lauter und gröber, statt der öligen Schmeicheleien flogen böse, giftige Worte hin und her, und bald mischten sich auch die Fäuste in den Streit. Der Gastgeber tat eifrig mit und stand nicht tatenlos beiseite, bald hatten seine Gäste auch ihn krumm und lahm geschlagen, und Blut tropfte aus seiner Nase.

Der Teufel schaut sich beinahe die Augen aus dem Kopf, und alles das gefällt ihm über alle Maßen gut.

»Prächtig«, sagt er, »nur immer so weiter!«

Das Teufelchen aber meint:

»Warte nur, es kommt noch schöner! Haben sie erst das dritte Glas getrunken, dann sind sie nicht mehr reißende Wölfe, dann werden sie zu Säuen.«

Und so kam es auch: Kaum hatten die Bauern das dritte Glas hinuntergespült, da wurden ihre Glieder matt und schwer, einer brabbelt vor sich hin, der andere schreit und weiß selbst nicht was, und alle merken sie nicht, daß sie einander nicht mehr verstehen. Endlich machen sie sich auf den Heimweg, allein, zu zweit, zu dritt, kaum aber haben sie die Stube verlassen, da fallen sie auch schon der Länge nach hin, mit ihnen der Gastgeber, der ihnen das Geleit geben wollte. Von oben bis unten verdreckt, liegt er wie ein Eber in einer Pfütze und grunzt.

»Einen guten Trunk hast du da zusammengebraut«,

lobte da der Oberste aller Teufel das kleine Teufelchen. »Du hast dir des Bauern Brot redlich verdient! Aber sage mir doch, woraus du das Getränk gemacht hast. Ich möchte meinen, das Blut von drei Tieren ist darin. Vom Blut des Fuchses hast du genommen, davon wurde der Bauer schlau wie ein Fuchs, vom Blut des Wolfes wurde er wütend, und endlich mußt du auch Blut vom Schwein hineingerührt haben, denn davon wurde er zum Schwein.«

»Nein«, gab das Teufelchen zur Antwort, »alles das habe ich nicht getan. Ich schenkte dem Bauern einen Überfluß an Korn, das war alles, was ich zu tun hatte. Das tierische Blut floß schon immer in seinen Adern, doch hatte es keine freie Bahn, solange er nur so viel Brot hatte, daß er damit seinen Hunger stillen konnte. Damals tat ihm das letzte Stück Brot nicht leid. Kaum aber hatte er Brot im Überfluß, da begann er darüber zu sinnen, was er zu seinem Vergnügen tun könne, und da zeigte ich es ihm und lehrte ihn, Schnaps zu trinken. Als er aber erst einmal begonnen hatte, das Korn, diese Gabe Gottes, zu Schnaps zu brennen, um seiner Lust Genüge zu tun, da wurde in ihm das Blut des Fuchses und des Wolfes und des Schweines mächtig. Jetzt wird er ein Tier bleiben, solange er von dem Schnaps nicht lassen kann.«

Da sprach der Oberste aller Teufel dem kleinen Teufelchen seine höchste Anerkennung aus, vergab ihm seinen Fehler und verlieh ihm Amt und Würden in seinem teuflischen Reich.

Braucht der Mensch viel Erde?

I

Es waren einmal zwei Schwestern; die eine war mit einem Kaufmann verheiratet und lebte in der Stadt, die andere hatte einen Bauern zum Manne. Eines Tages kam die Kaufmannsfrau ins Dorf, um ihre Schwester zu besuchen. Wie die beiden zusammen sitzen und ihren Tee trinken, kann es sich die ältere nicht versagen, mit ihrem Leben in der Stadt großzutun: So geräumig wohnt sie, so sauber; so schön kleidet sie ihre Kinder; so gut gibt es bei ihr zu Hause zu essen und zu trinken; so angenehm ist es, spazierenzufahren und ins Theater zu gehen.

Solche Reden kränkten die jüngere Schwester, und darum begann sie nun ihrerseits das Leben des Bauern zu rühmen.

»Ich würde nie mit dir tauschen«, sagt sie; »gewiß, unser Leben ist grau und einförmig, aber wir fürchten uns nicht vor Not. Ihr lebt sauber, aber unsicher, heute kommt dein Mann mit einem großen Gewinn heim und morgen bringt er dich an den Bettelstab. Schon das Sprichwort sagt: ›Der Gewinn ist des Verlustes Bruder.‹ Auch dir kann es so gehen. Heute bist du reich, morgen aber gehst du von Haus zu Haus und bettelst deine lieben Mitmenschen um ein Stück Brot an. Unser Leben aber hat einen sicheren Boden. Einen dicken Wanst hat der Bauer nicht, aber er ist gesund; große Reichtümer sammeln wir nicht an, aber satt werden wir allemal.«

»Was habt ihr schon von eurem Sattwerden!« fiel ihr die ältere Schwester ins Wort. »Mit Kälbern lebt ihr zusammen und mit Schweinen; keine anständige Wohnung habt ihr, keine Lebensart. Dein Mann kann schuften, soviel er will, euer Lebtag werdet ihr auf dem Misthaufen bleiben! Dort seid ihr geboren, dort werdet ihr auch sterben, und auch eure Kinder kennen es nicht anders!«

»Na, und wenn dem wirklich so ist?« entgegnete die Jüngere. »Wen geht das schon groß an? Der Bauer führt ein hartes, aber gesundes Leben. Wir beugen uns vor niemand und fürchten niemand, ihr aber in euren Städten, ihr verbringt euer ganzes Leben in Ärgernis und Versuchung. Heute geht es euch gut, morgen aber läuft euch der Teufel über den Weg, und schon ist's geschehen! – Da wird auch dein Mann verführt durch Kartenspiel und Schnaps oder durch eine hübsche Fratze, und alles Geld ist rasch dahin. Ist es etwa nicht so?«

Pachom, der Bauer, lag auf dem Ofen und hörte den Weibern zu. »Die reine Wahrheit ist es, was die Meinige sagt«, geht es ihm durch den Sinn. »Pflüg du nur einmal unser Mütterchen Erde von Kindesbeinen an, dann kommen dir keine dummen Gedanken! Nur eines ist schlimm: Zuwenig Land haben wir! Hätte ich Acker genug, ja, dann würde ich keinen fürchten, selbst der Böse in Person könnte mich nicht schrecken.«

Da waren die Weiber mit ihrem Tee zu Ende, sie schwatzten noch eine Weile über dies und über das, über Putz und über Kleider, räumten dann das Geschirr ab und legten sich schlafen.

Hinter dem Ofen aber hatte der Teufel gehockt und sich kein Wort entgehen lassen. »Sieh mal einer an«, sagte er sich, »da prahlt er doch, der dumme Kerl, er würde selbst vor mir keine Angst haben, wenn er Land genug hätte. Mein lieber Mann, du sollst dein Land haben, ich gebe dir Acker, soviel dein Herz begehrt, mit diesem Acker aber bringe ich dich selbst in meine Hand.«

II

Ein kleines Gut, an die hundertzwanzig Dessjatinen groß, grenzte an die Felder der Bauern. Jahrelang hatte die Gutsherrin mit den Bauern in Frieden gelebt und keinem was zuleide getan, da verdingte sich eines Tages ein verabschiedeter Soldat als Verwalter bei ihr und begann die Bauern zu plagen. Wie sich Pachom auch vorsehen mag, immer passiert etwas: Heute verläuft sich sein Pferd in das Haferfeld des Gutes, morgen bricht seine Kuh in den herrschaftlichen Garten ein, oder die Kälber laufen auf die Wiesen hinaus; alles aber kostet Strafe.

Pachom zahlt und zahlt, zu Hause aber schimpft er und schlägt Weib und Kinder. Viel Sünde beging er in diesem Sommer durch des Verwalters Schuld. Als endlich der Herbst gekommen war und Pachom sein Vieh im Stall hatte, war er des von Herzen froh: Tat es ihm auch um das Futter leid, so konnte sein Vieh doch wenigstens keinen Schaden mehr anrichten.

In diesem Winter ging das Gerücht um, die Gutsherrin wolle ihr Land verkaufen, und ein Fremder sei bereit, es zu kaufen. Die Bauern hörten dies und erschraken: »Da soll Gott vor sein!« denken sie. »Kommt erst ein Fremder hierher, dann werden wir unseres Lebens gar nicht mehr froh. Der wird uns noch ärger plagen, als es schon die Herrin getan hat. Auch können wir ohne ihr

Land gar nicht leben, von allen Seiten engt es unseren Acker ein.« So kamen denn die Bauern zur Gutsherrin und baten sie, sie möge ihr Land nicht einem Fremden verkaufen, sondern es ihnen überlassen. Da sie auch einen höheren Preis boten, war die Gutsherrin einverstanden. Nun wurde hin und her beratschlagt, wie die Gemeinde das Gut kaufen solle. Eine Versammlung nach der anderen wurde einberufen, doch die Sache wollte und wollte zu keinem Ende kommen. Der Böse steckte dahinter, hetzte zum Widerspruch. Als die Bauern nicht einig werden konnten, beschlossen sie, daß nicht der Mir, die Gemeinde, kaufen solle, sondern jeder Bauer für sich. Auch des war die Gutsherrin zufrieden. Bald kam es dem Pachom zu Ohren, daß sein Nachbar an die zwanzig Dessjatinen erstanden habe, auch sei ihm die Hälfte des Preises auf Jahre hinaus gestundet worden. Den Pachom packte der Neid: »Die kaufen mir noch das ganze Land auf, und ich gehe mit leeren Händen aus –« und er beriet sich mit seiner Frau:

»Alle Bauern packen zu«, sagte er, »auch wir müssen uns ein Dutzend Dessjatinen kaufen. So wie wir in den letzten Jahren gelebt haben, können wir nicht lange bestehen.«

Sie überlegten, wie sie das Geld beschaffen sollten. An barem Geld hatten sie hundert Rubel, verkaufen konnten sie ein Füllen und die Hälfte ihrer Bienen. Verdingte sich ihr Sohn als Arbeiter und borgte ihnen der Schwager etwas Geld dazu, dann konnten sie die Hälfte des Kaufpreises erlegen.

Pachom hatte sich schon ein Stück Land angesehen – fünfzehn Dessjatinen waren es, mit einem Wäldchen dabei –, nun ging er mit seinem Geld zur Gutsherrin und begann zu handeln. Nach einer guten Weile wurden sie einig, bekräftigten den Kauf durch Handschlag, und Pachom zahlte gleich einen Teil des Geldes an. Als sie einige Tage darauf in der Stadt waren und den Kaufbrief ausfertigen ließen, legte Pachom die Hälfte des Kaufpreises auf den Tisch, den Rest verpflichtete er sich, in zwei Jahren abzuzahlen.

So kam Pachom zu eigenem Besitz und wurde von der Gemeinde, dem Mir, unabhängig. Er borgte sich Saatgut, säte den gekauften Acker ein und hatte Glück mit allem, was er anpackte. Kaum ein Jahr war vergangen, da hatte er schon seine Schulden abbezahlt und pflügte und säte nun auf eigenem Grund und Boden, mähte sein eigenes Gras, es war nun sein Wald, der ihm Holz gab, und auf Wiesen, die ihm allein gehörten, weidete er sein Vieh. Fährt er hinaus auf seine Felder, auf seinen Acker, dann kann sich sein Herz vor lauter Freude kaum fassen. Auch früher kam er dort vorbei, da war der Acker wie jeder andere auch, jetzt aber sind Felder und Wiesen wie verwandelt, das Gras dünkt ihm saftiger, die Blumen schöner als alles, was er früher gesehen hatte.

III

So lebt nun unser Pachom und freut sich an allem, und alles stünde gut, wenn nur die Nachbarn nicht begonnen hätten, ihr Vieh auf seinem Grund und Boden zu weiden. Pachom bittet die Bauern, sie möchten das lassen. Vergeblich! Bald sind es Hirten, die da faul zusehen, wie ihre Kühe seine Wiesen abfressen, bald laufen Pferde aus der nächtlichen Hut in sein Feld. Wie oft hat er nun schon die Tiere verjagt, wie oft seinen Nachbarn vergeben, schließlich aber wird es ihm doch zu bunt, und er reicht eine Klage ein. Er weiß, die Bauern tun es nicht aus bösem Willen, die Enge bedrängt sie, aber er meint: »Ich kann doch nicht so tun, als ob es mich nichts anginge, sie verderben mir ja meine ganze Ernte! Einmal müssen sie schon belehrt werden.«

Und er ließ sie durch das Gericht belehren, einmal, ein anderes Mal; die Bauern zahlten, in ihren Herzen aber keimte der Groll auf, und jetzt ließen sie ihr Vieh schon mit Vorsatz auf Pachoms Feldern weiden, eines Nachts aber schlich sich sogar jemand in Pachoms Wäldchen ein und fällte ein gutes Dutzend junger Linden. Die Rinde schälte er ab und ließ die Stämme liegen, denn nur um den Bast war es ihm zu tun. Am nächsten Morgen kam Pachom durch den Wald, etwas Helles leuchtet ihm entgegen. Er kommt näher: Da liegen die abgeschälten Linden, und nur die Stümpfe ragen aus dem Boden hervor. Hätte der Bösewicht ein paar Bäumchen vom Waldesrand genommen und die anderen stehengelassen, würde es Pachom hingenommen haben, aber nein, alle hat der Räuber umgelegt!

»Dieser elende Kerl!« denkt Pachom, blaß vor Wut. »Wüßte ich nur, wer das hier getan hat, ich würde es ihm schon heimzahlen! Na, wer kann das schon gewesen sein? Doch nur der Ssjomka!«

Und so läuft denn Pachom geradewegs zum Bauern Ssemjon und sucht auf dessen Hof nach seinen Linden. Natürlich findet er nichts, doch gab es argen Streit. Da war Pachom noch mehr davon überzeugt, daß es nur Ssemjon getan haben könne. Er klagt. Beide werden vor Gericht geladen. Nach einer endlosen Verhandlung wird der Bauer Ssemjon mangels ausreichender Beweise freigesprochen. Wie fühlt sich da Pachom um sein gutes Recht betrogen! Er bekommt Streit mit dem Schultheiß und mit den Richtern.

»Ihr macht euch mit Dieben und Räubern gemein«, sagt er. »Hättet ihr die Wahrheit lieb, dann würdet ihr euch nicht hinter einen solchen Dieb wie den Ssemjon stellen!«

Von den Richtern schied Pachom in Unfrieden, mit seinen Nachbarn aber zerstritt er sich so sehr, daß diese ihm schon offen mit dem roten Hahn drohten. Was half es nun dem Pachom, daß er auf seinem eigenen Grund und Boden freier lebte, wurde doch sein Leben in der Gemeinde von Tag zu Tag enger!

Zu jener Zeit kam das Gerücht auf, daß viele Bauern ihre Heimat verließen, um sich weit im Osten niederzulassen; dort gäbe es noch viel Land um billiges Geld zu kaufen.

»Ich wüßte wirklich nicht, warum ich hier weggehen sollte«, denkt Pachom, »ich brauche das Land nicht zu verlassen, das mir zu erb und eigen gehört, aber von meinen Nachbarn, da könnte schon der oder jener gehen und uns hier Platz machen. Dann könnte ich mir sein Land kaufen, meinen Besitz abrunden; besser, leichter wäre dann mein Leben. Jetzt ist es mir immer noch viel zu eng hier!«

Eines Tages kehrt ein fremder Muschik bei Pachom ein und bittet um ein Nachtlager. Pachom nimmt ihn auf, und beim Essen kommen sie ins Gespräch:

»Woher führt dich Gott zu uns?«

Der Muschik erzählt, er komme von der unteren Wolga her, weit jenseits des Stromes habe er gearbeitet;

von überall her kämen Bauern dorthin, um sich dort eine neue Heimat zu suchen. Auch aus seinem Dorf seien schon Bauern dort, mit Freuden hätte sie die neue Gemeinde aufgenommen, bis zu zehn Dessjatinen seien ihnen vom Mir für jede Seele zugeteilt worden. Der Akker aber sei wunderbar, kommt der Muschik immer mehr ins Reden. »Roggen haben sie gesät«, sagt er, »so hoch wächst er, daß du dein Pferd dahinter nicht siehst; so dicht, daß du aus einer Handvoll Ähren eine Garbe bindest. Ein Bauer kam dorthin, arm wie eine Kirchenmaus, nichts hatte er, mit nackten Fäusten mußte er anfangen, heute aber stehen sechs Pferde und zwei Kühe in seinem Stall.«

Lichterloh brannte es in Pachoms Herzen auf:

»Soll ich hier in dieser Enge Not leiden«, denkt er, »wenn ich dort um mein gutes Geld mehr Land haben kann? Nein, besser ist es, ich verkaufe alles, was ich habe, und fange an der Wolga neu an. Ist es so, wie der Muschik erzählt, dann kann ich mir dort einen guten Hof kaufen, hier aber bleibt einem der Atem weg, so eng ist es, und nichts als Sünde entsteht daraus. Aber, freilich, zuvor müßte ich selber hin, um alles genau zu erkunden.«

Kaum war der Sommer ins Land gezogen, da brach Pachom auf. Ein Dampfer brachte ihn wolgaabwärts bis Ssamara, von dort aus ging Pachom zu Fuß weiter, an die vierhundert Werst, und als er endlich am Ziel angekommen war, sieht er: Der Muschik hat nicht gelogen, es ist wirklich so, wie er es erzählt hatte. Die Bauern haben Land genug, allein an zugeteiltem Land gibt es für jede Seele zehn Dessjatinen, und neue Bauern nehmen sie nicht ungern in ihre Gemeinde auf.

»Hast du Gelderchen«, sagen sie, »kaufe dir zu deinem Seelenland Acker hinzu in ewigen Besitz, soviel du willst. Schon für drei Rubel kannst du Land haben, kauf, was du zahlen kannst!«

Als der Herbst kam, hatte Pachom alles erfahren, was er wissen wollte, und kehrte nach Hause zurück. Nun machte er sich daran, sein Hab und Gut zu verkaufen. Die Felder schlug er mit Gewinn los, auch für den Hof und das Vieh fanden sich Käufer genug, und als das Frühjahr gekommen war, ließ er sich aus der Gemeinde austragen und verließ mit seiner ganzen Familie die alte Heimat.

IV

Jenseits der Wolga angekommen, ließ sich Pachom in einem großen Kirchdorf nieder und wurde auch, nachdem er den Dorfältesten Schnaps vorgesetzt hatte, ohne viel Federlesens in die neue Gemeinde aufgenommen. Seine Familie war fünf Köpfe stark, also teilte man ihm auf verschiedenen Böden fünfzig Dessjatinen zu, das Weideland ungerechnet. Da er jetzt allein an zugeteiltem Land dreimal soviel hatte als zuvor – und das auf fruchtbarem Boden! –, wurde sein Leben um vieles leichter. Acker hatte er zur Genüge, Vieh konnte er sich halten, soviel er wollte, denn an Futter mangelte es ihm nicht, und so war denn Pachom froh und zufrieden, baute sich ein Haus und richtete sich ein.

Alles schien ihm in dieser ersten Zeit vortrefflich zu sein, doch kaum hatte er sich etwas eingelebt, da kam es ihm auch hier eng vor. Er hatte Weizen gesät, und da dieser gut geraten war, kam ihn die Lust an, mehr davon anzubauen, doch dafür reichte sein Land nicht aus. Zwar hat er noch Acker genug, doch taugt der nicht für den Weizen: Dortzulande wird Weizen nur in Brache oder in Steppenerde gesät, auch tut man es nur ein Jahr lang, dann ruht der Boden zwei Jahre, bis er wieder zur Steppe geworden ist. Eine solche Erde aber hat viele Liebhaber, und für alle reichte der Boden schon lange nicht mehr. So kommt es auch hier zum Streit. Ist jemand reich, kann er auf seinem eigenen Grund und Boden Weizen säen, soviel er will, der Arme jedoch, verschuldet wie er ist, muß häufig genug seinen Acker an Kaufleute abtreten, um seine Schulden zu bezahlen. Kaum ein Jahr war vergangen, seitdem sich Pachom an der Wolga niedergelassen hatte, da ging er auch schon zu einem Kaufmann und pachtete sich Land dazu, um noch mehr Weizen zu säen. Auch diese Ernte geriet gut, doch wieder war Pachom unzufrieden: Jetzt bekümmerte es ihn, daß er über fünfzehn Werst fahren muß, um zu seinen Feldern zu gelangen. Auch hatte er sich in der neuen Heimat zur Genüge umgeschaut und gesehen, daß überall im Umkreis Bauern außerhalb des Mir in Weilern und in Einödhöfen lebten und reich dabei wurden.

»Das ist das einzig Wahre«, überlegt sich Pachom, »auch ich müßte zusehen, wie ich genügend Land in meine Hand bekomme, um vom Mir unabhängig zu werden; dann würde ich mich auf einem Hof mitten in meinem Besitz niederlassen, das wäre eine runde Sache!«

Drei Jahre schon lebt nun Pachom in der neuen Heimat, immer mehr Weizen baut er an, teils auf seinem Seelenland, teils auf gepachtetem Boden; die Ernten sind reich, der Weizen gerät gut, und so manchen Spargroschen bringt Pachom beiseite. Er hätte nun wirklich in

Frieden leben können, doch nein, immer lästiger wird es ihm, sich mit der Pacht herumzuschlagen. Jedes Jahr mußte man von neuem aufpassen wie ein Luchs; gab es irgendwo guten Boden zu pachten, schon eilten aus allen Himmelsrichtungen Bauern herbei und schnappten einem alles vor der Nase weg. Wer nicht zur rechten Zeit da war, konnte zusehen, wo er mit seinem Weizen blieb.

Um diesem Ärger ein Ende zu machen, begann Pachom ernstlich nach einer Gelegenheit zu suchen, genügend guten Boden in seine Hand zu bringen. Er geriet an einen Bauern, der schlecht gewirtschaftet hatte und nun seine Felder – fünfhundert Dessjatinen waren es – billig loswerden wollte. Nach langem Hin und Her wurde man einig: Tausend Rubel sollte Pachom für das Land bezahlen, die eine Hälfte sofort, die andere wurde ihm gestundet. Pachom ist schon bereit, den Kauf abzuschließen, als eines Tages ein Kaufmann dahergefahren kommt und den Pachom bittet, die Pferde bei ihm füttern zu dürfen. Sie kommen ins Gespräch, setzen sich zu einem Glase Tee hin, und der Kaufmann erzählt, er komme von weit her, aus dem Lande der Baschkiren, dort hätte er fünftausend Dessjatinen Land gekauft und nur tausend Rubel dafür zahlen müssen. Pachom horcht auf.

»Wichtig war es«, erzählt der Kaufmann, »die Alten zufriedenzustellen. Ganze hundert Rubel haben mich die Geschenke gekostet. Was habe ich ihnen nicht alles mitgebracht! Kaftane, Teppiche, eine Kiste Tee, Schnaps konnte jeder trinken, soviel er wollte. Es hat sich aber auch gelohnt, nur zwanzig Kopeken habe ich dann für die Dessjatine gezahlt, und dabei ist alles guter, fetter Steppenboden, und ein Flüßchen ist auch dabei.«

Pachom merkt sich alles, was er hört, und fragt den Kaufmann immer genauer aus. Der hält mit seinem Wissen nicht zurück:

»Land gibt es dort«, sagt er, »so viel, daß du in einem ganzen Jahr nicht herumkommst. Alles gehört den Baschkiren. Das ist ein ganz dummes Volk, die reinen Hammel! Von ihnen kannst du das Land so gut wie umsonst haben.«

»Wenn dem so ist«, denkt Pachom, »soll ich dann hier ganze tausend Rubel für lumpige fünfhundert Dessjatinen zahlen und mir noch Schulden auf den Hals laden? Nein, da gehe ich doch lieber zu den Baschkiren, dort bekomme ich wenigstens etwas Ordentliches für mein Geld.«

V

Pachom ließ sich genau beschreiben, wie er fahren müsse, um zu den Baschkiren zu kommen, und kaum daß sich die Tür hinter dem Gast geschlossen hatte, war er auch schon dabei, die Abreise vorzubereiten. Seiner Frau trug er auf, für Haus und Hof zu sorgen, er selbst packte mit einem Knecht alles zusammen, was für die weite Reise nötig war, und schon ging es los. Als erstes fuhren sie in die Stadt, um dort Geschenke zu kaufen, wie es der Kaufmann geraten hatte. Auch den Tee und den Schnaps vergaßen sie nicht, luden alles auf den Wagen und fuhren weiter. Am siebenten Tag, als sie schon fünfhundert Werst zurückgelegt hatten, stießen sie auf das Lager der Baschkiren. Alles ist genau so, wie es der Kaufmann erzählt hatte. An einem kleinen Fluß, mitten in der Steppe, stehen die Zelte der Baschkiren. Hier führen sie ein seltsames Leben: Sie pflügen nicht und ackern nicht, backen auch kein Brot. Ihr Vieh lassen sie in der Steppe weiden, mit ihm die Pferde in großen Herden, die Fohlen aber sind hinter den Zelten angebunden, und zweimal am Tage werden die Stuten dort zusammengetrieben und gemolken. Die gegorene Milch gibt den Kumyss, die Weiber quirlen ihn und machen Käse daraus, die Männer aber tun rein gar nichts, sitzen herum, trinken Tee und Kumyss, essen Hammelfleisch und spielen auf der Flöte. Alle sind sie dick und gesund, so ungebildet zwar, daß sie nicht einmal Russisch verstehen, aber doch ein freundliches und lustiges Volk.

Kaum erblickten die Baschkiren den Pachom, da stürzen sie aus ihren Zelten auf den Fremden los. Da einer von ihnen etwas Russisch kann, wendet sich Pachom an ihn und sagt, er sei gekommen, um Land zu kaufen. Die Baschkiren, hocherfreut darüber, geleiten ihn in ein schönes Zelt, setzen ihn auf weiche Teppiche und legen ihm noch Daunenkissen unter, selber lagern sie sich im Kreise um den Gast. Nun wird Pachom mit Tee und Kumyss bewirtet, ein Hammel wird abgestochen, und der Braten schmeckt Pachom vorzüglich. So holt er nun aus dem Reisewagen seine Geschenke hervor und beginnt sie unter die Baschkiren zu verteilen. Er ist nicht geizig, gibt jedem reichlich und teilt auch den Tee aus. Wie die Kinder freuen sich die Baschkiren, schwatzen aufeinander los, und dann übersetzt auch der Dolmetscher:

»Sie befehlen mir zu sagen«, spricht er, »daß sie dich liebgewonnen hätten. Bei uns aber ist es Sitte, dem Gast jedes Vergnügen zu bereiten und ihm für seine Geschenke zu danken, indem auch wir ihm etwas schenken. Du hast uns schöne Sachen mitgebracht, jetzt sage uns doch, was dir bei uns gefällt, damit wir es dir verehren können.«

»Mehr als alles liebe ich euer Land«, sagte da Pachom, »bei uns ist guter Boden selten und die Erde wie ausgemergelt, bei euch aber gibt es noch Land in Fülle, und die Erde ist gut, eine so gute Erde habe ich mein Lebtag nicht gesehen.«

Der Dolmetscher übersetzt, die Baschkiren schwatzen wieder miteinander, beraten offenbar. Pachom versteht kein Wort von dem, was sie reden, er sieht aber, sie sind lustig, schreien und lachen. Dann schweigen sie wieder und schauen den Pachom an, als sich der Dolmetscher an ihn wendet.

»Sie befehlen mir zu sagen«, spricht er, »daß sie bereit sind, dir um deiner Freundlichkeit willen Land zu geben, soviel du willst. Du brauchst nur mit der Hand zu zeigen, welches Land du haben willst, dieses Land soll dir gehören.«

Die Baschkiren fangen wieder an aufeinander einzureden, doch will es Pachom scheinen, als ob jetzt ein Streit ausgebrochen sei. Pachom fragt den Dolmetscher nach dem Grund und hört:

»Die einen sagen, wir müssen den Ältesten fragen, ehe wir dir Land schenken, die anderen aber meinen, daß wir das auch ohne ihn machen können.«

VI

Der Streit war noch im Gange, als ein Mann mit einer Fuchsmütze auf dem Kopf das Zelt betrat. Die Baschkiren verstummten bei seinem Anblick und erhoben sich von ihren Plätzen, der Dolmetscher aber sagte zu Pachom:

»Das ist unser Ältester.«

Pachom packte seinen besten Kaftan, reichte ihn dem Ältesten und gab auch Tee dazu, ganze fünf Pfund. Der Älteste nahm Pachoms Geschenke freundlich an, ließ sich dann auf dem Ehrenplatz nieder und hörte aufmerksam zu, was ihm die Baschkiren erzählten. Dann gab er ihnen mit dem Kopf ein Zeichen zu schweigen und sprach Pachom russisch an:

»Es ist gut«, sagte er, »wir können tun, was du wünschst. Nimm dir Land, wo es dir gefällt! Land haben wir genug.«

»Wie soll ich denn das machen?« geht es Pachom durch den Kopf, »man sollte das Land doch irgendwie auf meinen Namen eintragen. Heute sagen sie, das ist dein Land, und morgen nehmen sie es einem wieder ab.« Und er spricht zu dem Ältesten:

»Ich danke euch für eure freundlichen Worte. Ihr habt viel Land, ich aber brauche nur wenig. Doch möchte ich gern wissen, welches Stück Land mir gehören soll. Könnten wir es abmessen und auf meinen Namen eintragen? Gott allein ist Herr über Leben und Tod. Ihr seid gute Leute, ihr gebt mir das Land, aber eure Kinder nehmen es mir vielleicht wieder ab.«

»Du hast recht«, sagte der Älteste, »wir können es festmachen.«

Pachom spricht weiter:

»Ich habe gehört«, sagt er, »daß ein Kaufmann bei euch war. Auch ihm habt ihr Land geschenkt, dann aber einen Kaufvertrag mit ihm abgeschlossen.«

»Das können wir auch mit dir tun. Wir haben einen

Schreiber, der setzt einen Vertrag auf, und wir fahren dann mit dir in die Stadt und lassen ihn stempeln.«

»Was soll denn das Land kosten?« will Pachom wissen.

»Wir kennen nur einen Preis: tausend Rubel für den Tag.«

Pachom versteht das nicht:

»Was ist denn das, ein Tag? Wie viele Dessjatinen gehen darauf?«

»Wir wissen nicht, was eine Dessjatine ist«, gibt der Älteste zur Antwort, »bei uns gilt nur der Tag als Maß. Was du an einem Tag umschreiten kannst, das alles gehört dir und dafür zahlst du tausend Rubel.«

Pachom staunte:

»Aber an einem Tag kann ich um ein gehöriges Stück Land herumgehen.«

Da lachte der Älteste:

»Sicher, dann ist es auch dein. Wir kennen nur eine einzige Bedingung: kommst du am gleichen Tag nicht an den Platz zurück, von dem du ausgegangen bist, dann ist dein Geld verloren.«

»Wie merken wir uns aber den Platz, von dem ich weggehe?«

»Wo dir der Boden am besten gefällt, da stellen wir uns hin und bleiben dort. Du aber gehst los und gehst um das Stück Land herum, das du haben willst. Mit einer Hacke kannst du Zeichen anlegen, wo es dir nötig scheint. Wo du aber wendest, dort gräbst du kleine Löcher in die Erde. Wir gehen dann nachher mit dem Pflug von Loch zu Loch. Geh so weit du willst, vergiß aber nicht, daß du vor Sonnenuntergang wieder dort sein mußt, von wo du ausgegangen bist.«

Als sich Pachom am Ziel seiner Wünsche sah, wurde ihm froh zumute. Sie beschlossen, morgen in aller Frühe aufzubrechen, schwatzten noch eine Weile, sprachen auch eifrig dem Kumyss und dem Hammelbraten zu, und als sie dann noch Tee getrunken hatten, war auch schon die Nacht gekommen. Pachoms Nachtlager wurde auf einem Daunenbett gerichtet, und alles ging auseinander, um am nächsten Morgen noch vor Sonnenaufgang in die Steppe hinauszufahren.

VII

So liegt nun unser Pachom auf weichen Daunen und kann doch nicht schlafen. Unentwegt kreisen seine Gedanken um den kommenden Tag.

»Ich werde mir schon einen tüchtigen Brocken abhauen«, denkt er, »fünfzig Werst schaffe ich gut an einem Tag, sind doch die Tage jetzt mitten im Sommer lang wie ein Jahr. Fünfzig Werst, das gibt einen schönen Besitz. Den schlechten Boden kann ich ja verkaufen, oder ich verpachte ihn, auf dem guten aber setze ich mich selber hin. Zwei Pflüge sollen her, zwei Ochsen dazu, und dann sollen meine Knechte für mich arbeiten. Ich glaube, daß ich gut an die fünfzig Dessjatinen unter den Pflug nehmen kann; auf dem Land, das mir noch übrigbleibt, werde ich Vieh züchten.«

Fast die ganze Nacht hindurch blieb Pachom ohne Schlaf, und es ging schon auf den Morgen zu, als endlich ein leichter Schlummer seine Sinne umfing. Es träumte aber dem Pachom, er liege im Zelt und höre draußen einen Mann lachen. Da Pachom wissen möchte, wen dies

Lachen ankommt, steht er auf und tritt zum Zelt hinaus. Was sieht er? Vor dem Zelt sitzt der Baschkirenälteste und lacht aus vollem Hals, lacht und hält sich den Bauch vor Lachen. Pachom, neugierig, tritt an ihn heran:

»Was gibt es denn da zu lachen?«

Da sieht er: Es ist gar nicht der Älteste, das ist ja der Kaufmann, der neulich bei ihm war und ihm von den Baschkiren erzählt hatte. »Bist du schon lange hier?« fragt er den Kaufmann, aber da ist es der Kaufmann schon nicht mehr, sondern der Muschik, der von der Wolga kommend bei Pachom eingekehrt war – und jetzt, jetzt ist es auch der Muschik nicht mehr, nein, da sitzt ja der Teufel, der Leibhaftige selbst, mit Hörnern und mit Klauen. Er sitzt vor dem Zelt, der Böse, und lacht, lacht laut heraus, zu seinen Füßen aber liegt ein Mann, barfüßig und nur mit Hemd und Unterhose angetan. Pachom tritt näher, will erkennen, was es denn für ein Mann sei, der dort am Boden liegt, und erkennt sich selbst. Er ist es, Pachom, er selber liegt tot und starr zu Füßen des Teufels. Vom Grauen gepackt, erwacht der Pachom. – »Was man doch nicht alles träumt!« – und sieht durch die offene Zelttür den Himmel heller werden.

»Ich muß die Baschkiren wecken«, fährt es ihm durch den Sinn, »wir müssen fahren!«

Er läuft zu seinem Knecht hinüber – der hatte im Wagen geschlafen – und befiehlt ihm einzuspannen, dann weckt er die Baschkiren.

»Es ist so weit!« ruft er, »wir müssen in die Steppe, das Land zu vermessen.«

Da erheben sich die Baschkiren, einer nach dem anderen, sie sammeln sich um Pachom, und auch der Älteste kommt herbei. Als sie aber wieder anfangen, Kumyss zu trinken und dem Pachom auch Tee anbieten, will dieser nicht mehr länger warten.

»Wir haben keine Zeit zu verlieren«, sagt er ungeduldig, »wollen wir heute noch fahren, dann müssen wir es gleich tun.«

VIII

Da geht es auch schon los, die Baschkiren hoch zu Roß oder in kleinen Karren, Pachom mit seinem Knecht im Reisewagen. Auch die Hacke haben sie mit. Als sie an Ort und Stelle kommen, überzieht schon eine leichte Röte den Himmel. Sie fahren einen kleinen Hügel hinauf, »Schichan« nennen ihn die Baschkiren, und sammeln sich um Pachom; der Älteste aber tritt an ihn heran, weist mit der Hand rings umher in die Ebene und sagt:

»Dies alles gehört uns; so weit dein Auge reicht, ist alles unser. Wähle dir jetzt, was du magst!«

Pachoms Augen brennen auf vor Lust. Die Erde: alles beste Steppenerde, glatt wie eine Handfläche, schwarz wie Mohn; ist aber wo eine Niederung, dann wachsen dort die verschiedensten Gräser, und das Gras reicht einem erwachsenen Mann bis an die Brust.

Der Älteste nimmt seine Fuchskappe ab und legt sie auf die Erde.

»Hier«, sagt er, »ist Anfang und Ende. Hier gehst du los, hierher mußt du zurückkommen, und was du heute umschreiten kannst, das soll dir gehören.«

Pachom nimmt sein Geld und legt es in die Fuchsmütze. Dann zieht er seinen Rock aus, gürtet sich fester, steckt etwas Brot zu sich und bindet die gefüllte Feldflasche an seinen Gurt, schließlich zieht er noch seine Stiefelschäfte hoch, nimmt die Hacke in die Hand und ist nun zum Aufbruch bereit.

»In welche Richtung soll ich gehen?« sinnt er. »Überall ist es gleich schön.«

Dann hat er seinen Entschluß gefaßt und wendet sich mit dem Gesicht gen Osten. Er macht sich weich in den Knien und wartet nur noch darauf, daß sich die Sonne am Himmlsrande zeige.

»Zeit will ich keine verlieren; solange es noch kühl ist, geht es sich leichter.«

Kaum leuchten die ersten Sonnenstrahlen über dem Horizont auf, da wirft Pachom seine Hacke über die Schulter und geht los. Er geht nicht langsam und nicht schnell, hält nach einer Werst und gräbt ein Loch in die Erde. Um das Loch herum legt er ausgestochenen Rasen, damit man das Zeichen gut erkenne, und geht weiter. Allmählich beginnt er sich einzulaufen und geht rascher. Nach einer Weile gräbt er ein zweites Loch und schaut sich um: Im hellen Sonnenlicht kann er den Schichan gut erkennen. Er sieht das Volk dort oben und sieht auch die Wagenreifen in der Sonne blitzen. Fünf Werst glaubt er schon gegangen zu sein, und da es warm geworden ist, zieht er sich die Unterjacke aus. Pachom blickt zur lieben Sonne empor; es dürfte wohl Zeit sein, etwas zu essen.

»Eine Wegstrecke hätte ich bald geschafft«, denkt er, »aber gibt es deren nicht vier am Tag? Und doch ist mir, als sei es noch zu früh zu wenden. Nur die Stiefel will ich mir ausziehen.«

Er setzt sich nieder, zieht die Stiefel aus und tut sie hinter den Gürtel. Mit bloßen Füßen geht es sich jetzt ganz leicht.

»Noch fünf Werst geradeaus, dann biege ich nach links ab. Schade wäre es, schon hier zu wenden; je weiter ich gehe, desto besser wird der Boden.«

Nach einer Weile blickt er sich wieder um. Der Schichan ist kaum noch zu erkennen, das Volk darauf nicht größer als Ameisen, und nur ganz leicht blinkt etwas in der Sonne. Da faßt er seinen Entschluß:

»Jetzt will ich wenden, ich bin weit genug gegangen.«

Er bleibt stehen, gräbt ein größeres Loch in die Erde und legt wieder Rasen herum, dann bindet er die Feldflasche ab, trinkt und wendet im rechten Winkel. Er geht weiter, geht und geht, das Gras ist hoch, es wird immer heißer, und allgemach beginnt Pachom müde zu werden. Er schaut zur lieben Sonne empor, es ist Mittagszeit:

»Jetzt könnte ich wohl rasten«, meint er, setzt sich nieder und ißt von dem Brot, trinkt auch einige Schluck aus seiner Feldflasche, doch legt er sich nicht hin: »Legst du dich hin, so schläfst du womöglich ein!« So bleibt er nur kurze Zeit sitzen und bricht dann wieder auf. Zuerst gibt ihm das Essen frische Kraft, dann aber beginnt die Hitze auf ihm zu lasten, und auch der Schlaf bedrängt ihn. Doch geht er immer weiter geradeaus und hat nur einen einzigen Gedanken: »Eine Stunde quälst du dich ab, aber Jahre lebst du davon!«

Beinahe ist er schon entschlossen, auch die zweite Ecke zu markieren, da sieht er vor sich eine feuchte Niederung. Schade wäre es, sie zu lassen. – »Wie gut würde hier der Flachs gedeihen!« – und so geht er weiter geradeaus, nimmt auch die Niederung mit und gräbt dort, wo er nun wenden will, ein Loch. Nun hat er auch die zweite Ecke seines Besitzes kenntlich gemacht. Wieder schaut er zum Schichan zurück. Die Luft ist diesig, so heiß ist es geworden, kaum vermag er durch den Dunst hindurch die Menschen auf dem Hügel zu erkennen.

»Diese zwei Seiten habe ich wohl ein wenig zu lang abgerissen«, geht es ihm durch den Kopf, »die dritte werde ich kürzer nehmen.«

Er geht schneller, schaut unruhig zur Sonne empor – sie zeigt schon die Vesperstunde an, und er hat doch erst zwei Werst in der neuen Richtung zurückgelegt, bis zum Ziel dürften es noch ganze fünfzehn Werst sein.

»Ich muß zurück!« geht es ihm durch den Sinn, »wird mein Besitz auch schief und krumm, jetzt kann ich es nicht mehr ändern. Überflüssiges darf ich mir nichts nehmen, ich muß nun geradewegs auf mein Ziel los. Ich habe ja Land genug!«

Er gräbt rasch ein Loch, um damit auch die dritte Ecke zu markieren, und wendet sich dann entschlossen dem Schichan zu.

IX

Pachom geht schnell, aber schon fällt ihm das Gehen schwer. Heiß ist er und verschwitzt, die nackten Füße sind wund und schwer wie Blei. Er möchte ausruhen und doch darf er es nicht; ehe die Sonne untergeht, muß er am Ziel sein, die Sonne aber wartet nicht, sie geht schon tief und tiefer.

»Hast du dich auch nicht übernommen, mein lieber Pachom? Was soll aus dir werden, wenn du zu spät kommst?«

Er blickt nach dem Schichan, er schaut zur Sonne empor. Bis zum Ziel ist es noch weit, die Sonne aber steht schon tief am Himmel. Immer schneller wird Pachoms

Schritt, immer schwerer fällt ihm das Gehen, und immer noch ist der Schichan weit, weit weg.

Pachom beginnt zu laufen. Die Unterjacke wirft er weg, Stiefel, Feldflasche und Mütze, nur die Hacke hält er noch in der Hand und stützt sich im Laufen auf sie.

»Zuviel habe ich mir nehmen wollen! Komme ich nicht zum Schichan, ehe die Sonne untergeht, habe ich alles verloren.«

Die Angst benimmt ihm den Atem, er läuft immer schneller, Hemd und Unterhose kleben an seinem Leib, der Mund ist ausgedörrt, wie Blasebälge in einer Schmiede arbeiten seine Lungen, und sein Herz schlägt wie ein Hammer. Seine Beine aber wollen nicht mehr, knicken zusammen, als ob sie nicht zu ihm gehörten. Unheimlich wird es ihm zumute:

»Brichst du zusammen, kann es dich dein Leben kosten.«

Vor dem Tod hat er Angst, aber aufgeben will er nicht:

»So weit bist du gekommen, gibst du dich jetzt geschlagen, heißt dich alle Welt dein Leben lang einen Dummkopf.«

Er läuft weiter, läuft immerzu, schon nah am Schichan hört er die Baschkiren schreien, sie treiben ihn mit ihrem Rufen an, und von diesem Gejohle will ihm schier das Herz verbrennen. Pachom läuft, was seine Beine hergeben, die Sonne aber versinkt im Dunst, wird groß, blutrot, gleich wird sie verschwinden. Freilich, auch bis zum Ziel ist es nicht mehr weit. Schon kann Pachom die Menschen auf dem Schichan erkennen, sieht, wie sie ihm zuwinken, ihn antreiben. Auch die Fuchskappe sieht er und sein Geld darin, aber auch den Ältesten, wie er dasitzt und sich vor Lachen schüttelt. Da fällt Pachom sein Traum ein:

»Land habe ich nun genug«, denkt er, »aber wird es mir der liebe Gott auch lassen? Ach nein, ich bin am Ende, ich schaffe es nicht mehr!«

Wieder schaut Pachom zur Sonne empor, sie berührt schon die Erde, und der Horizont schneidet sich in die runde Sonnenscheibe ein. Das reißt Pachom seine letzten Kräfte zusammen, beugt sich weit vor – mit Mühe nur setzt er ein Bein vor das andere, ohne zu fallen – und läuft an den Schichan heran. Da wird es wie mit einem Schlage dunkel: die Sonne ist weg. Ein tiefer Seufzer entringt sich seiner Brust. – »Vergeblich war all mein Mühen!« – doch wie er stehenbleiben will, hört er die Baschkiren ihm zuschreien, und da fährt es ihm auch schon durch den Kopf: Auf dem Schichan ist die Sonne noch zu sehen, nur unten scheint es, als sei sie untergegangen. Noch einmal holt Pachom tief Atem, läuft den Schichan hinauf, und wirklich, oben ist es noch hell. Zum Greifen nah liegt die Fuchsmütze am Boden, dahinter aber sitzt der Baschkirenälteste und lacht aus vollem Hals, lacht und hält sich den Bauch vor Lachen. Wieder kommt Pachom sein Traum in den Sinn, er ächzt, seine Beine gehorchen ihm nicht mehr, er fällt vornüber und packt noch im Fallen mit beiden Händen nach der Fuchsmütze.

»Ach, du Prachtkerl!« schreit der Älteste auf. »Viel Land hast du dir genommen.«

Der Knecht läuft herzu, will Pachom aufhelfen. Da sieht er: Aus Pachoms Mund fließt Blut, er liegt tot am Boden.

Voller Mitleid schnalzen die Baschkiren mit den Zungen. Der Knecht aber nimmt die Hacke und gräbt seinem Herrn ein Grab, genau so groß, wie Pachom es braucht – an die drei Arschin lang –, und bettet seinen Herrn zur ewigen Ruhe.

Vom Roggenkorn, das so groß war wie ein Ei

Einst spielten Bauernkinder in einer Schlucht nahe dem Dorfe und fanden dort etwas sehr Seltsames: Es war groß und rund wie ein Hühnerei, hatte aber eine Kerbe wie ein Roggenkorn und sah auch so aus. Ein Mann, der seines Weges daherkam, sah dies merkwürdige Ding, nahm es den Kindern um einen Groschen ab und brachte es in die Stadt, wo er es an den Zaren verkaufte.

Der Zar ließ weise und gelehrte Männer kommen und befahl ihnen, das Rätsel zu lösen und ihm zu sagen, ob das, was er gekauft hatte, ein Ei oder ein Roggenkorn sei. Lange und angestrengt dachten die Weisen nach, wußten aber keine Antwort. Da kam ein Huhn auf die Fensterbank geflogen, worauf man das seltsame Ding hingelegt hatte, und begann daran zu picken. Als es ein Loch hineingepickt hatte, sahen alle, daß es ein Roggenkorn war. Und die Weisen gingen hin zum Zaren und sprachen: Es ist ein Roggenkorn.

Der Zar wunderte sich sehr. Ein neuer Befehl erging an die weisen und gelehrten Männer: Rede und Antwort sollten sie stehen darüber, in welchem Land und wann ein solch seltsames Korn gewachsen sei. Wieder dachten die weisen Männer nach, tagelang, nächtelang; dickleibige Bücher wurden herbeigeschafft, doch auch dort fanden die Weisen keine Antwort auf des Zaren Frage. So kamen sie denn zurück und sagten: »Wir können dir nicht sagen, in welchem Land und wann ein solches

Roggenkorn gewachsen ist. Wir finden nichts darüber in unseren Büchern. Man sollte aber bei den Bauern nachfragen, vielleicht hat dort jemand gehört, wann und wo Getreide von solcher Größe geerntet wurde. Vielleicht kann jemand von den ganz alten Leuten etwas darüber erzählen.«

Da sandte der Zar Boten aus und befahl ihnen, sie möchten einen alten Bauern herbeischaffen. Und die Boten fanden auch ein altes, zahnloses Männchen und brachten es vor des Zaren Thron. So alt war aber dieser verhutzelte Greis, daß er sich kaum bewegen konnte; auf zwei Krücken humpelte er mühsam daher und war vor Alter ganz grün im Gesicht. Der Zar gab dem Bäuerlein das Korn, doch der Alte konnte es kaum erkennen, die Augen versagten ihm den Dienst, und so mußte er seine Hände zu Hilfe nehmen, das zu ertasten, was er nicht sehen konnte.

Der Zar aber stellte Frage um Frage: »Weißt du, Großväterchen«, begann er, »wo ein solches Korn gedeiht? Hast du vielleicht selbst einmal auf deinem Acker einen solchen Roggen gesät oder geerntet? Hast du in deinem langen Leben irgendwo solch Getreide gekauft?«

Der Alte war halbtaub. War es ihm schon schwer zu hören, daß zu ihm gesprochen wurde, so dauerte es vollends eine ganze Weile, ehe er begriffen hatte, was man von ihm wissen wollte. Dann aber zischelte er mit zahnlosem Mund: »Nein«, sagte er, »nein, großmächtiger Zar, mein Acker hat ein solches Getreide nicht getragen, auch habe ich nie ein solches Korn gekauft. Der Roggen, den wir um Geld erstanden, war nicht anders als der heutige auch. Wir sollten aber meinen Alten fragen, vielleicht hat der einmal gehört, wo solch ein Roggen gedieh.«

Wieder schickte der Zar seine Boten aus, und sie brachten nun den Vater des zahnlosen Männchens vor den Zaren. Der uralte Greis aber kam rüstiger daher als sein Sohn, er brauchte auch keine Krücken; ein Stock, auf den er sich im Gehen stützte, genügte ihm vollauf. Der Zar ließ das Roggenkorn bringen und zeigte es ihm. Der Alte konnte noch recht gut sehen und hatte es nicht nötig, das Korn zu betasten, wie es vor ihm sein Sohn tun mußte. »Weißt du, Alter«, begann der Zar, »wo ein solches Getreide gedeiht? Ist vielleicht auf deinem Acker solch ein Roggen gewachsen, oder hast du einmal solches Korn gekauft?«

Der Alte war harthörig, doch faßte er bei weitem rascher auf als sein Sohn. »Nein«, gab er zur Antwort, »auf meinem Acker habe ich einen solchen Roggen weder ausgesät noch geerntet. Auch gekauft habe ich solches Korn nicht, denn zu meiner Zeit hat es noch gar kein Geld gegeben. Wir nährten uns von dem Brot, das auf unserem Acker gewachsen war, und wenn jemand in Not geriet, so teilten wir mit ihm. Ich kann dir nicht sagen, wo dieser Roggen gewachsen ist. Gewiß war zu meiner Zeit das Korn größer, die Ernte ergiebiger, aber ein so großes Roggenkorn habe ich mein Lebtag nicht gesehen. Man sollte aber meinen Vater fragen, er meint, daß zu seiner Zeit der Roggen besser gedieh, und auch das einzelne Korn soll größer gewesen sein.«

Nun wurde der Vater des alten Bauern gerufen. Ohne Stock, ohne Krücke trat der uralte Greis vor den Zaren. Fest und sicher trat er auf, seine Augen waren klar, er hörte gut und sprach deutlich. Auch diesem uralten Mann zeigte der Zar das Korn. Der Greis betrachtete es genau, wendete es hin und her und meinte dann: »Lang ist es her, daß ich unseren Roggen zum letzten Male gesehen habe.« Und er biß auf das Korn, kaute bedächtig und fuhr dann fort: »Ja, das ist es, das ist unser altes Brot, genau so ist es noch, wie es vor vielen, vielen Jahren gewesen ist.«

»Sag mir, Großväterchen«, hub nun der Zar von neuem an, »sag mir, wo und wann kam ein solches Korn zur Welt? Hast du es auf deinem eigenen Acker ausgesät?« Da sprach der Alte: »So ein Brot gab es zu meiner Zeit überall, nur von solchem Brot habe ich mich genährt und davon auch anderen zu essen gegeben. Nur solchen Roggen habe ich ausgesät, geerntet und gedroschen.«

Weiter fragte der Zar: »Sag mir, Großväterchen, gab es zu deiner Zeit solchen Roggen zu kaufen?« Da lachte der Alte. »Zu meiner Zeit«, brummte er dann, »dachte noch kein Mensch an eine solche Sünde, Geld für unser täglich Brot zu verlangen oder zu geben.« Von neuem begann der Zar: »So sag mir denn, Großväterchen, wo hast du solches Getreide ausgesät? Wo war dein Acker?« »Mein Acker war die Erde, die unserem Herrgott gehört«, antwortete der Alte, »wo ich meinen Pflug einschlug, dort war mein Acker. Die Erde war frei und niemand nannte ein Stück Erde sein eigen, sein eigen nannte man nur seine Arbeit.« Der Zar aber ließ nicht ab zu fragen: »Noch zwei Dinge will ich erfahren«, fuhr er fort, »das eine ist dies: Warum war das Roggenkorn früher so groß und ist heute so klein geworden? Zum zweiten aber will ich wissen: Warum schleppte sich dein Enkel mühsam auf zwei Krücken herein, dein Sohn brauchte nur einen Stock, sich darauf zu stützen, du selbst aber schreitest fest und sicher einher und brauchst weder Stock noch Krücken? Auch deine Augen sind klar, deine Zähne fest, deine Rede klar und verständig. Woher, Großväterchen, kommt dies alles?«

Auch darauf wußte der Alte Rede und Antwort: »Beides«, sagte er, »beides, daß unser Roggenkorn heute klein und das Alter beschwerlich ist, beides kommt daher, daß die Menschen aufgehört haben, von ihrer eigenen Hände Arbeit zu leben und den Nachbar um den Ertrag seiner Arbeit beneiden. Zu meiner Zeit war das nicht so, wir trachteten danach, so zu leben, wie es Gottes Wille ist: Was uns gehörte, daran freuten wir uns, fremdes Gut aber begehrten wir nicht.«

Der Taufsohn

> Ihr habt gehört, daß da gesagt ist: Auge um Auge und Zahn um Zahn.
> Ich aber sage euch: Widerstehet nicht dem Bösen …
>
> *Matthäus 5,38 f.*
>
> Die Rache ist mein; ich will vergelten, spricht der Herr.
>
> *Römer 12,19*

I

Einst, vor vielen Jahren, wurde einem armen Bauern ein Sohn geboren. Der Vater freute sich über alle Maßen, lief eilends zum Nachbarn und bat ihn zu Gevatter. Der aber schlug des Bauern Bitte ab, er hatte keine Lust, bei so armen Leuten Gevatter zu stehen. Auch bei seinem anderen Nachbarn hatte der Bauer kein Glück, und so ging er weiter von Haus zu Haus durch das ganze Dorf, aber niemand wollte seines Sohnes Pate sein. Da machte sich der Bauer auf den Weg ins Nachbardorf. Kaum hatte er die letzten Häuser des Dorfes hinter sich gelassen, da kam ihm ein Fremder entgegen, blieb stehen und sprach den Bauern an:

»Guten Tag, mein liebes Bäuerlein, wohin führt dich Gott der Herr?«

Der Bauer antwortete:

»Es schenkte mir der liebe Herrgott ein Kindelein, zum Anschaun in der Jugend, zum Trost im Alter und zur Fürbitt' nach meinem Tode. Da ich aber sehr arm bin, will kein Mensch in unserem Dorf mein Kind zum Taufsohn haben. Darum gehe ich jetzt weiter, ins Nachbardorf, vielleicht finde ich dort eine mitleidige Seele, die ich zu Gevatter bitten kann.«

Da spricht der Fremde:

»Nimm mich als Gevatter an!«

Des freut sich der Bauer von ganzem Herzen, er dankt dem Fremden und fragt:

»Wen soll ich aber zur Gevatterin bitten?«

»Zur Gevatterin bitte die Tochter des Kaufmanns. Fahre in die Stadt, zum großen steinernen Haus am Marktplatz, dort wirst du einen Kaufmann vor der Tür seines Ladens sehen; ihn bittest du, er möge seiner Tochter erlauben, bei deinem Kinde Gevatterin zu sein.«

Dem Bauern kamen Bedenken:

»Wie kann ich«, spricht er, »zum reichen Kaufmann gehen! Er wird mich zu gering achten, nie wird er seiner Tochter erlauben, meinem Kinde Patin zu sein.«

»Das soll nicht deine Sorge sein! Geh nur, bitte ihn und halte dich morgen in der Frühe zur Kindtaufe bereit; ich werde zur rechten Zeit da sein.«

Das Bäuerlein kehrt heim, spannt an und fährt in die Stadt. Wie er auf dem Marktplatz ankommt, tritt der Kaufmann zur Ladentür heraus und redet ihn an:

»Was suchst du hier?«

»Nichts für ungut, Herr Kaufmann«, gibt der Bauer zur Antwort, »es schenkte mir der liebe Herrgott ein Kindelein, zum Anschaun in der Jugend, zum Trost im Alter und zur Fürbitt' nach meinem Tode. Sei so gnädig, erlaube deiner Tochter, mein Kind als Taufsohn anzunehmen.«

»Wann soll denn getauft werden?«

»Morgen früh.«

»Es ist gut, geh mit Gott! Morgen, wenn zur Frühmesse geläutet wird, wird meine Tochter bei dir sein.«

Am anderen Tag kam die Gevatterin gefahren, es erschien auch der Gevatter, und das Kind des armen Bauern erhielt die heilige Taufe. Kaum war sie vorbei, da ging auch schon der Fremde zur Tür hinaus, ohne daß einer wußte, wer es gewesen war, und sie erblickten ihn auch nicht wieder von jenem Tage an.

II

Der Knabe wuchs heran, den Eltern eine reine Freude: Kräftig war er und arbeitsam, klug und sanft. Mit zehn Jahren schickten ihn die Eltern zur Schule. In einem Jahr lernte er dort alles, wozu andere Kinder fünf Jahre brauchen, und nichts gab es da mehr, was er noch hätte lernen können.

Es kam die heilige Osterwoche heran. Am Ostersonntag ging der Knabe in die Stadt, wünschte seiner Taufmutter ein frohes Fest und tauschte den Osterkuß mit ihr. Dann kehrte er heim und fragte:

»Liebe Mutter, lieber Vater! Sagt mir, wo mein Taufpate wohnt! Auch ihm möchte ich ein frohes Fest wünschen, auch mit ihm will ich den Osterkuß tauschen.«

Der Vater aber sprach:

»Mein lieber Sohn, wir wissen nicht, wo dein Pate wohnt. Seit dem Tage deiner Taufe haben wir ihn nicht mehr gesehen und haben auch nichts von ihm gehört.

Das macht uns traurig, wissen wir doch nicht einmal, ob er überhaupt am Leben ist.«

Da verneigte sich der Sohn tief vor seinen Eltern und sagte:

»Lieber Vater, liebe Mutter! Lasset mich gehen, den Paten zu suchen. Ich muß ihn finden, ich will mit ihm den Osterkuß tauschen.«

Da ließen die Eltern ihren Sohn ziehen, und er verließ das Haus, in dem er geboren war, um seinen Taufpaten zu suchen.

III

Als der Knabe sein Dorf schon weit hinter sich gelassen hatte und den halben Tag gegangen war, begegnete ihm ein Fremder.

»Guten Tag, mein Junge«, sprach er den Knaben an, »wohin führt dich Gott der Herr?«

Und es gab ihm der Knabe zur Antwort:

»Ich war in der Stadt, bei meiner Taufpatin, ich habe ihr ein frohes Fest gewünscht und mit ihr den Osterkuß getauscht. Dann kam ich nach Haus und fragte meine Eltern, wo mein Taufpate wohne, damit ich auch mit ihm den Osterkuß tauschen könne. Die Eltern aber sagten mir: ›Wir wissen nicht, liebes Söhnchen, wo dein Pate wohnt. Von dem Tage an, da du getauft wurdest, ging er hinweg von uns, und nichts wissen wir von ihm, ja wir wissen nicht einmal, ob er noch am Leben ist.‹ Da es mich aber danach verlangt, meinen Paten zu sehen, ging ich von Hause fort und suche ihn.«

Und es sprach zu ihm der Fremde:

»Ich bin dein Taufpate.«

Da freute sich der Knabe, tauschte mit seinem Paten den Osterkuß und fragte ihn:

»Wohin gehst du jetzt, mein lieber Taufvater? Vielleicht führt dich der Weg in unser Dorf, dann komm doch zu uns! Gehst du aber heim, dann will ich dich begleiten.«

Der Pate aber antwortete:

»Ich habe jetzt keine Zeit, mit dir zu gehen; ich habe noch in anderen Dörfern zu tun. Morgen aber bin ich zu Hause, morgen kannst du zu mir kommen.«

»Wo werde ich dich finden, Väterchen?«

»Geh nur immer geradeaus, gen Sonnenaufgang. Du kommst dann in einen Wald, mitten im Walde findest du eine kleine Lichtung. Setz dich dort nieder, ruh dich aus und gib genau acht auf alles, was dort geschehen wird. Wenn du dann weitergehst, wirst du jenseits des Waldes einen Garten erblicken und in dem Garten ein großes Haus mit goldenem Dach. Dort wohne ich und werde dich am Tor erwarten.«

So sprach der Pate und entschwand dem Blick des Knaben.

IV

Der Knabe machte sich auf den Weg, wie es sein Taufpate ihm gesagt hatte. Er geht und geht, kommt in den Wald, findet auch die Lichtung und sieht: In der Mitte der Lichtung steht eine große Fichte, von einem ihrer Äste herab hängt ein Seil mit einem Klotz daran, an die drei Pud schwer, unter dem Klotz aber steht ein Kübel voller Honig. Kaum hatte der Knabe das erblickt – er hatte noch keine Zeit gehabt, zu überlegen, was das alles bedeuten könne –, da kracht es im Gehölz, und er sieht: Bären ziehen auf die Lichtung heraus, vornean eine große Bärin, dann ein Einjähriger und hinter ihm drei Kleine. Die Bärinmutter sichert, verhofft und trottet dann, gefolgt von ihren Kleinen, geradewegs auf den Kübel zu, dort steckt sie ihre Schnauze in den Honig und ruft ihre Kinder. Die springen auch schon heran und fallen über den Kübel her. Der Klotz, von den Bären angestoßen, setzt sich leicht in Bewegung, schwingt hin und wieder zurück und stößt dabei die kleinen Bären an. Die Bärinmutter sieht es und schiebt den Klotz mit ihrer Vorderbrante beiseite. Der Klotz schwingt weiter, kommt mit größerem Schwung zurück und schlägt mitten in die kleine Bärenschar hinein, den einen trifft er auf den Rücken, den anderen auf den Schädel. Murrend und fauchend springen die Bärenkinder auseinander, die Mutter aber orgelt auf, packt den Klotz mit beiden Vorderpranken und stößt ihn mit Gewalt von sich. Der Klotz fliegt hinauf, der Einjährige springt unterdes an den Kübel heran, vergräbt seine Schnauze im Honig, schleckt und schmatzt. Zögernd wollen sich auch die anderen heranwagen, aber da kommt auch schon der Klotz zurück, saust dem Bären gegen den braunen Schädel und schlägt ihn tot. Stärker als vorhin heult die Bärin auf, packt den Klotz und schleudert ihn mit der ganzen Kraft ihrer Riesenbranten aufwärts, so daß er in weitem Bogen duch die Luft fliegt. Hoch hinauf fliegt der Klotz, höher als der Ast, so hoch, daß das Seil erschlafft. Unterdes macht sich die Bärin über den Kübel her, mit ihr die Kleinen. Nun aber schwingt der Klotz abwärts, je tiefer er kommt, desto rascher saust er hinab, und so schmettern aus der Höhe die drei Pud gegen den Kopf der Bärin. Taumelnd fällt sie zu Boden, schlägt mit den Pranken um sich und verendet, die Bärenkinder aber laufen auseinander.

V

Der Knabe verwunderte sich über das Gesehene und ging weiter. Wie er aus dem Walde herauskommt, sieht er einen großen Garten, darin ein herrliches Schloß mit goldenem Dach, und am Gartentor steht schon der Pate und lächelt ihm zu. Er begrüßt seinen Taufsohn, führt ihn zum Tor hinein und geleitet ihn durch den Garten. So viel Schönes gab es da zu sehen, daß einem vor lauter Freude das Herz im Leibe lachte; selbst im Traum hatte der Knabe nichts gesehen, was mit diesem Garten zu vergleichen wäre.

An der Seite des Paten trat der Knabe in das Schloß ein, und noch viel schöner war es hier. Sie gehen durch alle Gemächer, eines ist schöner als das andere, eines prächtiger anzuschaun als das andere. Schließlich kommen sie an eine Tür.

»Schau dir diese Tür an!« sagt der Pate. »Sie ist nicht abgeschlossen, nur ein Siegel hält sie. Du kannst sie öffnen, doch verbiete ich dir, das zu tun. Lebe hier in meinem Hause, solange du willst, freue dich an allem, was du hier siehst, alles steht dir offen; nur ein einziges Gebot gebe ich dir: Laß dich nicht verleiten, diese Tür zu öffnen und dieses Zimmer zu betreten. Tust du es dennoch, dann denke daran, was du im Walde gesehen hast!«

Nun begann ein Leben für den Knaben, voller Glück und Freuden, daß dreißig Jahre vergingen wie drei Stunden. Als die Zeit um war, trat der Taufsohn voller Neugier an die versiegelte Tür und dachte: Warum wohl befahl mir der Pate, dieses Zimmer zu meiden? Laß mich doch sehen, was sich hinter der Tür befindet!

So stieß er gegen die Tür, das Siegel sprang ab, und die Tür öffnete sich.

Der Taufsohn tritt in einen Saal, der noch prächtiger ist als alles, was er im Schlosse gesehen hatte, denn mitten in diesem Saal steht ein goldener Thron. Lange geht der Taufsohn im Saal umher, dann schreitet er die Stufen zum Thron hinauf und setzt sich. Angelehnt an den Thron steht ein Stab, wie ein Szepter anzuschaun, der Taufsohn greift danach, doch kaum hat er den Stab berührt, da fallen auch schon die vier Wände des Saales zusammen, und er vermag von seinem Thron herab auf die ganze Welt zu schauen. Blickt er nach rechts, fällt sein Auge auf fremde, heidnische Menschen, blickt er nach links, sieht er Christen, doch sind es keine Russen, wendet er sich nach rückwärts, dann schaut er weit hinein in russisches Land.

»Ei«, sagt er sich, »laß mich doch mal nachschauen, was sich bei uns zu Hause tut!«

Und da sieht er auch schon das Feld seines Vaters, voller Garben, und beginnt sie zu zählen, ob es auch genug Brot geben würde. Wie er noch am Zählen ist, fährt ein Bauer in seinem Leiterwagen an das Feld heran. Der Sohn glaubt seinen Vater zu erkennen, aber nein, Wassili Kudrjaschow sitzt im Wagen, er ist es, der mitten in der Nacht angefahren kommt, um die Garben vom fremden Felde zu holen. Den Sohn packt der Zorn, und er ruft mit lauter Stimme:

»Väterchen, man stiehlt dir die Garben vom Feld!«

Von dem Schrei erwacht der Vater.

»Es träumte mir«, sagt er, »daß Diebe auf meinem Felde seien. Ich will doch mal nachschauen.«

Er schwingt sich auf sein Pferd und reitet los. Wie er aufs Feld kommt und den Wassili sieht, ruft er die Bauern zusammen; sie schlagen den Dieb, binden ihn und bringen ihn ins Gefängnis.

Weiter blickt der Taufsohn in die Welt hinaus, schaut nach der Stadt, wo seine Taufpatin lebt. Und er sieht sie schlafend, während ihr Mann sich zu seiner Geliebten wegschleicht. Der Taufsohn schreit laut auf, ruft der Kaufmannsfrau zu:

»Steh auf, dein Mann tut unrechte Dinge!«

Die Frau springt vom Bette auf, wirft sich ihre Kleider über und sucht ihren Mann. Wie sie ihn bei seiner Geliebten findet, schlägt sie die fremde Frau, ihn aber verspottet sie und verjagt ihn aus ihrem Hause.

Und noch einmal schaut der Taufsohn in die Welt hinaus und blickt dorthin, wo seine Mutter lebt. Wieder ist es Nacht. Ein Dieb schleicht sich in das Haus der Eltern und macht sich daran, die Truhe aufzubrechen.

Vom Lärm erwacht, schreit die Mutter nach Hilfe, der Dieb aber greift zum Beil und holt zum Schlage aus.

Da kann der Sohn nicht länger an sich halten, er schleudert seinen Stab mit ganzer Kraft gegen den Dieb, trifft ihn an der Schläfe und tötet ihn auf der Stelle.

VI

Kaum war all das geschehen, da schlossen sich die Wände des Saales, und er wurde wieder wie zuvor.

Die Tür öffnet sich, ins Gemach tritt der Taufpate. Er

geht auf den Taufsohn zu, ergreift dessen Hand, führt ihn vom Thron herab und spricht:

»Nun hast du doch nicht auf mein Gebot gehört. Drei böse Taten waren dein: Du öffnetest die Tür, du bestiegst den Thron, du trugst durch dein Handeln viel Böses in die Welt hinein. Wärest du auch nur eine Stunde länger auf dem Thron geblieben, du hättest die Hälfte der Menschen verdorben.«

Nach diesen Worten führte der Pate seinen Taufsohn wieder hinauf zum Thron, nahm den Stab in die Hand, und wieder fielen die Wände herab, und von neuem sah der Taufsohn alles. Und es sprach der Pate zu ihm:

»Schau hin, was du deinem Vater angetan hast! Wassili, der Dieb, saß ein volles Jahr im Gefängnis, dort lernte er jede Schurkerei und ist nun von Grund auf verdorben. Schau hin, schon hat er deinem Vater zwei Pferde weggetrieben, und nun setzt er deinen Eltern den roten Hahn aufs Dach! Erkennst du, was du tatest?«

Als der Sohn erblickte, wie der väterliche Hof zu brennen begann, da verdeckte der Pate dieses Bild und wies seinem Blick eine andere Richtung.

»Schau hin«, sagte er, »nun ist es ein volles Jahr her, daß deine Patin von ihrem Mann verlassen wurde, ein Jahr treibt er sich mit anderen Frauen herum, seine frühere Geliebte ist ganz verkommen, deine Patinmutter aber ergab sich vor Kummer dem Trunk. Erkennst du auch hier, was du angerichtet hast?«

Und er verdeckte auch dieses Bild und zeigte dem Taufsohn noch einmal sein Elternhaus. Wiederum sieht der Sohn seine Mutter, sie weint, bereut ihre Sünden und klagt:

»Besser wäre es gewesen, der Dieb hätte mich damals umgebracht, ich hätte nicht so viel gesündigt.«

»Erkennst du die Folgen deiner Taten? Du glaubtest deine Mutter vor dem Tode retten zu müssen und hast sie doch nur der Sünde überantwortet. Der Bösewicht aber hatte neun Seelen auf dem Gewissen. Wäre er am Leben geblieben, hätte er seine Schuld büßen können, du hast ihn aber ermordet und damit alle seine Sünden auf dich geladen. Nun mußt du für seine Sünden einstehen.

Erkenne nun: Du tatest das gleiche wie die Bärin. Als sie zum erstenmal den Klotz von sich stieß, gefährdete sie ihre Kinder. Als sie ihn zum zweitenmal beiseite schlug, tötete sie ihren Einjährigen, mit dem dritten Schlag aber stürzte sie sich selbst ins Verderben. Gleiches hast du getan!

Jetzt gebe ich dir eine Frist von dreißig Jahren. Geh in die Welt hinaus und büße dort die Sünden deines Opfers! Kannst du seine Schuld in dreißig Jahren nicht tilgen, dann mußt du selber an seine Stelle treten.«

Und es sprach der Taufsohn:

»Wie kann ich denn seine Sünden büßen?«

Hierauf gab der Taufpate zur Antwort:

»Wenn du ebensoviel Böses aus der Welt austreibst, wie du in sie hineingetragen hast, dann hast du deine Sünden und die des anderen getilgt.«

Und noch einmal fragte der Taufsohn:

»Wie soll ich denn das Böse aus der Welt austreiben?«

Der Pate aber sprach:

»Geh immer geradeaus gen Sonnenaufgang. Du kommst an ein Feld, auf dem Menschen sind. Achte genau darauf, was diese Menschen tun, und lehre sie, wie du es vermagst! Gehe dann weiter, bewahre aber alles, was du gesehen hast, in deinem Sinn! Am vierten Tag wirst du in einen Wald kommen, in dem ein frommer Greis, ein Starez, lebt; ihm sollst du erzählen, was du erlebt und getan hast, und er wird dich lehren, was du zu tun hast. Hast du dann einmal alles das erfüllt, was er dir auftragen wird, dann wirst du deine Schuld gelöscht haben.«

So sprach der Pate und führte seinen Taufsohn zum Tor hinaus.

VII

Der Taufsohn geht und denkt:

Wie kann ich nur das Böse aus der Welt schaffen? Wird es nicht dadurch vertrieben, daß man den Übeltäter gefangennimmt, ihn in die Verbannung schickt oder hinrichtet? Ich aber soll gegen das Böse kämpfen und doch keine Sünde auf mich laden!

Tief in Gedanken geht er immer weiter und gerät schließlich an ein Kornfeld. Das Korn wächst gut und dicht, es ist reif zum Schneiden; mitten hinein hat sich aber ein Kälbchen verirrt, und ein paar Bauern zu Pferde jagen nun das arme Tier von einer Seite des Feldes zur anderen. Will das Kälbchen irgendwo herausspringen, da sprengt auch schon ein Reiter daher, das Kälbchen erschrickt, rennt wieder zurück ins Korn, die ganze Reiterschar hinter ihm her, mitten durch das reife Korn. Am Wege aber steht ein Weib und klagt:

»Sie werden noch mein Kälbchen zu Tode jagen.«

Der Taufsohn begann auf die Bauern einzureden:

»Warum tut ihr dies? Reitet doch alle aus dem Kornfeld heraus, und du, Bäuerin, rufe dein Kälbchen!«

Die Bauern gehorchten, das Weib trat an das Feld und begann ihr Kälbchen zu locken:

»Tprjussi, tprjussi, meine Braune! Tprjussi, komm her!«

Das Kälbchen stellte die Ohren auf, lauschte und lief dann spornstreichs auf die Bäuerin zu, mit der Schnauze geradewegs unter ihren Rock – fast hätte es die Frau umgeworfen. Nun sind alle froh, das Weib und das Kälbchen und die Bauern.

Der Taufsohn geht weiter und denkt:

Nun erkenne ich wohl, daß das Böse in der Welt nur zunimmt, wenn ich mit Bösem darauf antworte. Je mehr die Menschen das Böse jagen, desto mehr Böses kommt in die Welt. Ich kann es also nicht bekämpfen, indem ich selbst Böses tue. Aber wie ich es aus der Welt schaffen soll, dafür weiß ich mir noch keinen Rat. Das Kälbchen hat auf die Stimme der Bäuerin gehört, gut, wenn es das aber nicht getan hätte, wie sollte man es aus dem Korn herausbringen?

Lange dachte der Taufsohn darüber nach, fand jedoch keine rechte Antwort auf seine Fragen und ging weiter.

VIII

Nach langem Weg kommt der Taufsohn in ein Dorf. Im ersten Haus am Dorfrand kehrt er ein, klopft an und bittet um ein Nachtlager. Die Bäuerin läßt ihn ein. Sie ist allein im Haus und macht die Stube sauber, der Taufsohn steigt auf den Ofen und schaut ihr bei der Arbeit zu. Den Fußboden hat die Bäuerin schon aufgewischt und ist nun dabei, den Tisch zu scheuern. Sie hat ihn schon mit reinem Wasser gewaschen und will ihn nun mit einem Handtuch trocken reiben. Das Handtuch aber ist schmutzig, und so wird der Tisch nicht sauber. Fährt sie in der einen Richtung über den Tisch, läßt das Tuch breite Streifen zurück, wischt sie in der anderen, dann nimmt sie die einen Streifen weg, andere aber macht sie neu. Nun wischt sie wieder längs, wieder das gleiche: Immer mehr Schmutz trägt sie mit dem Handtuch auf. Der Taufsohn schaut ihr eine Weile zu, dann sagt er: »Was tust du, Mütterchen?«

»Siehst du es denn nicht?« gibt die Frau zur Antwort. »Ich mache das Haus sauber, morgen ist doch Feiertag. Ich kann mich aber anstellen, wie ich will, der Tisch will nicht sauber werden. Ich bin schon zum Umfallen müde, aber immer noch sind diese häßlichen Streifen da.«

»Willst du nicht dein Handtuch ausspülen«, sagt der Taufsohn, »und es dann mit dem sauberen versuchen?«

Die Bäuerin tut es, im Handumdrehen ist der Tisch sauber.

»Habe Dank, mein Lieber«, sagt die Bäuerin, »habe Dank, daß du mich belehrt hast!«

Als der Morgen gekommen war, dankte der Taufsohn für das Nachtlager und ging weiter. Nach einer Weile kommt er in einen Wald und sieht dort Bauern, die Holz zu Reifen biegen. Der Taufsohn tritt an sie heran und schaut ihnen zu. Die Bauern schinden sich mit dem Holz; ohne jeden Erfolg! Wie der Taufsohn genauer hinschaut, sieht er: die ganze Unterlage dreht sich mit, hat keinen Halt, kein Wunder, daß sich das Holz nicht biegt. Da spricht er zu den Bauern:

»Was macht ihr da, liebe Brüder?«

»Siehst du es nicht? Wir biegen Reifen. Schon zweimal haben wir das Holz gebrüht, halb zu Tode quälen wir uns damit, und immer noch gibt es nicht nach!«

»Aber, liebe Brüder, macht doch die Unterlage fest, sie dreht sich ja mit dem Holz mit.«

Die Bauern hören auf die Worte des Taufsohnes, befestigen die Unterlage, und schon war die Arbeit getan. Eine ganze Nacht blieb der Taufsohn bei den Bauern, am frühen Morgen ging er weiter. Er ging den ganzen Tag und die halbe Nacht, kurz vor Sonnenaufgang traf er Hirten und legte sich bei ihnen nieder. Die Hirten wollen Feuer machen, sie nehmen trockenes Reisig und zünden es an, dann legen sie nasse Zweige auf, das nasse Holz zischt, das Feuer geht aus. Die Hirten schaffen mehr trockenes Reisig herbei, bringen es zum Brennen, häufen dann wieder nasse Zweige darüber, und wieder ersticken sie das Feuer. So mühen sie sich lange, das Feuer aber will und will nicht brennen. Da spricht der Taufsohn zu ihnen:

»Eilt nicht so mit dem nassen Holz! Laßt das Feuer erst ordentlich durchbrennen, und erst wenn es gut brennt und eine richtige Glut bekommt, dann legt die Zweige auf.«

Als die Hirten seinem Rat folgten, da fing auch das nasse Holz Feuer, und bald brannte der Scheiterhaufen lichterloh. Der Taufsohn blieb noch einige Zeit bei den Hirten, dann ging er weiter. Es bewegte ihn aber die Frage, warum er wohl das alles getan habe, und er fand keine Antwort darauf.

IX

Der Taufsohn geht weiter, geht den ganzen Tag. Endlich kommt er in einen Wald und findet dort im tiefsten Dickicht eine Einsiedelei. Er tritt näher und klopft an.

»Wer ist draußen?« fragte eine Stimme aus der Klause.

»Ein großer Sünder«, gibt der Taufsohn zur Antwort, »ich habe fremde Sünden zu büßen.«

Da erscheint der Starez in der Tür und fragt weiter:

»Was sind denn das für fremde Sünden, die auf dir lasten?«

Alles erzählt ihm der Taufsohn; von seinem Taufpaten, von den Bären, von dem Thron in dem versiegelten Saal und von dem, was ihm der Taufpate aufgetragen hatte. Auch von den Bauern erzählt er, wie die hoch zu Roß das Kornfeld zertrampelten, das Kälbchen aber von selbst zur Bäuerin gelaufen kam.

»Und da erkannte ich«, sagte er, »daß wir das Böse nicht mit Gewalt vertreiben können, aber immer noch weiß ich nicht, wie wir Menschen das Böse bezwingen können. Lehre es mich!«

Und der Starez sprach: »Erzähle mir erst alles, was du auf dem Wege hierher erlebt hast!«

Und es erzählte der Taufsohn von dem Weibe, das den Tisch mit einem schmutzigen Handtuch aufwischen wollte, und von den Bauern erzählte er, die Holz zu Reifen bogen, und von den Hirten, die Feuer anmachten.

Ohne ein Wort zu sagen, hörte sich der Starez alles das an, ging dann in seine Klause und kehrte mit einem kleinen zerschrammten Beil zurück:

»Komm mit mir!« sagte er.

Nicht weit von der Klause entfernt zeigt der Starez auf einen Baum und spricht:

»Hau ihn ab!«

Der Taufsohn tut es.

»Nun spalte ihn in drei Teile!«

Auch das geschieht. Der Starez geht indes zur Klause zurück und holt Feuer.

»Verbrenne den Baum!«

Der Taufsohn facht das Feuer an und verbrennt die drei Klötze, so daß nur drei verkohlte Stümpfe übrigbleiben.

»Grabe diese Stümpfe zur Hälfte in die Erde ein!«

Der Taufsohn tut auch dies.

»Schau dorthin!« sagt nun der Starez. »Dort, unterhalb des Berges, fließt ein Bach. Geh hin, nimm den Mund voll Wasser, bringe es hier herauf und begieße damit die Stümpfe! Diesen hier begieße so, wie du die Bäuerin gelehrt hast, diesen begieße, wie du die Bauern, und den letzten, wie du die Hirten gelehrt hast. Wenn alle drei Stümpfe frisch getrieben haben und Apfelbäume aus den jungen Trieben wachsen, dann wirst du erkannt haben, wie wir das Böse in der Welt bezwingen können, und dann wirst du auch deine Schuld gesühnt haben.«

Also sprach der Starez und kehrte in seine Klause zurück; der Taufsohn aber bewegte diese Worte in seinem Herzen, ohne sie zu verstehen; doch begann er zu tun, wie ihm gesagt wurde.

X

Er stieg hinab zum Fluß, nahm Wasser in den Mund und goß es über die verkohlten Bäume aus, dann stieg er ein zweites, ein drittes Mal hinab. Davon wurde er müde, und es hungerte ihn. Er ging zur Klause, den Starez um etwas Essen zu bitten, aber wie er die Tür zur Klause öffnet, findet er den Starez leblos ausgestreckt auf der Bank. Der Taufsohn nimmt einen Spaten und beginnt dem Starez ein Grab auszuheben. Als die Nacht gekommen war, trägt er wiederum Wasser den Berg hinauf und begießt die verkohlten Stümpfe, am Tag aber schaufelt er das Grab weiter. Als er damit fertig war und den Starez zur letzten Ruhe betten wollte, kamen Leute aus dem nächsten Dorf, um dem Einsiedler Essen zu bringen.

Vom Taufsohn hörten sie, wie der Starez gestorben war und was er ihm aufgetragen hatte. Gemeinsam begruben sie den frommen Greis, dann ließen die Bauern dem Taufsohn etwas Brot zurück und versprachen, auch weiterhin für ihn zu sorgen.

Der Taufsohn blieb allein zurück und führte von nun an das Leben eines Einsiedlers. Tage und Nächte gehen dahin, er lebt davon, was die Leute ihm bringen, und tut das befohlene Werk. In seinem Munde trägt er Wasser aus dem Fluß herauf und begießt die Baumstümpfe.

Nach einem Jahr war es schon weit im Umkreis bekannt, daß im Walde ein heiliger Mann lebe, der ein bußfertiges Leben führe und nur an das Heil seiner Seele denke. Mit Verwunderung erzählten sich die Leute, daß er im eigenen Munde Wasser den Berg herauftrage und verkohlte Baumstümpfe damit netze. Immer mehr Menschen kamen zum Taufsohn in die Einsamkeit, auch reiche Kaufleute kamen gefahren und brachten Geschenke, doch nichts nahm der Taufsohn an, außer dem, was er ganz nötig zum Leben brauchte, alles andere gab er den Armen.

Und sein Tag bekam eine feste Ordnung, die eine Hälfte des Tages trug er Wasser vom Flusse herauf, die andere ruhte er oder empfing Besucher.

Da dachte der Einsiedler, nun lebe er, wie es ihm befohlen sei; auf diese Weise könne er helfen, das Böse aus der Welt zu schaffen und seine Sünden büßen.

Ein weiteres Jahr ging dahin; nicht einen Tag ließ der Taufsohn verstreichen, ohne sein Werk zu tun, aber immer noch waren an den Baumstümpfen keine frischen Triebe zu sehen.

Eines Tages hörte er, wie jemand, aus voller Kehle singend, durch den Wald daherkommt. Der Einsiedler tritt ins Freie, will nachschauen, was es für ein Mensch ist, der so fröhliche Lieder singt, und sieht: Ein junger, kräftiger Mann kommt hoch zu Roß, er ist prächtig gekleidet, und auch Pferd und Sattelzeug sind kostbar und schön.

Der Einsiedler ruft den Reiter an und fragt nach dem Woher und Wohin.

Der Mann bringt sein Roß zum Stehen und sagt:

»Ich bin ein Räuber, ich reite auf den Straßen umher und töte die Menschen. Je mehr ich umbringe, desto lustiger ist mein Lied.«

Da entsetzt sich der Taufsohn:

»Wie kann ich einen solchen Menschen dem Bösen entreißen?« denkt er. »Zu denen zu reden, die selber zu mir kommen und ihre Sünden bereuen, ist nicht schwer, aber dieser hier rühmt sich ja seiner Missetaten.« Nachdenklich tritt er zur Seite: »Was soll ich tun?« überlegt er. »Gewöhnt sich der Räuber daran, hierherzukommen, so verängstigt er mir das ganze Volk, und die Menschen kommen nicht mehr zu mir. Sie haben den Schaden davon, aber wovon soll auch ich dann leben?«

So bleibt er denn vor dem Reiter stehen und sagt zu ihm:

»Hierher in meine Waldeseinsamkeit kommen die Menschen, nicht um sich des Bösen zu rühmen, sondern weil sie ihre Sünden bereuen und Buße tun wollen. Fürchtest du Gott, so bekenne auch du deine Sünden! Willst du aber nicht bereuen, dann gehe hinweg von hier und kehre niemals wieder! Bringe keine Unruhe über mich und schrecke nicht die Menschen von dieser Stätte. Hörst du aber nicht auf meine Worte, dann wird dich Gott der Herr strafen!«

Da lachte der Räuber laut und rief:

»Ich fürchte Gott nicht und werde auch deiner Worte nicht achten. Du bist nicht mein Herr! Dich macht dein Gebet satt, mich ernährt der Raub. Alle müssen wir leben! Lehre du nur die Weiber, die zu dir kommen, mich laß ungeschoren! Dafür aber, daß du mir mit Gott gedroht hast, werde ich morgen zwei Menschen mehr umbringen. Auch dich hätte ich Lust zu töten, doch will ich mir die Hände nicht schmutzig machen. Komme mir aber nicht mehr unter die Augen!«

So drohte der Räuber, spornte sein Pferd und ritt davon. Er kehrte aber nicht wieder, und der Taufsohn lebte wie zuvor in Ruhe und Frieden ganze acht Jahre lang.

XI

Einmal, es war tief in der Nacht, stieg der Einsiedler den gewohnten Weg zum Fluß hinab. Zurückgekehrt, setzte er sich auf die Bank vor seiner Hütte, um auszuruhen, und schaute im Morgengrauen den Fußpfad hinab, ob jemand käme. Es kam aber an diesem Tage kein Mensch, und der Taufsohn blieb allein, bis der

Abend hereinbrach, und eine große Traurigkeit beschattete seine Seele. Es ging ihm nicht aus dem Sinn, daß der Räuber gesagt hatte, sein Gebet sei es, das ihn, den Einsiedler, ernähre. Er überschaute das Leben, das er führte, und eine Erkenntnis ging ihm auf:

»Nicht so lebe ich, wie der Starez mich gelehrt hat. Der fromme Greis legte mir eine Buße auf, ich aber habe einen Broterwerb daraus gemacht und ziehe menschlichen Ruhm daraus. So verderbt bin ich schon, daß mir die Zeit lang wird, wenn einen Tag lang niemand zu mir kommt. Sind aber Menschen hier, dann freue ich mich dessen, weil sie meinen formmen Lebenswandel rühmen. Nein, anders muß ich leben! Verstrickt habe ich mich in menschlichen Ruhm, die alten Sünden nicht abgebüßt und nur von neuem gesündigt. Ich will fort von hier, an einen wüsten, einsamen Ort tief im Wald, wo mich kein Mensch finden kann. Ganz allein will ich dort leben, in der Einsamkeit werde ich meine Sünden büßen und keine neuen mehr begehen.«

Und so steckt der Einsiedler einen kleinen Sack mit geröstetem Brot zu sich, nimmt einen Spaten, um sich damit ein Erdloch zu graben, und verläßt seine Hütte.

Wie er so mit Sack und Spaten dahergeht, erblickt er den Räuber, der auf ihn zureitet. Die Angst packt den Greis, er beginnt zu laufen, doch rasch holt ihn der Räuber ein.

»Wohin des Wegs?« fragt er.

Weit wolle er weg, gibt der Einsiedler zur Antwort, weg von allen Menschen; er ginge jetzt so weit, daß kein Mensch ihn finden könne.

Der Räuber verwunderte sich sehr: »Wovon willst du denn leben, wenn keine Menschen zu dir kommen?«

Daran hatte der Taufsohn nicht gedacht; erst als der Räuber fragte, kam es ihm zum Bewußtsein, daß er auch essen müsse, um zu leben.

»Was Gott der Herr mir schicken wird, davon werde ich mich nähren«, antwortete er.

Der Räuber sagte nichts und setzte sein Pferd in Trab.

»Was ist denn mit mir?« spricht der Einsiedler zu sich. »Noch habe ich kein Wort über sein sündiges Leben gesagt! Vielleicht wäre er heute zur Buße bereit, er schien mir weicheren Gemüts zu sein.« So rief er hinter dem Räuber her:

»Willst du nicht doch deine Sünden bereuen? Gott wirst du nicht entgehen!«

Der Räuber wendet sein Pferd, zieht sein Messer und bedroht damit den alten Mann. Zutiefst erschrocken flüchtet dieser in den Wald, der Räuber aber – ohne ihn zu verfolgen – ruft hinter ihm her:

»Zweimal habe ich dir verziehen, Alter, komm du mir nicht ein drittes Mal über den Weg, dann bringe ich dich um.«

Solches sprach er und verschwand.

Als der Abend kam, ging der Taufsohn hin, um den Baumstümpfen frisches Wasser zu bringen. Siehe, da hat ein Stumpf junge Triebe angesetzt, und ein Apfelbaum wächst heraus.

XII

Nun verschwand der Greis vor aller Menschen Augen und führte von Stund an ein Leben in tiefster Einsamkeit. Das Brot ging ihm aus. »Jetzt ist es an der Zeit, Wurzeln zu suchen«, sagte er sich. Kaum hatte er damit begonnen, da erblickte er schon an einem Baum ein Säckchen mit geröstetem Brot. Der Alte nahm es, und als auch dies Brot ausging, fand er am gleichen Platz ein neues, und so ging es fort und fort. Nur einen Kummer hatte er: Die Angst vor dem Räuber ließ ihn nicht los. Kaum hörte er ihn von ferne, da versteckte er sich und zitterte: »Bringt mich dieser Bösewicht um, dann kann ich meine Schuld nicht sühnen.«

So gingen weitere zehn Jahre dahin. Der eine Apfelbaum wuchs, aber die beiden anderen Stümpfe blieben schwarz und verkohlt.

Eines Morgens erhob sich der Einsiedler früh am Tag, machte sich an die gewohnte Arbeit, und da er davon müde ward, setzte er sich hin, um zu rasten. Da überkam ihn die Erkenntnis: »Wieder habe ich von neuem gesündigt: Ich fürchte mich ja vor dem Tod. Ist es aber Gottes Wille, so kann auch der Tod meine Buße sein.«

Da hört er auch schon von weitem die Stimme des Räubers. Der reitet daher, schmäht und höhnt mit lauter Stimme. Der Greis erhebt sich: »Von niemand sonst als von Gott allein kann mir Gutes oder Böses widerfahren!« und geht mutig dem Räuber entgegen. Der Räuber aber ist nicht allein, vor sich im Sattel hält er einen gefesselten Mann und beschimpft ihn mit wüsten Worten. Da eilt der Greis auf den Räuber zu und stellt sich ihm in den Weg.

»Wohin führst du diesen Mann?«

»Er muß mit mir in den Wald«, antwortet der Räuber, »es ist der Sohn des Kaufmanns, er will mir nicht verraten, wo sein Vater das Geld versteckt hält. Jetzt werde ich ihn so lange prügeln, bis er sich eines andern besinnt.«

Nach diesen Worten will der Räuber weiter, doch der Einsiedler läßt es nicht zu, packt das Pferd am Zaum und ruft:

»Gib diesen Mann frei!«

Da kommt ein wilder Zorn über den Räuber, er holt zum Schlag aus:

»Willst du das gleiche erleiden, Alter? Ich habe dir schon längst gesagt, daß ich dich noch umbringe. Gib den Weg frei!«

Doch der Greis war ohne Furcht:

»Ich lasse dich nicht«, spricht er, »ich habe auch keine Angst vor dir. Ich fürchte nur Gott allein, und Gott befahl mir nicht, dich loszulassen. Gib diesen Mann frei!«

Der Räuber runzelte die Stirn, doch nahm er nach einer Weile sein Messer, schnitt die Fesseln des Kaufmannssohnes durch und ließ ihn los.

»Packt euch beide aus meinen Augen!« rief er voller Ärger.

Der Kaufmannssohn sprang rasch vom Pferd herab und verschwand. Der Räuber trieb sein Pferd an, doch hängte sich der Einsiedler noch einmal dem Pferd in die Zügel und beschwor den Räuber von neuem, sein sündiges Leben zu ändern. Der Räuber hörte sich die Worte an, ohne das geringste zu entgegnen, dann spornte er sein Pferd und ritt davon.

Als der Morgen gekommen war, ging der Taufsohn wieder zu den Baumstümpfen. Siehe, auch der zweite hat junge Triebe, auch daraus wächst ein Apfelbaum.

XIII

Weitere zehn Jahre gingen dahin. Eines Tages sitzt der Einsiedler vor seiner Erdhütte, nichts schreckt ihn mehr, nichts begehrt seine Seele, und sein Herz will schier vergehen vor Glück und Freude. Sein Mund aber strömt über vor lauter Jubel:

»Wie groß ist doch die Gnade Gottes, die er durch seine Güte den Menschen offenbart. Warum quälen sie sich nur? Sich und anderen zur Freude sollten sie leben!«

Und es kam ihm alles Böse der Menschen in den Sinn, und wie sie einander Schmerzen zufügen und einer den anderen peinigt, und es tat ihm leid um die Menschen in ihrer Not.

»Unnütz und sinnlos lebe ich hier, ich muß in die Welt hinaus, zu den Menschen, ihnen sagen, was ich jetzt weiß und erkannt habe!«

Kaum hat er diesen Entschluß gefaßt, da hört er auch schon den Räuber. Achtlos will er ihn vorbeilassen. – »Was soll ich mit diesem Menschen, er versteht mich ja doch nicht!« – doch rasch ändert er seinen Sinn und wendet sich dem Räuber zu. Und da sieht er: Zwar reitet der Räuber noch hoch zu Roß, doch ist er traurig, sein Gesicht vergrämt, und in trübe Gedanken versunken blickt er zu Boden. Tiefes Mitleid erfaßt das Herz des Taufsohnes, er eilt auf den Räuber zu und umfaßt seine Knie:

»Lieber Bruder, erbarme dich deiner Seele! Auch in dir lebt Gottes Geist. Warum quälst du dich und peinigst andere? Willst du noch lange so fortfahren? Siehe! Gott hat dich so lieb, auch für dich hat er die ganze Fülle seiner Gnade bereit. Stürze dich nicht ins Verderben, lieber Bruder, ändere dein Leben!«

Das Antlitz des Räubers verfinstert sich noch mehr, er wendet sein Gesicht ab und sagt:

»Laß mich in Frieden!«

Fester noch umfaßt der Taufsohn die Knie des Räubers und schluchzt auf. Wie er den Alten weinen hört, hebt der Räuber die Augen auf und schaut den Taufsohn an. Lange haftet sein Blick auf dem Antlitz des Greises, dann steigt er herab vom Pferd und fällt vor dem Taufsohn nieder:

»Du hast mich besiegt, Alter! Zwanzig Jahre habe ich mit dir gekämpft, jetzt hast du mich bezwungen. Ich habe keine Gewalt mehr über mich selbst, mache du mit mir, was du willst.

Als du mir vor vielen Jahren ins Gewissen redetest, da wurde ich nur noch schlechter. Erst als du die Menschen verließest und nichts mehr von ihnen begehrtest, da begann ich über deine Worte nachzudenken, und von jenem Tage an habe ich dir den Sack mit gedörrtem Brot an den Baum gehängt.«

Da sah der Taufsohn im Geist die Bäuerin, wie sie ihren Tisch sauber machen wollte und es ihr erst dann gelang, als sie das schmutzige Tuch ausgewaschen hatte. Auch er mußte sein Herz von der selbstsüchtigen Sorge frei machen, bevor er das Herz eines anderen reinigen konnte.

Und es sprach der Räuber weiter:

»Aber als du die Furcht vor dem Tode überwunden hattest, verwandelte sich mein Herz.«

Und es sah der Taufsohn im Geist die Bauern, wie sie ihr Holz zu Reifen biegen wollten und es ihnen erst dann gelang, als sie die Unterlage festgemacht hatten. Auch er mußte die Furcht vor dem Tode überwinden und damit sein Leben fest auf Gott gründen, bevor er dies ungebärdige Herz unterwerfen konnte.

Und es sprach der Räuber weiter:

»Mein Herz taute aber ganz auf, als ich sah, daß du Mitleid mit mir hattest und um mich weintest.«

Da erfüllte reine Freude die Seele des Taufsohnes, und er führte den Räuber an den Platz, wo die Baumstümpfe eingegraben waren. Und siehe, auch aus dem letzten verkohlten Stumpf war ein Apfelbaum erwachsen. Und da sah der Taufsohn in seinem Geist die Hirten, wie sie mit nassem Reisig Feuer anmachen wollten und es ihnen erst dann gelang, als der Brand in heißer Flamme loderte. Auch sein Herz mußte heiß entflammen, bevor er ein anderes entzünden konnte.

Und es frohlockte das Herz des Taufsohnes, denn der Anblick der Apfelbäume kündete ihm die Vergebung seiner Sünden.

Nachdem er dem Räuber sein ganzes Leben erzählt hatte, gab er seinen Geist auf. Der Räuber bettete den Taufsohn zur letzten Ruhe und lebte von nun an, wie der entsühnte Büßer es ihm aufgetragen hatte. Auch lehrte er die Menschen, was sie tun müßten, um ein gottgefälliges Leben zu führen.

Die drei Greise

Und wenn ihr betet, sollt ihr nicht viel plappern wie die Heiden; denn sie meinen, sie werden erlöst, wenn sie viel Worte machen. Darum sollt ihr euch ihnen nicht gleichen. Euer Vater weiß, was ihr bedürfet, ehe denn ihr ihn bittet.

Matthäus 6,7 f.

Ein Schiff segelte von der Stadt Archangelsk zum Kloster auf den Ssolowezki-Inseln. Der Bischof von Archangelsk war an Bord, desgleichen Wallfahrer, die zu den heiligen Stätten wollten. Der Wind stand günstig, das Wetter war klar, ruhig zog das Schiff seine Bahn dahin. Überall an Bord sah man Wallfahrer; die einen ruhten lang hingestreckt, andere stärkten sich mit Speise und Trank oder waren in Gespräche vertieft, am Vorschiff aber drängten sie sich um einen Mann, der weit ins Meer hinauswies und etwas erzählte. Dem Bischof, der an Deck war, fiel dies auf; er blieb stehen und schaute dorthin, wo der Mann hinzeigte, doch konnte er nichts erkennen, nur das Meer blinkte in der Sonne. So ging er denn auf den Mann zu, um zu hören, was der erzählte. Dieser aber reißt die Mütze vom Kopf und verstummt, sowie er des Bischofs ansichtig wird. Auch die anderen entblößen ihr Haupt und begrüßen den Bischof voller Ehrerbietung.

»Laßt euch nicht stören, gute Leute!« sagt der Bischof, »ich möchte mir nur anhören, was du, mein Lieber, zu erzählen weißt.«

Ein Kaufmann, mutiger als die anderen, tut den Mund auf.

»Von den Greisen hat uns der gute Fischersmann erzählt.«

»Von welchen Greisen?« fragt der Bischof und läßt sich hart an der Bordwand auf einer Kiste nieder.

»Erzähl es noch einmal! Was gibt es da, wo du hinzeigst?«

»Eine kleine Insel, Ehrwürden«, sagte der Mann und zeigte nach rechts, »dort leben die Greise – sind auf das Heil ihrer Seele bedacht.«

»Wo ist sie denn, deine Insel?« fragt der Bischof.

»Hier, Ehrwürden, wollen Sie bitte hinschauen, wo ich hinzeige. Sehen Sie die kleine Wolke? Etwas weiter links unten, da ist sie, die Insel. Wie ein leichter Streifen im Meer sieht sie sich an.«

Der Bischof schaut lange unverwandt über die See, das Wasser flimmert in der Sonne, und er sieht nichts, aber auch rein gar nichts; zu ungewohnt ist es ihm.

»Ich sehe sie nicht, deine Insel«, sagt er endlich. »Was sind denn das für Greise, die dort leben?«

»Gottesmänner«, antwortet der Fischer. »Es ist schon lange her, daß mir das erstemal von ihnen erzählt wurde, aber erst vor zwei Jahren konnte ich sie selber sehen.«

Und von neuem begann der Fischer zu erzählen, wie er zum Fischfang herausgefahren war und wie ihn ein nächtliches Unwetter auf diese Insel verschlagen hatte, so daß er nicht wußte, wo er sich befand. Als er sich am nächsten Morgen auf die Suche nach einer menschlichen

Seele begab, stieß er auf eine kleine Erdhütte und fand darin einen uralten Mann. Bald kamen auch zwei andere hinzu; sie gaben ihm zu essen, trockneten seine Kleider und halfen ihm, sein Boot instand zu setzen.

»Wie sehen sie denn aus?« wollte der Bischof wissen.

»Der eine ist mit einer zerschlissenen Kutte angetan, er ist uralt, wohl älter als hundert Jahre; die Jahre haben ihn gebeugt, und sein Bart, der ist wohl einstens grau gewesen, jetzt aber beginnt er schon vor Alter grün zu werden. Ständig liegt ein Lächeln auf seinem Gesicht, und so lieblich ist er anzuschauen als wie ein Engel Gottes.

Der andere, etwas größer von Gestalt, hat einen breiten grauen Bart mit gelben Strähnen; er trägt einen zerissenen Kaftan. Auch er ist sehr alt, doch immer noch kräftig; mein Boot drehte er um, als ob es ein Waschzuber sei. Ich kam gar nicht dazu, ihm zu helfen. Fröhlich ist er wie der erste, nur der dritte hat einen düsteren Sinn. Wie ein Riese schaut er aus, hat einen langen schneeweißen Bart, der ihm bis zu den Knien reicht, und auch seine Augenbrauen hängen ihm tief über die Augen herab. Dieser Greis hat nichts an seinem Leib, nur einen Fetzen Bast um die Hüften.«

»Was sprachen sie denn mit dir?« fragte der Bischof.

»Sie taten alles, ohne ein Wort zu sagen, auch sprachen sie nur wenig miteinander. Einer schaut den anderen an, und dann verstehen sie sich, auch ohne den Mund aufzutun. Als ich aber den Großen fragte, wie lange sie auf dieser Insel lebten, verzog er sein Gesicht und brummte etwas in seinen Bart, als ob er böse sei. Da nahm ihn der Uralte bei der Hand, lächelte ihm zu, und schon wurde der andere still. Der Alte aber sagte mir nur ›Erbarme dich unser!‹ und lächelte mich an.«

Während der Fischer erzählte, kam das Schiff näher an die Insel heran. »Jetzt sehe ich die Insel ganz deutlich«, rief der Kaufmann, »belieben Ehrwürden dorthin zu schauen.«

Der Bischof sah aufs Meer hinaus, und tatsächlich: Ein flaches Inselchen hebt sich wie ein schwarzer Streifen über die Kimm. Eine ganze Weile schaute der Bischof hinüber, dann ging er ans andere Ende des Schiffes und trat an den Rudersmann heran:

»Was ist das für eine Insel, die ich dort sehe?«

»Wo Ehrwürden? – Ach, die? Die hat keinen Namen, solcher Inseln gibt es hier viel.«

»Ich habe gehört, daß dort drei Greise leben, sich um das Heil ihrer Seele mühen. Stimmt das?«

»Die Leute sagen es, Ehrwürden, ich weiß aber nicht, was daran wahr ist. Man erzählt sich, Fischer hätten die Greise gesehen, aber es wird ja viel dummes Zeug geschwatzt.«

»Ich möchte zu dieser Insel und die Greise sehen«, sagte der Bischof. »Kann man das?«

»Mit dem Schiff kommen wir nicht heran, aber in einem Boot könnte man schon hinüberrudern, nur müssen wir den Schiffer fragen.«

Als der Schiffer gekommen war, sagte der Bischof:

»Ich möchte gern die Greise sehen, kann man mich zur Insel hinüberrudern?«

Der Schiffer begann abzureden. Man könnte es schon, aber viel Zeit ginge dabei verloren, und – »wenn ich es Euer Ehrwürden sagen darf, es lohnt sich nicht hinüberzufahren. Ganz dumme Greise sind das, die dort leben, nichts verstehen sie und nichts sagen sie einem, wie stumme Fische sind sie.«

»Ich wünsche es aber«, schnitt ihm der Bischof das Wort ab, »und ich werde auch dafür bezahlen. Lassen Sie mich hinbringen!«

Da konnte freilich der Schiffer nichts machen, er gab seine Befehle, der Rudersmann wendete das Schiff, und sie segelten auf die Insel zu.

Man bringt dem Bischof einen Stuhl an Deck, er setzt sich hin und schaut. Auch die Wallfahrer versammeln sich am Vorderschiff, schauen zur Insel hinüber, und wer gute Augen hat, der sieht auch schon die Felsenklippen am Ufer, erkennt die Erdhütte, und einer hat sogar die drei Greise gesichtet. Der Schiffer holt sein Fernrohr, setzt es an die Augen und reicht es dann dem Bischof.

»Es stimmt«, sagt er, »drei Männer sind da, rechts vom großen Stein stehen sie.«

Der Bischof nimmt das Rohr, richtet es dorthin, wo der Schiffer die Männer gesehen hat, und in der Tat, drei Greise stehen da, der eine hoch von Wuchs, der andere etwas niedriger, der dritte aber ganz klein und gebückt. Sie stehen dicht am Ufer und halten sich an den Händen.

»Ehrwürden, wir müssen hier halten«, sagt der Schiffer. »Wenn Sie immer noch darauf bestehen, lasse ich Sie im Boot an Land bringen und gehe hier vor Anker.«

So geschah es. Der Anker rauschte in die Tiefe, die Segel fielen herab, es gab einen Ruck, das Schiff blieb stehen und schaukelte im Seegang. Dann wurde ein Boot zu Wasser gelassen, Ruderer sprangen hinein, und auf einer Strickleiter stieg der Bischof hinab. Nachdem er sich auf einer Bank niedergelassen hatte, legten sich die Ruderer in die Riemen, und rasch ging es zur Insel hinüber. Auf Steinwurfnähe herangekommen, sehen sie: Drei Greise stehen am Ufer, einer, riesengroß, ist ganz nackt, nur eine

Schürze aus Bast hat er um die Hüften, der kleinere ist mit einem zerrissenen Kaftan angetan, und der dritte, uralt und gebückt, trägt eine zerschlissene Kutte. So stehen die drei am Ufer und halten sich an den Händen.

Da legten auch schon die Ruderer an, hielten das Boot mit ihren Bootshaken am Ufer fest, und der Bischof ging an Land.

Tief verbeugten sich die Greise vor ihm, und er segnete sie, sie neigten sich noch tiefer, als der Bischof sie anredete:

»Ich habe vernommen«, sagte er, »daß ihr, Greise Gottes, hier um das Heil eurer Seele bemüht seid und für eure Mitmenschen zu Christus, unserem Herrn, betet. Ich aber, unwürdiger Knecht Christi, bin durch die Gnade Gottes berufen, seine Herde zu hüten. So bin ich hierhergekommen, euch, Diener unseres Herrn, zu sehen und euch zu lehren, so ich es vermag.«

Die Greise entgegneten kein Wort, lächelten nur und schauten einer den anderen an.

»Saget mir, was ihr für das Heil eurer Seele tut und wie ihr zu Gott betet«, fuhr der Bischof fort.

Da seufzte der eine Greis tief auf – es war der mit dem breiten Bart – und er schaute den ältesten an. Das Antlitz des zweiten – das war der nackte Riese mit dem Bastschurz – verfinsterte sich, und auch er schaute zum ältesten hinüber. Dieser aber, der uralte, kleine Greis in der zerschlissenen Kutte, lächelte nur und sagte:

»O Knecht Gottes, wir wissen nicht, wie wir Gott dienen sollen, nur uns selbst dienen wir.«

»Und wie betet ihr zu Gott?«

»So beten wir: Ihr seid drei, wir sind drei, erbarmt euch unser drei!«

Und kaum hatte der uralte Greis diese Worte gesagt, da erhoben alle drei ihre Augen gen Himmel und sprachen wie aus einem Munde:

»Ihr seid drei, wir sind drei, erbarmt euch unser drei!«

Da glitt ein Lächeln über das Gesicht des Bischofs, als er sagte:

»Von der Heiligen Dreieinigkeit habt ihr also gehört, doch betet ihr nicht so, wie es sich gehört. Ich habe euch liebgewonnen, ihr Greise Gottes, ich sehe, daß ihr Gott suchet, ich sehe aber auch, daß ihr nicht wisset, wie ihr ihm dienen sollt. Anders müßt ihr beten. Hört mir zu, ich will es euch lehren! Was ich euch jetzt sagen werde, das ist nicht meine eigene Weisheit, all das, wovon ich euch erzählen will, ist verzeichnet in der Heiligen Schrift. Gott der Herr selber hat uns die Worte gelehrt, mit denen wir ihn anrufen sollen.«

Und es begann der Bischof, den Greisen zu erzählen, wie sich Gott den Menschen offenbart hat; er verkündete ihnen das Geheimnis von Gott Vater, Gott Sohn und Gott Heiligem Geist und sagte dann:

»Der Sohn Gottes ist in die Welt gekommen, um die Menschen zu erretten. Er hat uns auch gelehrt, wie wir beten sollen. Höret mich an und sprecht mir nach!«

Und der Bischof sprach die ersten Worte des Gebetes unseres Herrn und sagte: »Vater unser.« Und ein Greis sprach sie nach, und es folgte der zweite, und der dritte schloß sich ihnen an, und alle wiederholten: »Vater unser.«

»Der du bist im Himmel.« – Die Greise antworteten: »Der du bist im Himmel« – doch wurde der Mann mit dem breiten Bart von den ungewohnten Worten verwirrt, denn ihm fiel es schwer, sie zu behalten, und auch der nackte Riese brachte sie nicht richtig heraus. Der Bart wuchs ihm in den Mund hinein und hinderte ihn beim Reden; undeutlich murmelte endlich auch der uralte, zahnlose Greis die Worte daher. So wiederholte denn der Bischof den Anfang des Gebets noch einmal, und noch einmal sprachen die Greise ihm die Worte nach. Da setzte sich der Bischof auf einen Stein, und die Greise stellten sich vor ihn hin und sahen ihm auf den Mund und sprachen jedes Wort des Gebetes nach.

Den ganzen Tag mühte sich der Bischof, zehnmal, zwanzigmal, hundertmal sagte er ein Wort her, und die Greise sprachen es ihm nach. Irrten sie sich aber, dann half er ihnen, auch ließ er sich das ganze Vaterunser von Anfang an hersagen und verließ die Greise nicht eher, als bis sie das Gebet des Herrn gelernt hatten. Auch ohne seine Hilfe konnten sie es jetzt hersagen. Der alte mit dem breiten, grauen Bart hatte es als erster behalten, und als ihm der Bischof befahl, das Gebet noch einmal zu sprechen, da beteten es auch die anderen mit von Anfang bis ans Ende und verwirrten sich nicht.

Als sich der Bischof endlich von seinem Sitz erhob, begann es schon zu dämmern, und der Mond stieg aus dem Meere auf. Tief bis zur Erde verneigten sich die drei Alten vor dem Bischof, er aber schloß einen jeden in seine Arme und küßte ihn zum Abschied. Dann ließ er sie das Gebet, das er sie gelehrt hatte, noch einmal hersagen, bestieg das Boot und verließ die Insel.

Und die ganze Zeit über, da er zum Schiff hinübergerudert wurde, hörte der Bischof, wie die Greise mit lauten Stimmen beteten. Als er aber das Schiff bestiegen hatte, konnte er die Stimmen der Alten nicht mehr vernehmen, doch sah er sie im Mondschein am Ufer stehen, den kleinsten in der Mitte, rechts von ihm den nackten Riesen, links den mit dem breiten, grauen Bart.

Nachdem der Bischof an Bord gegangen war, wurde der Anker gelichtet, die Segel füllten sich mit Wind, und mit einem leichten Ruck wendete das Schiff wieder in die offene See hinaus. Der Bischof ging zum Hinterschiff, setzte sich dort nieder und schaute unverwandt zur Insel zurück. Eine ganze Weile sah er noch die Greise, dann entschwanden sie seinem Blick, aber immer noch war die Insel selbst zu sehen, dann versank auch sie in der Ferne, und nur die Wasser des Meeres spielten im Mondeslicht.

Die Wallfahrer hatten sich zur Ruhe begeben, kaum einen Laut hörte man auf dem Schiff, nur der Bischof fand keinen Schlaf. Er saß immer noch auf dem Hinterschiff und schaute aufs Meer hinaus, dorthin, wo die kleine Insel seinem Blick entschwunden war. Er dachte an die drei Greise und an ihre Freude, als sie das Vaterunser gelernt hatten. Und der Bischof sagte Gott Dank dafür, daß er ihn zu dieser Insel geführt hatte, den Gottesmännern zu helfen und ihnen sein Wort zu verkünden.

Tief in Gedanken versunken bleibt der Bischof an Deck und läßt den Blick nicht von der Stelle, wo das Inselchen ins Meer versunken war. Da beginnt es vor seinen Augen zu flimmern, bald hier, bald da spielt ein Licht auf den Wellen, und plötzlich sieht er: Etwas Weißes schimmert im Mondeslicht. Ist es ein Vogel? Eine Möwe vielleicht? Ist es ein Segel? Schärfer blickt der Bischof hin. Ein Boot, denkt er, kommt mit vollen Segeln hinter uns her. Doch für ein Boot segelt es zu rasch. Eben noch war es weit, weit weg, und jetzt kommt es schon ganz nah heran. Und ein Boot ist es auch nicht, nein: einem Segel gleicht das ganz und gar nicht! Was kann es denn sein? Was läuft dort hinter dem Schiff her, und holt uns ein? Immer noch kann es der Bischof nicht genau erkennen. Ein Boot ist es nicht. Ein Vogel? Nein, auch kein Vogel. Ein Fisch? Nein, auch das nicht. Einem Menschen sieht es ähnlich, doch zu groß ist es dafür und –»Mein lieber Bischof, wie soll ein Mensch mitten auf dem Meere sein!« – Eine seltsame Unruhe erfaßt den Bischof, er erhebt sich, geht zum Rudersmann herüber: »Schau hin, lieber Mann, was ist dort?« – Aber da sieht er auch schon selbst: Die drei Greise sind es! Sie laufen auf den Wellen, ihre Haare blinken weiß und schimmern, und sie nähern sich dem Schiff so rasch, als ob dieses stille stünde.

Der Rudersmann blickt sich um, der Schrecken packt ihn, und er läßt das Ruder fahren:

»Du lieber Herre Gott, die Greise kommen hinter uns her, laufen auf dem Wasser wie auf trocknem Land!«

Vom Schrei erwacht, stürzen die Menschen zum Hinterschiff, drängen sich dort zusammen. Und alle sehen sie nun: Die Greise laufen auf das Schiff zu, sie halten sich an den Händen, und der rechte und der linke winken mit dem freien Arm, man solle das Schiff anhalten. Alle drei laufen sie auf dem Wasser, als ob es feste Erde sei, bewegen aber ihre Beine nicht.

Noch konnte man das Schiff nicht zum Stehen bringen, da hatten sie es auch schon eingeholt, kamen dicht an Deck heran und sprachen wie aus einem Munde:

»Wir haben es wieder vergessen, o Knecht Gottes, wir wissen es nicht mehr, was du uns gelehrt hast. Solange wir dein Gebet wiederholten, wußten wir es noch, kaum aber haben wir eine Stunde lang nicht gebetet, da sprang ein Wort aus unseren Köpfen und alles fiel zusammen. Nichts wissen wir mehr, lehre uns von neuem, wie wir beten sollen.«

Da schlug der Bischof ein Kreuz, beugte sich vom Deck herab zu den Alten und sprach: »Auch so erreichen eure Gebete Gott, ihr frommen Greise! Nicht mir steht es an, euch zu lehren. Betet für uns sündige Menschen!«

Und der Bischof fiel vor den Greisen nieder, und seine Stirn berührte den Boden. Die Greise aber blieben stehen, wandten sich dann um und gingen über das Meer zurück. Bis zum Morgen war aber an jener Stelle, wohin die drei Greise gegangen waren, ein Leuchten zu sehen.

Der reuige Sünder

> Und er sprach zu Jesu: Gedenke meiner, Herr, wenn Du in Dein Reich kommst!
> Und Jesus sprach zu ihm: Wahrlich, ich sage dir: heute wirst du mit mir im Paradiese sein.
>
> *Lukas 23,42 f.*

Und es lebte ein Mann siebenzig Jahre lang, und voller Sünde war sein ganzes Leben. Und es begab sich, daß schwere Krankheit diesen Mann befiel, doch bereute er seine Missetaten nicht. Als aber seine letzte Stunde gekommen war und er erkannte, daß er nun sterben müsse, da weinte er laut auf und sprach:

»Herr! Vergib mir meine Schuld, wie du dem Schächer am Kreuz vergeben hast!«

Kaum hatte der Mann diese Worte gesprochen, da verließ die Seele seinen Leib und trat vor die Pforte des Himmelreiches, sie war aber erfüllt von Liebe zu Gott dem Herrn und vertraute fest auf seine Barmherzigkeit.

Und so klopfte denn der Sünder an das Tor des Himmels und begehrte Einlaß in das Reich Gottes.

Und er hörte eine Stimme hinter dem Tor:

»Wer klopft da draußen? Was ist das für ein Mensch, und welche Taten verübte er in seinem Leben?«

Und es antwortete die Stimme des Anklägers und zählte alle Missetaten des Sünders auf, und es gab auch nicht eine einzige gute Tat, die er hätte nennen können.

Und so sprach denn die Stimme hinter dem Tor:

»Es können keine Sünder in das Himmelreich eingehen. Hebe dich hinweg von hier!«

Der Mensch aber sprach:

»Herr, deine Stimme höre ich wohl, doch sehe ich dich nicht von Angesicht und kenne deinen Namen nicht.«

Da antwortete die Stimme:

»Ich bin der Apostel Petrus.«

Der Sünder aber sagte:

»Erbarme dich meiner, Apostel Petrus! Bedenke, wie schwach wir Menschen sind, und vergiß nicht die Barmherzigkeit Gottes! Du bist doch selbst ein Jünger Christi gewesen, aus seinem Munde hast du Gottes Gebot vernommen und hast das Beispiel seines Lebens gesehen. Und doch schliefest du, als er sich ängstigte und seine Seele betrübt war. Dreimal bat er dich, mit ihm zu wachen und zu beten, dreimal traf er dich schlafend an, und deine Augen waren voller Schlaf. Also tat auch ich!

Und waren es nicht deine Worte: Selbst wenn ich mit dir sterben müßte, werde ich dich nicht verleugnen? Und du hattest ihn schon dreimal verleugnet, da man ihn zu Kaiphas führte. Das gleiche tat auch ich! Als aber der Hahn krähte, gingst du hinaus und weintest bitterlich. Also tat auch ich. Kannst du mich zurückweisen?«

Da verstummte die Stimme hinter der Pforte des Himmelreiches. Und nachdem der Sünder eine Weile gewartet hatte, klopfte er von neuem an.

Und es ertönte eine andere Stimme hinter der Tür und sprach:

»Wer ist dieser Mensch? Wie lebte er auf Erden?«

Und es antwortete die Stimme des Anklägers und wiederholte alle Missetaten des Sünders und konnte nicht eine einzige gute Tat nennen.

So sprach denn die Stimme hinter der Tür:

»Gehe hinweg von hier, solche Sünder wie du können nicht mit uns im Paradies sein!«

Der Sünder aber sprach:

»Herr! Deine Stimme höre ich wohl, doch sehe ich dich nicht von Angesicht und kenne deinen Namen nicht.«

Und es antwortete die Stimme:

»Ich bin König David, der Prophet.«

Der Sünder aber verzagte nicht, er ging auch nicht hinweg von der Himmelstür, sondern sagte:

»Erbarme dich meiner, o König David! Bedenke die Schwachheit der Menschen und vergiß nicht, wie barmherzig Gott der Herr ist! Du wurdest von Gott geliebt. Vor allen Menschen hat er dich ausgezeichnet. Alles gehörte dir, die Herrschaft, der Ruhm, der Reichtum; du hattest Frauen und Kinder. Da erblicktest du vom Dache deines Hauses herab ein Weib, und die Sünde ging ein in deine Seele. Du nahmst das Weib Urias und ließest ihn selbst umkommen durch das Schwert der Kinder Ammons. Bist du nicht der reiche Mann gewesen, der dem Armen sein einziges Lämmlein nahm und ihn selbst dem Tode überantwortete? Also tat auch ich!

Denke auch daran, wie du deine Sünde bereutest, an deine Brust schlugst und sprachst: Ich habe gesündigt gegen den Herrn und bereue meine Missetat. Also tat auch ich. Du kannst mich nicht zurückweisen!«

Und es verstummte die Stimme hinter dem Tor.

Nach einer Weile klopfte der Sünder von neuem an und begehrte Einlaß in das Himmelreich.

Und es ertönte eine dritte Stimme hinter der Tür und fragte:

»Was ist das für ein Mann? Wie verbrachte er sein Leben?«

Und es antwortete die Stimme des Anklägers und wiederholte alle Missetaten des Sünders, und es gab da auch nicht eine einzige gute Tat, die er hätte nennen können.

Und so sprach denn die Stimme hinter der Tür:

»Gehe hinweg von hier! Ein Sünder kann nicht in das Himmelreich eingehen!«

Der Sünder aber sprach:

»Deine Stimme höre ich wohl, doch sehe ich dich nicht von Angesicht und kenne deinen Namen nicht.«

Und da antwortete die Stimme:

»Ich bin der Evangelist Johannes, der Lieblingsjünger Christi.«

Da sprach der Sünder, und Freude erfüllte seine Stimme:

»Jetzt kann ich nicht mehr zurückgewiesen werden: Petrus und David werden mich einlassen, weil sie die Schwachheit der Menschen kennen und weil sich ihnen die Güte Gottes offenbaret hat. Du aber wirst mich einlassen, weil Liebe in dir wohnet. Habe ich nicht in deinem Evangelium die Worte gelesen: Wer nicht Liebe hat, der kennet Gott nicht, denn Gott ist Liebe. Hast du nicht in deinem Alter den Menschen zugerufen: Kindlein, liebet einander! Wie solltest du jetzt Haß auf mich werfen und mich von hier vertreiben. Unmöglich ist es, daß du all das verleugnest, was du selber gelehret hast. So mußt du auch mich sündigen Menschen lieben und mich einlassen in das Himmelreich.«

Und da öffneten sich die Tore des Himmels, und es umfing Johannes den reuigen Sünder und hieß ihn eintreten in das Reich Gottes.

Zu dieser Ausgabe

Der Übersetzung liegt der Text der folgenden Ausgabe zugrunde: L. N. Tolstoj, *Sočinenija*, 14 Bde., Moskau: Kušnerev, 1903. In dieser Ausgabe sind die *Volkserzählungen* mit einer Reihe von Aufsätzen in Band 11 unter dem Gesamttitel *Narodnye rasskazy i stat'i* vereinigt. Die Erzählung *Gott sieht die Wahrheit, auch wenn Er lange Jahre schweigt* ist Band 4 der gleichen Ausgabe entnommen, der die pädagogischen Arbeiten Tolstois *(Pedagogičeskie stat'i)* enthält.

Erläuterung russischer Namen und Ausdrücke

Aksjónow: Familienname.
Aksjútka: Koseform für ›Aksínja‹.
Akulína: weiblicher Vorname, Diminutiv dazu ›Akúljka‹, Koseform dazu ›Akúljuschka‹.
Aníssim: männlicher Vorname.
Archángelsk: eine der bedeutendsten Hafenstädte Rußlands, unweit der Mündung der nördlichen Dwiná ins Weiße Meer.
Arína: weiblicher Vorname.
Arschín: altes russisches Längenmaß; 0,71 m.
Awdéjitsch: Sohn des Awdéj.
Bodrów: Familienname.
Dessjatíne: altes russisches Flächenmaß; 1,093 ha.
Fédjka: männlicher Vorname, Diminutiv zu Fjódor.
Frol: männlicher Vorname.
Fron: In der Fron waren die Bauern ihrem Gutsherrn zu Dienstleistungen verpflichtet, sie konnten jedoch von ihm aus der Fron entlassen werden und hatten dann in dieser milderen Form der Leibeigenschaft ihrem Gutsherrn nur Abgaben zu zahlen.
Gawrílo Gordéjew: Gawrílo, Sohn des Gordéi.
Gordéi Iwánow: Gordéi, Sohn des Iwán.
Ikóne: Heiligenbild des griechisch-orthodoxen Kultus. In jedem russischen Bauernhaus war die »schöne Ecke« zu finden, in der die Ikonen der Familie aufgehängt waren, davor eine Ampel, die Tag und Nacht brannte.
Iljás: männlicher Vorname (baschkirisch).
Isbá: russisches Bauernhaus, in Nord- und Mittelrußland ein Blockhaus aus Holz.

Iwán Dmítrijewitsch: Iwán, Sohn des Dmítri.
Iwán Schtscherbaków: Schtscherbaków: Familienname.
Jefím Tarássytsch Scheweljów: Jefím, Sohn des Taráss. Scheweljów: Familienname.
Jelisséi Kusmítsch Bodrów: Jelisséi, Sohn des Kusmá. Bodrów: Familienname.
Kaftán: langschößiger Rock.
Kapitóschka: Koseform für ›Kapitón‹.
Katjúscha: Koseform für ›Jekaterína‹, Katharina.
Kátorga: Zwangsarbeit in Sibirien.
Kisják: getrockneter Mist (baschkirisch), wird in der Steppe als Heizmaterial verwendet.
Knut: Peitsche.
Kopéke: russische Münze; 100 Kopéken ergeben einen Rúbel.
Kumýss: gegorene Stutenmilch.
Kwass: gegorenes Getränk aus Brot oder aus Früchten.
Makár Ssemjónytsch Ssemjónow: Makár, Sohn des Ssemjón. Ssemjónow: Familienname.
Malánja: weiblicher Vorname, Diminutiv dazu ›Maláschka‹, auch im herabsetzenden Sinne gebraucht.
Márja: weiblicher Vorname, Diminutiv zu ›María‹.
Martýn Awdéjitsch: Martin, Sohn des Awdéi.
Matrjóna: weiblicher Vorname.
Michaíl Ssemjónytsch: Michael, Sohn des Ssemjón.
Micháilo: Ableitung von ›Michaíl‹.
Michéjew: Familienname.
Mir: in der alten russischen Agrarverfassung die bäuerliche Dorfgemeinde als Gesamtheit ihrer Mitglieder; der »Mir« war Eigentümer des Landes, das alle 6 Jahre nach der Anzahl der Köpfe (der »Seelen«) auf die Mitglieder der Gemeinde verteilt wurde (»Seelenland«); durch die Stolýpinsche Reform des Jahres 1906 wurde die Herrschaft des Mir wesentlich eingeschränkt.
Míschenka: Koseform für ›Michaíl‹.

Muchamedschách: männlicher Vorname bei Tataren und Baschkiren.
Múllah: mohammedanischer Geistlicher.
Muschík: Bauer.
Nánking: fester, baumwollener Stoff von fahler bis rötlich-gelber Farbe.
Níschni Nówgorod: Stadt an der oberen Wolga; in N.-N. fanden alljährlich große Messen statt, die für ganz Rußland von außerordentlicher Bedeutung waren.
Ofen (»russischer«): Der Ofen in einem russischen Bauernhaus ist seiner Konstruktion nach eine ummauerte Herdstelle mit Kamin. In der Form eines Würfels nimmt er einen großen Teil der Stube ein und reicht in der Höhe nicht ganz bis an die Decke des Raumes, so daß auf der oberen Fläche des Ofens ein warmer Schlafplatz entsteht.
Osterkuß: In der Mitternachtsmesse des Ostersonntags wendet sich der Priester um 12 Uhr nachts an die Gemeinde mit dem Ruf »Christ ist erstanden!« Die Gemeinde antwortet »Er ist wahrhaftig auferstanden!«, worauf sich jeder an seinen Nächsten wendet und mit ihm dreimal den Osterkuß tauscht. Während der Ostertage bilden dann dieser Gruß, die Antwort und der dreimalige Osterkuß die übliche Form der Begrüßung.
Pachóm: männlicher Vorname.
Petrúschka: Diminutiv für ›Pjotr‹, Peter, meist im herabsetzenden Sinn gebraucht.
Piróggen: Pasteten aus Hefe- oder Blätterteig mit verschiedenen Füllungen.
Pjotr: Peter.
Pléwna: Stadt im nördlichen Bulgarien; durch harte Kämpfe im russisch-türkischen Krieg des Jahres 1877 bekannt.
Pud: altes russisches Gewichtsmaß; 16,380 kg.
Rjasán: Stadt in Zentralrußland, südöstlich von Moskau an der Oká gelegen.

Rúbel: russische Geldeinheit; 1 Rubel sind 100 Kopéken.
Scham-Schemagí: weiblicher Vorname bei Baschkiren.
Scherbét: kühles Getränk aus Wasser und Fruchtsaft.
Schichán: Anhöhe, Hügel (baschkirisch).
Ssamára: Stadt an der Wolga.
Ssamowár: »Selbstkocher«, vasenförmiges Gefäß aus Metall (Kupfer, Silber), das von einem Heizschacht mit Abzugsrohr durchzogen ist. In diesem Heizschacht wird Holzkohle verbrannt, wodurch das Wasser, das den Heizschacht umgibt, zum Kochen gebracht wird. Dient zum Erwärmen und Heißhalten von Teewasser.
Ssarafán: Frauenkleid der russischen Volkstracht.
Ssemjón: Simeon, Kosename dazu ›Ssjóma‹, Kurzform dazu ›Ssjóm‹, Diminutiv dazu, meist verächtlich, ›Ssjómka‹.
Ssemjónytsch: Sohn des Simeon.
Ssídor: männlicher Vorname.
Ssolowézki-Inseln: Inselgruppe im Weißen Meer, bekannt durch ein berühmtes Kloster.
Stárez: ein frommer Greis, häufig – jedoch nicht immer – ein Mönch, der ein Einsiedlerleben führt.
Stárost: Dorfschulze.
Stepánytsch: Sohn des Stepan, Stefan.
Stof: altes russisches Flüssigkeitsmaß; 1,537 l.
Tambów: Stadt im Gebiet Worónesch.
Tarásska: Diminutiv (auch verächtlich gebraucht) von ›Taráss‹.
Tarássytsch: Sohn des Taráss.
Tíschka: verächtlich für ›Timoféi‹.
Trífonow: Familienname.
Tróika: Dreigespann, meist vor Schlitten, aber auch vor Wagen.
Tróizki-Kloster: berühmtes Kloster in Kiew.
Ufa: bedeutende Stadt zwischen Wolga und südlichem Ural, heute Hauptstadt der Baschkirenrepublik.

Wánja: Kurzform für ›Iwán‹, Diminutiv dazu ›Wanjka‹, Koseform dazu ›Wanjátka‹.
Wassíli Kudrjaschów: Wassíli: männlicher Vorname, Diminutiv dazu ›Wássjka‹. Kudrjáschew: Familienname.
Wassíli Minájew: Minájew: Familienname.
Wedró: altes russisches Flüssigkeitsmaß; 12,3 l.
Werschók: altes russisches Längenmaß; 4,44 cm.
Werstá: altes russisches Längenmaß; 1,067 km.
Wladímir: östlich von Moskau, auf halbem Weg zwischen Moskau und Nischni-Nowgorod. Vom 12. bis 14. Jh. eine der wichtigsten Städte Rußlands; bedeutende Denkmäler kirchlicher Baukunst.
Wódka: »Wässerchen«, Trinkbranntwein.

Zeittafel

1828	9. September: Lew (Leo) Nikolájewitsch Tolstoi wird in Jássnaja Poljána (Gouvernement Túla) geboren.
1844–47	Studium (orientalische Sprachen und Jura) in Kasán.
1851	Reise in den Kaukasus. Eintritt in die Armee.
1852	*Kindheit*, der erste Teil seiner Autobiographie, erscheint *(Knabenjahre* 1854, *Jünglingsjahre* 1857).
1854/55	Teilnahme am Krimkrieg (Kämpfe um Sewastópol).
1855/56	Veröffentlichung der »Sewastopoler Skizzen«. Austritt aus der Armee.
1857	Reise nach Westeuropa (Frankreich, Schweiz, Italien, Deutschland).
1858/59	Tolstoi lebt auf seinem Landgut in Jassnaja Poljana.
1860/61	Zweite Auslandsreise. Pädagogische Studien. Gründung einer Schule in Jassnaja Poljana.
1862	Eheschließung mit Sofja Andréjewna Behrs.
1863–69	Arbeit an dem Roman *Krieg und Frieden.*
1876	Vollendung des Romans *Anna Karénina.*
1879	Seelische Krise und »Bekehrungserlebnis«: *Beichte.*
1881–86	*Volkserzählungen.*

1884–98	Abhandlungen, Bekenntnis- und Lehrschriften: *Kritik der dogmatischen Religion, Mein Glaube* (1884), *Was sollen wir denn tun?* (1886), *Was ist Kunst?* (1898).
1886	Die Erzählung *Der Tod des Iwán Iljítsch* erscheint. Arbeit an dem Bauerndrama *Die Macht der Finsternis.*
1895	Die Erzählung *Herr und Knecht* erscheint.
1899	Veröffentlichung des letzten Romans *Auferstehung.*
1901	Ausschluß aus der griechisch-orthodoxen Kirche. Ablehnung des Nobelpreises.
1901/02	Schwere Krankheit. Aufenthalt auf der Krim. Begegnung mit Tschechow und Gorki.
1903–10	Letzte Lebensjahre in Jassnaja Poljana.
1910	9. November: Tolstoi verläßt heimlich sein Haus und stirbt auf der Bahnstation Astápowo (20. November). 22. November: Beisetzung in Jassnaja Poljana.

Nachwort

Wer sich durch die breite Allee hoher, alter Bäume dem Gutshaus von Jássnaja Poljána nähert, in dem Leo Tolstoi den größten Teil seines Lebens verbrachte, wird eine riesenhafte Ulme nicht übersehen können, die – vor dem niedrigen, weißen Haus stehend – mit vier gewaltigen Ästen gen Himmel weist, während sich der fünfte nahezu waagerecht über den Weg hinüberreckt.

Eine einfache, derb gezimmerte, grüne Bank steht unter der Ulme, einen Teil des mächtigen Stammes im Halbrund umfassend; auf dieser Bank verbrachte Tolstoi Stunden im Gespräch mit Russen und Ausländern, mit Künstlern, Wissenschaftlern und schlichten, einfachen Menschen aus dem Volk. Unter dieser Ulme mag wohl auch der fromme Wanderer gesessen haben, der im Jahre 1879 Tolstoi einige Legenden erzählte, die er auf seinen weiten Wanderungen zu den heiligen Stätten gehört hatte. Tolstoi, mit feinsten Sinnen für alles begabt, was ihm an echter, ursprünglicher Bauernkunst entgegentrat, muß von dem, was ihm der Wanderer an diesem Tage erzählt hatte, sehr beeindruckt gewesen sein, da er zwei Jahre später, 1881, mit einer der damals gehörten legendenhaften Geschichten die Reihe seiner *Volkserzählungen* eröffnete. Nach weiteren drei Jahren ließ er dieser Erzählung von dem Schuster, dem durch den Mund seines Gesellen Michailo eröffnet wird, »wovon der Mensch lebt«, die Legende von den drei Greisen folgen, deren Stoff, ein Volksmärchen von der Wolga, er ebenfalls dem Pilger verdankt, der ihn 1879 aufgesucht hatte.

Dieses Gespräch mit dem Wanderer hätte Tolstoi nicht so tief beeindrucken können, wenn er nicht schon seit den Tagen seiner frühesten Jugend eine starke innere Beziehung zum Denken und Fühlen der einfachen, unverbildeten Menschen und zur Bildkraft der russischen Bauernsprache gehabt hätte. »So schön dichten die Bauern! Alles ist schlicht, wenig Worte, aber viel Gefühl. Wahre Weisheit ist wortkarg, so wie die Worte des Gebets ›Góspodi pomíluj‹«, sagte Tolstoi nach dem Lesen eines Volksmärchens.

So ist es denn auch der Geist dieser Bauernsprache, der die unter dem Gesamttitel *Volkserzählungen* bekannten Legenden und Erzählungen durchdringt, die Tolstoi in den Jahren 1881 bis 1886 schrieb. Es geht dabei nicht nur um die Benutzung einiger »guter, gediegener altrussischer Ausdrücke«, die, aufgesetzten Lichtern gleich, den Volkserzählungen eine eigentümliche Färbung verleihen, es handelt sich hier um wesentlich mehr: Die Sprache der *Volkserzählungen* ist in ihrer ganzen Struktur, in ihrem Tonfall, in der rhythmischen Fügung der einzelnen Worte, im Satzakzent, in der Gliederung und Gedankenführung, kurz, in all den Einzelzügen, die sich zum Gestaltganzen der Sprache fügen, von der Redeweise des russischen Bauern bestimmt, wurzelt im sprachlichen Ausdruck seiner Bylíne und Legende, seines Märchens, des bäuerlichen Liedes und Spruchgutes.

Mit aller gebotenen Vorsicht könnte man unsere mundartliche Dichtung zum Vergleich heranziehen, wenn man sich nur stets vor Augen hält, daß die russische Sprache, im Gegensatz zu den meisten europäischen Sprachen, eine klare Scheidung in mundartliche Bereiche nicht kennt, daß sie dagegen – gewissermaßen als Ausgleich für die fehlende stammesmäßig-geographische Gliederung – mehrere sich deutlich voneinander abhebende »Standesdialekte« herausgebildet hat. Der russische Bauer am Weißen Meer redet nicht viel anders als der Bauer am Unterlauf der Wolga, und der russische Bauer aus Sibirien spricht ebenso wie ein Bauer aus Tambow. Dagegen konnte man – ganz besonders in der Zeit vor der Revolution – allein an seiner Sprache, am

Tonfall, am Wortschatz, am grammatischen Aufbau seiner Aussage, den russischen Bauern deutlich vom Kaufmann und diesen wieder von einem Vertreter der »Intelligénzija« unterscheiden. Vergleichen wir etwa die Sprache von Gorkis *Nachtasyl* oder von Bloks Revolutionsgedicht *Die Zwölf*, beide ganz eindeutig von der Redeweise des »vierten Standes«, des städtischen niederen Volkes, her bestimmt, mit Tolstois *Volkserzählungen*, dann wird der Unterschied dieser »Standesdialekte« in seiner Spiegelung im literarischen Kunstwerk deutlich.

Wer sich darum bemüht, die sprachlich-dichterische Atmosphäre der *Volkserzählungen* deutsch zu fassen, kann den tragenden Klang dafür einzig in dem Verzicht auf jede betont literarische Wendung finden und wird auf die Sprachelemente unserer Volksüberlieferung zurückgehen müssen. Dadurch allein kann auch der Tolstoischen Forderung nach »Einfachheit der Rede« genügt werden; um diese Einfachheit und Volksnähe ging es aber Tolstoi, als er in seinen *Volkserzählungen* so sprach, wie es die Bauern seiner Heimat zu tun pflegten.

Es ist jedoch nicht nur die Kraft und Ursprünglichkeit der Bauernsprache, die den *Volkserzählungen* Tolstois ihren besonderen Reiz verleiht, uns fesselt vor allem anderen auch die weite und vielgestaltige Welt Rußlands, die uns hier in einer nahezu verwirrenden Mannigfaltigkeit entgegentritt. Der von sanften Birkenwäldern gesäumte Acker des mittleren Rußlands, die kargen und steinigen Inseln des Weißen Meeres, die Weite der Steppe jenseits der Wolga; das aus mächtigen Holzstämmen gefügte Blockhaus des Großrussen, die weißgekalkte Lehmhütte des Ukrainers, das Zelt des nomadisierenden Baschkiren; der leuteschindende Verwalter aus der Zeit der Leibeigenschaft, der mit seinen Bienen beschäftigte schlichte und fromme Alte, der landgierige Bauer, der weit im Osten den Nomaden Neuland abzugewinnen sucht; fromme Pilger, die nach Jerusalem oder zu den heiligen Stätten auf den Ssolowézki-Inseln wallfahren, die abgeklärte Ruhe des alten Iljás und seiner Frau, der Kaufmann, der zur Messe nach Níschni-Nówgorod eilt, der Schuhmacher, der alte Soldat, der Sträfling in der sibirischen Kátorga – welche Fülle von Gesichten und Gestalten!

Doch geht es Tolstoi in seinen *Volkserzählungen* nicht allein um die künstlerische Gestaltung eines Stoffes, er will mit diesen Geschichten in religiös-sittlichem Sinne wirken, und diese didaktische Tendenz stellt die *Volkserzählungen* in einen gewissen Zusammenhang mit den *Erzählungen und Übersetzungen für Kinder*, die aus Tolstois Arbeit an seiner Schule in Jassnaja Poljana erwuchsen und denen im vorliegenden Band die Geschichte des Kaufmanns Aksjónow – *Gott sieht die Wahrheit, auch wenn Er lange Jahre schweigt* – entnommen ist. Der religiöse Grundzug der *Volkserzählungen* war der Niederschlag einer schweren seelischen Krise, die Tolstoi in den Jahren nach der Vollendung seiner *Anna Karénina* durchlebte. Deutlich ist das Nahen dieser Krise in der *Anna Karenina* zu spüren: »Ohne zu wissen, was ich bin und warum ich hier lebe, kann ich nicht leben«, sagt Léwin, in dessen Gestalt sich Tolstoi selber gezeichnet hatte.

Als er dann 1883 die Worte niederschreibt: »Ich glaube an die Lehre Christi. Ich glaube, daß das Glück auf Erden nur möglich ist, wenn alle Menschen tun werden, was diese Lehre vorschreibt«, da hatte ihn die Volkszählung des Jahres 1882, bei der er in Moskau tief erschüttert mit einem grenzenlosen Elend zusammengestoßen war, vollends davon überzeugt, daß nur die Erneuerung des Lebens eines jeden einzelnen, eine Neugestaltung des Zusammenlebens der Menschen aus dem Geiste der Liebe die äußere und innere Not der Menschen bannen könne.

Es ist nicht unwesentlich, diesen Hintergrund, von dem sich die *Volkserzählungen* abheben, klar zu sehen, wenn wir die sittlich-religiöse Aufgabe erkennen wollen, die Tolstoi diesen in dichterische Form gekleideten Lehrstücken auf dem Weg zu einem neuen Menschen zugewiesen hatte.

Wer aber in diesen wundersamen Gebilden nur das Kunstwerk, und nur dies allein, suchen sollte, wird staunend die ganze Fülle und Bildkraft dieser Erzählungen und Legenden auf sich wirken lassen und von der tiefen Menschlichkeit und Liebe ergriffen sein, mit denen Tolstoi seine Gestalten geformt hat, nach seiner Überzeugung: »Ohne Liebe ist kein Kunstwerk möglich.«

Inhalt

Marco Ferrero

Access

Tecniche e procedure per costruire database funzionali con Access

Pocket

APOGEO

Access Pocket

Autore:
Marco Ferrero

Socio Unico Gruppo Giangiacomo Feltrinelli Editore s.r.l.
Via Natale Battaglia 12 – 20127 Milano (Italy)
Telefono: 02-289981 – Fax: 02-26116334
Email: apogeo@apogeonline.com
Sito Web: www.apogeonline.com

ISBN 88-503-2371-9

Impaginazione elettronica: Fabio Gialain – Milano
Copertina e progetto grafico: Enrico Marcandalli
Responsabile di produzione: Vitiano Zaini

Finito di stampare nel mese di Maggio 2005
da Legoprint - Lavis (TN)